La alcoba escondida

La alcoba escondida

Almudena Navarro

Rocaeditorial

© Almudena Navarro, 2013

Primera edición: noviembre de 2013

© de esta edición: Roca Editorial de Libros, S. L.
Av. Marquès de l'Argentera 17, pral.
08003 Barcelona
info@rocaeditorial.com
www.rocaeditorial.com

Impreso por LIBERDÚPLEX, S.L.U.
Crta. BV-2249, km 7,4, Pol. Ind. Torrentfondo
Sant Llorenç d'Hortons (Barcelona)

ISBN: 978-84-9918-660-3
Depósito legal: B-23.639-2013
Código IBIC: FV

Índice

A mis hijas, Eugenia y Victoria. Un verdadero milagro.
A mi familia.

Nota de la autora

Si bien he utilizado algunos personajes históricos,
los hechos narrados son completamente ficticios,
así como las conversaciones derivadas.
Todo es fruto de mi imaginación.

«Si en la historia no hubiera más que batallas;
si sus únicos actores fueran las celebridades
personales, ¡cuán pequeña sería! Está en el vivir
lento y casi siempre doloroso de la sociedad,
en lo que hacen todos y en lo que hace cada uno.
En ella nada es indigno de la narración,
así como en la naturaleza no es menos digno
de estudio el olvidado insecto que la inconmensurable
arquitectura de los mundos…
Pero la posteridad quiere registrarlo todo:
excava, revuelve, escudriña, interroga los olvidados huesos
sin nombre».

Episodios nacionales.
«El equipaje del rey José», capítulo VI,
BENITO PÉREZ GALDÓS

PRIMERA PARTE

1929-1932

Capítulo primero

$\mathcal{D}$oña Enriqueta volvió alterada de faenar y con una de sus insoportables jaquecas. Había estado revisando los trabajos en la fábrica de harinas y visitado algunos de sus majuelos mientras sus capataces la ponían al día sobre las últimas incidencias. Siempre igual: cada día los problemas se acumulaban uno tras otro.

Había llegado a un punto en el que no podía parar de trabajar, tenía que controlarlo todo y, aun así, nada estaba nunca a su gusto. Hoy mismo, ningún guarda estaba en su sitio y, para colmo, la cebada tampoco se había amontonado donde debía, en el nuevo almacén situado a poca distancia de la era.

Los trabajadores se habían saltado sus instrucciones de forma descarada. Buscó con la mirada al encargado de la faena pero no lo encontró, así que no tuvo más remedio que ponerse a dar voces para que todos se dieran cuenta de que había llegado a la era. Le desagradaba levantar la voz. Pensó que, seguramente, estarían todos pegándose una siestecita de media mañana a la sombra de algún árbol. Su voz resonaba amplificada por el eco de la era.

—¡Juanico! ¡¡¡Jua-ni-co!!! ¿Dónde diablos está la cebada? —bramó doña Enriqueta a pleno pulmón.

El encargado de los cereales no tardó en llegar para ofrecer sus explicaciones sin alterarse lo más mínimo.

—La cebada está donde siempre, señora.

Doña Enriqueta se quedó mirándole con cara de pocos

amigos; el sosiego apagado de Juanico la sacaba siempre de sus casillas.

—¿Para qué diablos hemos construido entonces el nuevo almacén, con un techado más grande y un suelo que no sea un barrizal? ¡A ver! —Doña Enriqueta tenía la cara enrojecida por el disgusto—. ¿Es que estás cenutrio, hombre? ¿Es que aquí nadie piensa? Lo que pasa es que sois unos vagos y a mí me tomáis por una *pelaespigas*...

—No, señora, eso no —contestó Juanico mientras agachaba la cabeza—. Es que, como usted no dijo nada, pues lo hicimos como siempre.

Enriqueta salió de la era echando chispas. ¿Para qué se había gastado tantos cuartos en modernizarse y organizar bien la faena? Al final, todo era inútil... «No —intentó tranquilizarse—; ahora no lo parece, pero en los próximos años veremos los frutos». Tenía que ser paciente. Proponer tantos cambios no había sido fácil, y los hombres del pueblo llevaban haciendo lo mismo desde que ella era pequeña. Los padres de la mayoría de ellos ya trabajaban como jornaleros para la familia de Enriqueta y las costumbres estaban bien arraigadas.

«Dejémonos de monsergas, que hoy llevo un *desacarreo* importante.» Todavía debía encargarse de la última cosecha, de los nuevos majuelos, de la organización del correo, de la iglesia... ¡De la iglesia! Era miércoles y tenía su cita matutina con don Inocencio, pero antes debía despachar con su marido. Tendría que darse prisa y estirar aún más el tiempo.

Encontró a su esposo sentado tranquilamente en el sillón azulón del patio interior, hojeando despacio el periódico. No veía bien, así que se acercaba mucho a la página para poder leer. Enriqueta pensó que, así en esa postura encorvada, parecía mucho más viejo.

—Pepe —le interrumpió, y su voz sonó más brusca de lo que a ella le hubiera gustado—. ¿Qué tal en la oficina de correos? ¿Has hecho los encargos que te pedí? ¿Llevaste los dineros? ¿Has traído las cartas?

Su marido levantó la vista con una sonrisa cariñosa. Ya estaba su mujer en casa, se acabó la paz.

—Bueno, más o menos sí.

—Ya estamos. —Enriqueta siempre se impacientaba con las vaguedades de su marido.

—Verás, resulta que cuando… —amagó don Pepe.

Ella no le dejó acabar. Ya había tenido suficiente; su marido era tan lento que Enriqueta ya se había quitado el sombrero, el abrigo de entretiempo y le había interrogado mientras él no había hecho más que balbucear el arranque de una excusa. Decidió ir al grano y preguntarle por lo que más le interesaba:

—¿Dónde están las cartas que han llegado en el correo de la mañana?

—Aquí. —Pepe señaló un montón en la mesita de la derecha—. Son solo unas pocas, no vale la pena ni que las mires. Tranquilízate.

—Eso lo decidiré yo. A ver… —Enriqueta se abalanzó sobre ellas, las cogió de un manotazo y empezó a revisarlas una a una—. ¡Ajá! Ya sabía yo. —Y no paró de agitar una de las cartas en el aire mientras hablaba acaloradamente—. ¿Ves? Esta es para Francisca…, a esa niña hay que atarla en corto.

—¿Por qué? —Su marido sí le prestó atención esta vez. Que su mujer se preocupara por una chica del pueblo era inusual.

—Resulta, ya te lo digo yo Pepe, que esta chica va a ser la perdición de su familia y la de nuestra Rafaela, y no pienso dejar que entre mis trabajadores haya conflictos… ¡Que nos conocemos todos! Luego van a tortazo limpio y dejan su trabajo de lado. A los hijos hay que seguirles de cerca, Pepe, muy de cerca: no pueden hacer y deshacer a su santa voluntad. ¡Hasta ahí podríamos llegar! —Enriqueta se tomó un respiro y cambió el rumbo de la conversación—. A propósito de hijos, estarán las niñas leyendo sus manuales, como toca, ¿no, Pepe? Hice que les trajeran los de urbanidad desde Madrid para algo.

—Sí, creo que están estudiando fuera, en el emparrado, pero hace ya un buen rato que no he ido a verlas.

—Ya voy yo, si es que tengo que estar en todo… ¡Rafaela! ¡Rafaela! —vociferó de nuevo, ahora para convocar al ama de llaves.

Su marido contuvo las ganas de llevarse las manos a las orejas.

—Pero mujer, no grites tanto y usa la campanilla, que para eso está.

A Enriqueta no le gustaba nada que se marido se atreviese a llamarle la atención y replicó con tono agrio:

—No hasta que las campanillas hablen. ¿Tú crees que con un tilín vendrá la persona que necesito? A saber quién acude del servicio, y yo quiero que venga Rafaela.

—Mujer, no pretenderás que las campanillas digan nombres de personas… Rafaela entró apresurada. El ama de llaves era una mujer madura, de cabellera oscura y la piel muy blanca, hasta el punto de parecer siempre enferma aunque no lo hubiera estado desde los doce años, cuando tuvo el sarampión.

—Lo siento, señora —se excusó—. Estaba en la cocina ayudando a la Aguedica con la comida.

—Menos mal que estás tú, Rafaela. —Enriqueta suspiró más relajada—. Eres la única persona eficaz que tengo a mi lado. ¿Qué hay de comer hoy?

—¿No se acuerda? Arroz y pava. Ya pusimos las judías pintas a remojo anoche.

—Bien. Pero disponga un plato más en la mesa, a ver si se queda el padre Inocencio. Por cierto, estará al caer.

—Como usted mande. Me vuelvo a la cocina para prepararlo todo, no se preocupe.

Así era doña Enriqueta, controladora, perfeccionista, mujer de pocas palabras y de mucha acción. Mucha gente del pueblo, en cuanto la divisaba a lo lejos, cambiaba su itinerario de puro miedo. Preferían no cruzarse con ella y así evitar que les tuviera rondando en su cabeza, ni para buenas ni para malas.

El afán de control de doña Enriqueta era tal que supervisaba personalmente toda la correspondencia que se recibía en el pueblo y utilizaba la información que contenía a voluntad. Las cartas de ese día le interesaban especialmente. Tenía la sospecha de que Francisca, comprometida con Valentín, el hijo del ama de llaves y actual oficial de su fábrica, se carteaba amorosamente con un primo suyo de Valencia del que se había quedado prendada en las fiestas de Villarrobledo. Nunca le había caído bien esa muchacha, la Francisca, tan guapa, tan delicada…; podría jurar que escondía algo.

Enriqueta estaba convencida de que la buena voluntad guiaba todas sus obras. Las cosas no le habían llovido del cielo, y sabía por experiencia que las cosas no salían adelante si no se estaba encima. Todavía recordaba que cuando cuidaba de su hija recién nacida, su anterior capataz estaba sacando provecho y quedándose su dinero. Menos mal que abría las cartas del pueblo; menudo disgusto se llevarían si no cuando saliera el asunto a la luz, que saldría pronto a buen seguro. Francisca y Valentín eran novios; sus familias ya estaban organizando la boda. Este asunto le atañía, tanto por Rafaela como por su hijo, y quería asegurarse de cortar esa relación de Francisca con el primo de la ciudad, por las buenas o por las malas. Aunque no le gustaba la chica para el muchacho, iba a ser un buen matrimonio, que uniría más a sus trabajadores y a todo el pueblo. Sabía que Rafaela estaba muy orgullosa de su hijo y de la boda que estaba por venir. Siempre que podía se lo mencionaba de refilón a su señora, aun cuando no solían tratar temas personales entre ellas, solo lo estrictamente necesario.

Enriqueta era una mujer práctica, incluso en la forma de vestir. Había aceptado con gusto la nueva moda, menos recargada, sin complicadas enaguas ni capas artificiales, sin corsés…, mucho más práctica para faenar e ir al campo.

No era una mujer moderna, pero en cuanto vio a su hija Rocío con la nueva ropa que le habían traído desde París, se quedó petrificada; jamás se le había pasado por la cabeza cambiar su renovado estilo. Por la cara que puso, su hija creyó que la iba a censurar, algo habitual con sus nuevas ideas, pero esta vez no fue así. Al contrario: hizo que diera una vuelta y se paseara por la habitación con cada

21

prenda nueva mientras la observaba como si una luz se hubiera encendido en su cabeza. Le pidió a su hija algunas piezas para que su costurera las copiara y pudiera sacar patrones. Blusas cómodas y livianas, faldas muy por encima de los tobillos. No elegiría los colores pastel que llevaba su hija, por supuesto, pero sí los más tradicionales marrones, beis, azul marino...

Rocío, al darse cuenta del nuevo interés de su madre por la moda, le habló entusiasmada de la última prenda, la que causaba más sensación y escándalo: el pantalón de mujer. Mientras su hija le enseñaba unas fotos de un maniquí posando en una revista francesa, Enriqueta, fascinada, se indignó por que la idea no se le hubiera ocurrido a ella antes.

Con lo sobria que era Enriqueta parecía increíble que aceptara estas innovaciones de tan buen grado. Se informó bien sobre dónde podía copiar la ropa para las tres, no iban a dejar de lado a su otra hija, Milagros, y dónde se podían adquirir los mejores pantalones de mujer. Tendrían que esperar a ir a Madrid porque iba a ser una tarea demasiado complicada para la costurera del pueblo, quien se dedicaba a tareas más sencillas: rematar botones, zurcir, coger bajos y copiar patrones menos sofisticados.

Aunque Milagros difícilmente notaría la diferencia entre una moda y otra, para Enriqueta era muy importante no dejarla nunca atrás. Era su reto personal, el más arduo, mucho más que llevar las fincas o la fábrica. Su hija mayor era, en realidad, su auténtico desvelo, su principal fuente de preocupaciones y de inseguridades.

Milagros solía llevar a diario unas batas muy prácticas que se abotonaban por detrás, confeccionadas allí mismo, en el pueblo, con telas traídas desde Albacete o Madrid. Siempre estaba ensuciándose y no se preocupaba mucho por su aspecto así que guardaba sus mejores vestidos para los domingos. A sus diecinueve años, Milagros seguía siendo una niña. Un parto infernal le había provocado un ligero retraso al nacer. Casi dos días con sus interminables noches estuvo Enriqueta dando a luz, arrepintiéndose de ser mujer a gritos. La niña se negaba a salir de sus entrañas. La comadrona incluso tuvo que subirse encima de su barriga para hacer presión con todo su cuerpo, empujando con manos y rodillas hacia abajo. Nada salió como debería. Estaban seguros de que el niño o la niña nacería sin ningún problema, como le pasaba a todo el mundo. La comarca y los amigos vendrían a felicitarles por el nacimiento de su primogénito presentando sus respetos y deseándoles lo mejor para el futuro.

La realidad fue bien diferente. Enriqueta inicialmente no permitió visitas, ni siquiera de los familiares más cercanos. Estaba destrozada. Llevaron a la niña a los mejores médicos y especialistas de la capital y, poco a poco, todos fueron asumiendo como pudieron la realidad. Tras la conmoción inicial, Enriqueta tomó las riendas de la situación imponiendo normalidad en el hecho de tener una hija especial. Toda su atención iba destinada a ella. Su afán era conseguirle una vida normal. Algo que debía ser tan sencillo, tan natural, suponía un constante esfuerzo. No podía nunca dejarla caer, no quería que se quedara atrasada con respecto a los demás. Jamás la soltaría y la haría progresar paso a paso, con tozudez, confiando en que con esfuerzo la niña avanzaría hacia la normalidad. Era solo cuestión de no desistir, de no tirar nunca la toalla. La ternura que sentía por su hija era su debilidad y su fortaleza. Pensar que algo pudiera pasarle, que las cosas no fueran a irle bien, le había causado noches interminables de insufrible desvelo. No podía soportar que se burlaran de ella, ni tan siquiera que cuchichearan sobre su hija. Y eso le daba fuerzas, para luchar por ella y protegerla. No era de las que se sentaban a llorar por su mala suerte... Ella luchaba. Había visto casos similares en los que las madres se habían rendido al conocer el problema, sin molestarse en entender que esos niños aprendían poco a poco, con mucha dedicación. Por eso muchos se habían quedado estancados sin haber empezado a aprender a vivir. Sus madres no les habían dado la oportunidad de mejorar.

Milagros había sido una niña muy dulce y cariñosa.

Aprendía despacio pero asimilaba a la perfección casi todo lo que le enseñaban por muy complejo que fuera. Podía razonar por su cuenta y llevar una rutina diaria independiente, como todo el mundo. La evolución de su hija había sido un éxito, contra todo pronóstico.

Con la excusa de actualizar sus armarios, Enriqueta decidió que sería una buena idea ir todas juntas de viaje a París. Rocío llevaba dos años como loca insistiendo en visitar la ciudad, podrían comprar ropa y sería una experiencia increíble para las niñas. Irían en su propio coche, haciendo escalas. Diego, el chófer, las llevaría. No era la primera vez, aunque nunca la habían acompañado sus dos hijas. Les vendría bien practicar su desastroso francés con acento manchego… Harta estaba de oírlas farfullar como pueblerinas a la profesora particular «*Ej* que *mamuasel*, no sé decirlo».

24 Enriqueta pensó con una sonrisa que Rocío se volvería loca con las *boutiques* de *haute couture* y los encajes de Bruselas. Aprovecharían también para comprar unas buenas mantillas y, para sí misma, elegiría faldas sencillas, con blusas conjuntadas, de colores sufridos para que no se notara el polvo del camino. Además, por supuesto, de esos pantalones de mujer de los que tanto hablaba su hija. Definitivamente, si nada se torcía en sus negocios, harían el viaje. Seguro que a Rocío se le antojaría algún disparate de los suyos, como vestidos cortos con lentejuelas y flecos. Tendría que negarse, por supuesto.

«También se pondrá pesadita con los sombreros, son su obsesión —pensó Enriqueta—. Volverá a explicarme la cantinela de siempre: que no puede salir a la calle con los modelos que tiene del año pasado porque están anticuados, *démodés*. Por dios bendito, que esto es Las Mesas, no Madrid… No anticipemos, que al final me voy a poner de mal humor y no va a haber viaje.»

En esas estaba Enriqueta cavilando cuando la interrumpió Esperanza, su criada más joven:

—Señora, el padre Inocencio está aquí —anunció en voz alta y clara.

Esperanza se tomaba muy en serio su tarea de recibir las visitas e incluso ensayaba en su habitación declamando todo tipo de nombres. Al contrario que otras personas del servicio, no se sentía nada ridícula vestida con el delantal y el uniforme; se esmeraba en llevarlos siempre impolutos y bien almidonados. Les pasaba concienzudamente la plancha, una y otra vez. Y tenía una especie de tic nervioso consistente en alisarse la falda a cada momento. No importaba que estuviera recién planchada: antes de entrar en un cuarto donde estuvieran los señores se la volvía a alisar con las manos. Era una joven tremendamente presumida. «*Pa* hacer las cosas mal, no las hago», le gustaba decir a cualquiera. Se sentía orgullosa de su trabajo y mucho más aún de su uniforme, ya que nadie más en el pueblo llevaba uno así. Ni siquiera las sirvientas del médico, ni del boticario, que usaban simples delantales de cuadros sobre su ropa de diario, como en cualquier otra casa. Su uniforme de invierno estaba hecho de una buena tela, gruesa pero suave y muy fina, que no le picaba como su ropa de paño de siempre. El uniforme de verano era liviano y de un azul cielo brillante, fresco para hacer frente al calor sofocante de La Mancha.

«Yo voy vestida como me corresponde», pensaba cuando hablaba con las pocas criadas que había en el pueblo. No podía evitar sentirse como de una clase social diferente a la de ellas. Todas la admiraban y querían escuchar sus confidencias sobre los pormenores de la vida en casa de doña Enriqueta, *la Pistolera*, como la llamaban a sus espaldas. Muchas veces, claro está, Esperanza tenía que adornar un poco las historias: solo había visto la famosa pistola pequeña de nácar blanco en una ocasión, pero a ella le gustaba contar que la señora le hacía pasar un trapo con un ungüento especial para limpiar plata y que alguna vez, cuando nadie la veía, la había cogido y empuñado simulando disparar a indios salvajes de las Américas… Ni que decir tiene que Esperanza era la envidia de las demás criadas en un pueblo tan pequeño.

25

Al contrario que al resto del servicio, a ella la trajeron desde Madrid recomendada por una prima lejana de doña Enriqueta, quien conocía a su familia y se apiadó de ellos colocándola en una buena casa. Se sentía agradecida por poder disfrutar de la vida de lujos con la que siempre había soñado.

Antes vivía en Madrid con sus padres y sus diez hermanos, todos amontonados en un apartamento minúsculo. Recordaba con horror llegar tarde a casa y no encontrar sitio en el lecho compartido, y cómo se veía obligada a mover a sus hermanos para hacerse un hueco, una pierna para un lado, a este pequeñajo lo empujo encima de la otra…, y así hasta lograr tumbarse en una postura, al cabo, completamente incómoda y retorcida sobre sí misma. Ahora tenía su propia cama, en su propio cuarto, aunque fuera una habitación más pequeña que un cuarto de escobas.

Esperanza era obstinada como una mula con el tema del matrimonio, el «martiriomoño» como ella lo llamaba. Siempre que tenía oportunidad daba el mismo discurso:

—¿Casarme yo? A *la* mejor con un obrero de poca monta o con un agricultor pelagatos, y pasarlo como mi madre, contando con angustia las perras chicas para ver si llegábamos al fin de semana pudiendo tomar tres comidas o si al final teníamos que reducirlas a una. Como mucho, pasábamos los días a base de caldos que madre ingeniaba echando lo que encontraba y estirándolos con más y más agua para tener más cantidad. *Aguachirri*, comíamos diariamente en casa.

Eso se había acabado. Esperanza quería comer bien cada día, vestir mejor y codearse con gente importante. Y lo había conseguido. Los hombres para ella eran tan solo un lastre, un engañabobos para tontas. No quería hombre que la controlara, la preñara y acabara yéndose con otra, ni pasarse el día sola en una casa de diez metros… Ella no era de esas, Esperanza era especial.

Y

—Que pase —contestó automáticamente doña Enriqueta mientras echaba un rápido repaso al patio, que servía de saloncito de estar en los días de buen tiempo. En verano lo hacía tapar con un grueso toldo verde y blanco para poder aguantar la calima manchega.

Enseguida, para su disgusto, vio las bayetas de limpiar tiradas en el suelo rojizo. Servían para poder pisar sobre él después de encerarlo; todos ponían un pie en cada bayeta y atravesaban el recinto como si estuvieran en una pista de patinaje. Pero no deberían haberse quedado ahí, bien lo sabía el servicio. Enriqueta se levantó del butacón de mala gana, cogió las bayetas y de un manotazo las lanzó hacia el pasillo para que quedara bien claro que no estaban en su lugar. Cayeron con un golpe seco a causa de la fuerza con la que las había tirado.

—Buenos días, doña Enriqueta —el párroco saludó cortésmente sin dejar entrever si había presenciado la escena.

—Buenos días, padre —se recompuso Enriqueta—. Se quedará usted a comer, ¿no? Ya le han puesto un plato y no querrá usted hacerme un feo…

—No podría rechazar nunca una invitación suya. Además venía a pedirle su donación para el día del Niño de la Bola.

—Naturalmente. Como todos los años, financiaré en justa medida las fiestas. Ya sabe que todo lo relativo al Santo Niño es cosa mía —Enriqueta hizo énfasis en ese posesivo, para que el mensaje le quedara claro al padre Inocencio.

—Y todos se lo agradecemos —le aseguró el párroco.

Sin embargo, antes de que el cura empezara a desgranar los pormenores de la festividad, Enriqueta ya se había cansado del tema, que, al fin y al cabo, cada año era idéntico al anterior.

—Bien, entremos en faena de verdad, padre: la homilía del domingo.

Esta vez, la expresión del sacerdote sí que cambió, por un segundo, a la de molestia mal disimulada; enseguida consiguió reponerse y continuar la charla.

—Había pensado hablar del peregrinaje del Señor y su esfuerzo por transmitir Su palabra.

—Pamplinas. Eso lo hemos escuchado mil veces. Sería conveniente algo más útil para nuestra comunidad... Estaría bien ahondar en el cuarto mandamiento: «Honrarás a tu padre y a tu madre». Últimamente en el pueblo no se respeta ya ni esto. Tiene usted que empezar por lo esencial, y no construir la casa por el tejado; si no, no aprenderán nada estos gañanes.

—Por supuesto. ¿Lo dice usted por alguien en particular? ¿Sus hijas, quizá?

Enriqueta miró con detenimiento al párroco. Por una vez había estado hábil. Normalmente, o no veía sus segundas intenciones o hacía como que no las veía. Y a ella le convenía cualquiera de los dos tipos de ceguera.

—Hombre, no le digo yo que no; a mi hija Rocío le vendrá bien, no hay ninguna duda. Pero no van por ahí los tiros. Más bien van por la niña de los Navarro, por Francisca.

—Ah. No tengo constancia de nada inusual, señora.

—Usted es que no se entera de nada, como siempre. ¿Qué haría sin mí? —Enriqueta respiró hondo antes de continuar—. Digamos que me parece a mí que la niña no tiene intención de seguir los planes de sus padres. Me refiero a lo de la boda con el hijo de la Rafaela. Que quede entre usted y yo.

—No sabía nada... Más bien al contrario, su madre ya estaba pensando en fechas para la boda. E incluso me dijo que la pareja no quiere casarse en la iglesia. Prefieren que sea en la ermita del Santo Niño.

Enriqueta aprovechó que don Inocencio empezaba a comprender el problema para ahondar más y conseguir que se indignara y así se sumara a su causa.

—Por eso mismo. Pobres ingenuos, que estarán ahorrando y preparando el ajuar de la niña. Su infeliz madre gastando una fortuna en servilletas y juegos de cama. Bordando las iniciales ella misma, cada noche, para que luego la niña...

Sus palabras hicieron mella en el párroco, como cabía esperar.

—No me diga más —dijo llevándose la mano al pecho—. Como de costumbre, usted sabe anticiparse a los desastres humanos mejor que nadie. La niña es en verdad guapísima. Podría encandilar a cualquiera y marcharse dejando a dos familias compuestas y sin novia. Y usted encima tiene en gran estima al novio, Valentín.

—Sí, así es. Es muy trabajador y organizado, de los pocos a los que puedo dar alguna responsabilidad, padre. Entenderá que esté preocupada por un asunto tan aparentemente trivial.

En ese preciso momento, Esperanza entró en el patio para anunciar que la comida estaba servida y que don Pepe ya estaba sentado a la mesa.

El comedor era una estancia alargada, como un pasillo muy ancho o como un salón muy estrecho. Creaba un cierto desconcierto en todo aquel que entraba por primera vez. Estaba situado debajo y detrás de la escalera principal de madera y en él cabían exclusivamente una larga mesa y sus correspondientes sillas para nada menos que veintiséis comensales. Pero apenas sobraba un metro por cada lado, lo que obligaba a servir la mesa en dirección única, ya que no quedaba espacio para que ni el más adiestrado de los camareros pudiera realizar un cambio de sentido sin propinar un golpe al que venía sirviendo detrás. Más de una vez una bandeja de comida se había caído al suelo, y el servicio se había visto obligado a ensayar después de la reprimenda de doña Enriqueta.

Al fondo del comedor había una estrecha ventanita que daba al *office*, en el que solían comer y cenar las niñas a diario, de modo que el comedor se reservaba para las contadas ocasiones en las que se reunía toda la familia porque doña Enriqueta no estaba trabajando. Las paredes lucían cubiertas de azulejos azules y amarillos con motivos de lazos. Justo en el medio de la pared principal, bien centrada respecto a la inmensa mesa, presidía el espacio una porcelana en relieve con una representación de la Última Cena. En el

29

extremo opuesto a la ventanita había un mueble de madera con vitrina, que se cerraba con llave donde se exponían los objetos de plata: bandejas, jarras, bajoplatos y candelabros.

El padre Inocencio se acababa de sentar a la mesa cuando entraron Rocío y Milagros, así que tuvo que volver a levantarse. Le saludaron cortésmente a la vez que hacían una pequeña genuflexión, tal como les habían enseñado. Se sentaron en sus respectivas sillas y se pusieron, como era costumbre de las dos, a desmigar el pan. Rocío porque le encantaba la miga y Milagros por imitar a su hermana.

Rocío miró de reojo a su hermana y le puso mala cara.

—Cansina, para ya de hacer todo lo que hago —le susurró en el tono más bajo que pudo—. Estoy harta de ti.

Doña Enriqueta paró en seco su conversación con el párroco y se dirigió fríamente a su hija:

—Rocío, te hemos oído perfectamente. Tanto el padre Inocencio como yo te hemos explicado mil veces que tu hermana te necesita más que nadie. Tu deber es ayudarla, no humillarla.

—Ya, que es sencillamente limitada…, lo que pasa es que lo dicen suavemente y soy yo quien tiene que cargar con ello. ¡Una injusticia! —se atrevió a decir Rocío aunque se arrepintió casi al segundo y bajó la mirada hacia su plato.

Enriqueta dio tal golpe en la mesa que volcó su copa de agua y creó una onda expansiva de tintineo en las que quedaban en pie.

—¡Levántate ahora mismo de esta mesa, Rocío! —Su hija pequeña permaneció inmóvil, aterrada—. He dicho que te levantes —repitió despacio doña Enriqueta—. No querrás que vaya y te coja por los pelos.

Rocío se puso en pie rápidamente e intentó excusarse:

—Madre, yo solo quería decir…

—Sé perfectamente lo que quieres decir. Para empezar, te quedas sin ir a Madrid el fin de semana. Olvídate de la fiesta y de merendar por ahí.

—¡Madre! ¡No! —Y las lágrimas empezaron a deslizarse por el rostro de Rocío. Miró a su padre para ver si este intervenía a su favor.

—No busques a tu padre con ojos de borrego degollado, que él no te va a ayudar. A partir de ahora, tu hermana estará siempre donde tú estés, paseará contigo, irá a misa contigo...

—Eso ya lo hace. Menudo castigo —le contestó Rocío desafiante a pesar de tener la cara llena de lágrimas.

—No he terminado, no te preocupes. Irá a Madrid contigo, irá a las meriendas y encuentros que tengas y hará las visitas que tú hagas.

Rocío, que ya estaba de pie, se acercó a su madre gesticulando.

—Quiere destruirme la vida, ¿verdad, madre? Y que yo haga el ridículo más horrendo y sea el hazmerreír de todo el mundo, que no me inviten nunca más a ningún sitio... ¿Y cómo quiere usted que me pretenda alguien en esas condiciones? Voy a espantar a los chicos con semejante compañía. Aunque consiga que alguno hable conmigo, ¿tendré que llevarme a mi hermanita también? Va a conseguir usted que no me case nunca y no pueda dejar este pueblucho jamás.

—Ya estamos con la historia esta, padre; es la última cantinela. La niña está obsesionada con tener un novio, ya ve; por eso no quiere estar aquí en el pueblo ni en vacaciones. Va a ser una *rechumilla* de mayor, como dicen aquí. El pueblo es poco para ella.

Rocío interrumpió a su madre con malos modales:

—¿Aquí? ¿Aquí a quién diablos podría conocer? No hay nadie a mi altura en trescientos kilómetros a la redonda... ¿O es que no quiere, madre, que conozca a un señorito de buena familia o quizá, quién sabe, a un marqués o a alguien con un título? ¿Prefiere usted al hijo de algún jornalero?

Enriqueta hizo un esfuerzo por contenerse para no reproducir ante don Inocencio otra más de las habituales discusiones con su hija.

—Rocío, no me saques de quicio, que tienes esa habili-

31

dad. Estoy harta del tema, no te anticipes. Vive el presente. Todavía te queda un último año de clases.

—Por eso mismo: muchas de mis amigas ya tienen novio y saben con quién van a ponerse de largo... Victoria Trénor ya tiene fecha de boda y...

—Calla ya, hija; calla ya, que solo tienes pájaros en la cabeza. Si todavía eres una niña.

—O me adelanto o me quedaré con lo peorcito... —se quejó Rocío con dramatismo.

—Padre, ¿oye usted cómo habla? Como si fuera a casarse con el duque de Alba. No tendría que haberla enviado nunca a ese colegio de señoritas. Sandeces, todo el santo día diciendo tonterías. Tendría que haber estudiado en casa, con la institutriz, como su hermana.

—Pues sí que hubiera llegado lejos... Milagros lee y escribe fatal. —Rocío azuzó aún más la conversación—. ¡Si no sabe siquiera dónde está San Sebastián!

—Mentira, madre, si lo sé... está por el norte. —Milagros se defendió, sin entender muy bien qué tenía que ver ella en todo lo que estaban hablando. Pero desde luego, sí que sabía dónde estaba San Sebastián.

—Tu hermana es lista, tan solo le cuesta más que a ti aprender —le explicó su madre por enésima vez—. Pero, por lo que estoy viendo, es mejor que tú y, a la vista está, mucho más educada. Y ahora cogéis las dos vuestros platos y os vais a comer juntas lejos de mi vista, en el *office*. Y no os quiero oír discutir.

—Sí, madre. —contestaron al unísono, recogiendo sus platos y cubiertos.

—Y, Rocío —añadió Enriqueta mirándola fijamente.

—¿Sí, madre?

—Te recuerdo que Milagros es tu hermana mayor.

—¿Y?

—Pues que, antes de casarte tú, tendrá que casarse ella. Claro está. —Enriqueta no pudo evitar sonreír, sabiendo el efecto desolador que sus palabras causarían a su hija.

—No lo dirá usted en serio, madre. Me voy a quedar *pa* vestir santos.

—«Para» vestir santos, hija; habla bien. ¿No eras una señorita de ciudad hace un segundo? Allí no hablan así. No estaría mal, padre, ¿verdad? Lo de que se quedara para vestir santos, sería un buen futuro para mi devota hija... Así volarían todos los pájaros que tiene en la cabeza.

Rocío echó una mirada asesina a su madre y empujó a su hermana hacia la puerta.

—Vamos a comer al *office*, Milagros. Habrá que buscarte un novio —dijo en voz bien alta Rocío para que se oyera en el comedor—. Pero a ti no te van a querer ni *regalá*. Habrá que pagar una fortuna o comprar a alguien...

Sus últimas palabras fueron tan solo un murmullo, parecía que aún refunfuñaba.

—Pepe. —Enriqueta se dirigió a su marido, hasta ahora en silencio—. Esa alcahueta de tu hija tiene razón. Desde luego, de tonta Rocío no tiene un pelo.

—¿Qué dices, querida? —Y miró a su mujer y al párroco totalmente confundido.

—Pues eso, que habrá que comprarle un marido a Milagros. Habrá que ponerse a ello.

Antes de que ninguno de los comensales pudiera abrir la boca, Enriqueta se dirigió al padre Inocencio:

—Padre, ¿bendice usted la mesa?

33

Después de comer, las niñas se pusieron con las labores. Rocío estaba haciendo un *petitpoint* con un centro de flores granates y verde caza sobre un fondo beis que iba a ser lo suficientemente grande como para forrar el asiento de una banqueta.

No le gustaba mucho la costura; claro que allí, en el pueblo, en poco más se podía entretener. Echó una mirada a la labor de su hermana; siempre tenía que controlarla. Ya estaba enredada entre madejas de hilos, intentando deshacer los nudos que hacía al coser porque en vez de parar cuando se formaba un nudo, cortarlo y volver a empezar, ella seguía metiendo y sacando la aguja sin ton ni son. Estaba claro que no era lo suyo, no solo por su mano derecha atrofiada, que la obligaba a ser zurda, sino porque además seguía sin saber coordinar los colores con los números, aunque se lo hubiera explicado mil veces.

—Serás tonta..., dame eso que lo deshaga con las tijeras.

—No, déjame, está bonito —contestó Milagros mirando con orgullo su labor.

—¡Que me lo des, he dicho! —gritó Rocío mientras se levantaba y se la arrancaba de las manos con brusquedad—. Tendrás que empezar de nuevo, Milagros. Has hecho un nudo tan grande por detrás que, cuando lo corte, se va todo por los aires. ¡Así cómo vas a casarte! Definitivamente no distingues los azules de los negros, ni los morados... Lo cortaré y se acabó. —Y cogió las tijeras.

—No, por favor, hermana; llevo semanas trabajando...

—Semanas para esto... —Rocío continuó cortando nudos sin miramientos y luego quitó con la ayuda de las tijeras los hilos con los colores que no estaban en su sitio, dejando al final unas tristes líneas de puntos beige de fondo—. Y te he dicho que el fondo se hace al final, primero va el motivo. Lo dejo ya porque me da pena. —Le volvió a poner la tela entre las manos. Milagros la miró y no pudo reprimir el llanto.

—No llores, no es para tanto, lo vuelves a empezar y ya está. —Según lo dijo, se arrepintió de su brusquedad.

—Claro, como a ti todo te sale tan bien y a mí me cuesta tanto... Nunca hago nada bien —balbuceó entre sollozos Milagros.

—Lo siento, venga, yo te ayudaré. No te preocupes. No me gusta verte llorar. —Rocío cogió la labor de su hermana y le acarició el cabello.

Milagros se tranquilizó; sentía adoración hacia su hermana, a la que no se cansaba nunca de seguir e imitar para el fastidio de esta. Rocío, a pesar de quererla, no la soportaba más de media hora seguida.

Cuando ya habían pasado unas dos horas, Rocío resopló y miró por la ventana.

—Milagros, necesito salir un rato.

—No podemos, no tenemos permiso.

—Por eso, no digas nada. Tú quédate aquí y si te preguntan dónde estoy dices que he ido al baño, ¿entendido?

—Para decirle esto Rocío se sentó de rodillas y cogió a su hermana de las manos.

—Vale. Pero si me pillan, no te enfades conmigo.

—Esfuérzate, que mientes muy mal y es algo que es necesario saber hacer bien en la vida.

Y así, con una coartada endeble, pero coartada al fin y al cabo, Rocío puso en marcha su pasatiempo preferido en el pueblo: fugarse.

Le encantaba escaparse, desde pequeña. Tenía incluso una rutina establecida con los años. Lo primero era entrar sigilosamente en la despensa pequeña y hacerse con algo de comida, galletas si encontraba o, si no, algún trozo de salazón o mojama. Dulce o salado, poco importaba. Luego, agachada, atravesaba el patio trasero, donde tendían la ropa, hasta la puerta de servicio que daba al corral. Una vez allí, salir era pan comido.

Rocío sabía que el mayor peligro estribaba en los apenas doscientos metros que separaban su casa de la iglesia. Unos segundos críticos en los que corría pegada a las paredes de las casas como si la persiguieran los demonios. Una vez en la iglesia no tenía más que rodear sus muros y bajar por una pequeña loma que llegaba hasta la chopera del río Taray.

Era lo único que echaba de menos cuando estaba en la ciudad. Aminoraba el paso al llegar a los árboles, calmando sus pulsaciones, y cerraba los ojos para escuchar el sonido de los chopos. A poco viento que hiciera, susurraban, como en los cuentos. Pero no se dirigían a ella sino que se comunicaban con las aguas del río. Era lo más cercano a la magia que conocía.

Acababa su excursión tocando el viejo olmo blanco al final del camino, tan plateado y brillante que sin ninguna duda debía de tener poderes mágicos. Al verlo a lo lejos nunca podía evitar volver a correr hasta llegar frente a él, cerrar los ojos, tender la mano para notar su rugosa corteza

35

templada por el sol y concentrarse antes de pedir un deseo. Necesitaba que todos sus sentidos y pensamientos se ordenaran. Primero se concentraba, inmóvil, en dejar de oír su corazón, que palpitaba otra vez demasiado fuerte. Rocío era consciente de que era bastante mayor para jugar a conectarse con el viejo olmo, pero soñar despierta era lo único que le animaba del tedio del pueblo. Cuando estuvo completamente absorta pidió su deseo con todas sus fuerzas:

—Un apuesto marido, que sea la envidia del mundo entero.

Rocío, aún tan joven, no sabía que hay que tener mucho cuidado con los deseos, porque a veces se cumplen. Ya tendría tiempo de arrepentirse.

Capítulo segundo

Como cualquier domingo por la mañana, se arreglaron todos para ir juntos a misa. La asistencia era obligatoria también para los miembros del servicio, que les acompañaban en el paseíllo desde la casa hasta la iglesia.

Lo hacían por la calle principal, una cuesta poco pronunciada y ligeramente elevada sobre el resto de la población que recorría la cima de una pequeña colina. Si uno se detenía a observar los volúmenes del templo y los comparaba con el pequeño tamaño del pueblo, fácilmente se daba cuenta de que era su elemento más significativo.

Toda la gente de bien se congregaba allí los domingos a mediodía. Los vecinos salían de sus casas de punta en blanco. Los hombres se dirigían directamente a la puerta de la iglesia, mientras las mujeres esperaban la salida de los demás miembros de la familia en la puerta de sus casas, a lo largo de la calle principal, formando corrillos.

Doña Enriqueta era el blanco de todas las miradas. La gente, muy fisgona, aprovechaba la reunión en la explanada de la iglesia para hablar sobre lo que se terciara. Generalmente eran conversaciones poco trascendentes, como la calidad de la mantilla que llevaba doña Enriqueta o con qué gracia se la colocaba siempre Rocío. O simplemente hablaban sobre Milagros, foco desde hacía años de la mayoría de los comentarios.

A medida que llegaba la comitiva de la familia Hernández-López a la altura de cada casa, enmudecían sus habitantes, ponían una sonrisa tonta y, en cuanto había pasado la Pistolera, empezaban los comentarios. Poco a poco se iban sumando las mujeres a la pequeña procesión y procuraban situarse lo más cerca posible de la familia, porque creían que les contagiaba cierta relevancia. Es curioso que domingo tras domingo se siguiera siempre un cierto orden por nadie establecido, pero siempre respetado. A Rocío le encantaba el paseíllo. Junto con sus visitas a la chopera era de las pocas diversiones que tenía. Por eso las mañanas del domingo se esmeraba a conciencia para vestirse. Elegía su vestido la víspera y se aseguraba de que estuviera bien planchado y que no le faltara ningún botón. Por si las moscas, elegía el de su hermana y lo repasaba, para que no desentonara con ella, aunque la vestimenta de Milagros fuera tan fea que a duras penas podía variar mucho. Ella, en cambio, tenía tres conjuntos nuevos que le habían confeccionado en Madrid copiando unos que había recortado de una revista parisina. Ya llamaban la atención en la capital, así que en el pueblo eran sencillamente la gran atracción. No podía defraudar a su público.

Se doblaba cuidadosamente la mantilla para fijársela con alfileres, mientras se miraba al espejo, al tiempo que dejaba asomar una onda de pelo sobre la frente siguiendo fielmente las últimas tendencias. Llevaba el cabello cortísimo. Rocío hubiera preferido calarse simplemente alguno de sus sombreros nuevos pero en el pueblo la costumbre era usar mantilla o velo y su madre no le hubiera permitido la excentricidad del sombrero.

Antes de salir de casa, doña Enriqueta pasaba revista a todos, incluido su marido, a quien ese día colocó cuidadosamente el chaleco y la corbata, mientras le miraba con cariño.

—Pepe, así estás mejor —le susurró antes de salir por la puerta.

Puesto que iban con el tiempo justo, amagaron un saludo rápido al llegar a la puerta de la iglesia. La misa debería haber comenzado hacía cinco minutos, pero nunca empezaban sin ellos. Todo el pueblo se arremolinó para pasar a la vez por la puerta. Una vez dentro, los hombres se sentaban a la izquierda y las mujeres a la derecha.

La familia lo hizo como siempre, en el primer banco para seguir la liturgia. Esta misa en particular se recordaría durante lustros. El padre Inocencio empezó el ritual establecido hasta llegar a la homilía previamente acordada con doña Enriqueta. Esta, recta y estirada como una espiga, no paraba de echar ojeadas con desaprobación a Francisca, la hija de los Navarro, aunque para ello tenía que volver un poco la cabeza hacia atrás. Cuando se dio cuenta de que los continuos giros iban dirigidos a ella, Francisca se puso lívida; no entendía por qué la Pistolera la miraba de reojo con aquel rictus de desaprobación. Hizo memoria y se preguntó qué podía haberle hecho ella para desatar semejante atención. Por si acaso, comprobó que llevaba bien puesta la mantilla, y se miró las uñas de las manos para ver si estaban limpias. No encontró nada que hubiera podido molestarla, aunque era obvio que algo pasaba.

Francisca intentó concentrarse en la misa para no ponerse más nerviosa con sus funestas cavilaciones.

El padre Inocencio, un poco distraído y con algo de desgana, comenzó a hacer su interpretación personal de los Santos Evangelios:

—Y, por eso, nuestro amado Señor, en su peregrinar entre nosotros quiso…

No pudo terminar. Fue interrumpido por dos golpes que dio doña Enriqueta con su bastón contra el suelo de piedra gris de la iglesia. Sonaron tan fuerte que toda la congregación se quedó paralizada.

—Mentiras, mentiras y más mentiras… —Enriqueta levantó la voz, para sorpresa de todos los presentes.

—¿Qué pasa? —preguntó el párroco, lívido, desde el púlpito.

—¿Se puede saber cómo dice usted semejante majadería? ¿Cuándo diablos pasó Jesucristo por este pueblo? ¿Acaso estuvo siquiera en España? ¡Así cómo diablos se va a aprender algo en este pueblo! ¡Amos! ¡Dé ya de una

39

vez la comunión que para oír estas sandeces no perdemos nadie el tiempo!

Se instaló en la iglesia un silencio sepulcral. Don Pepe estaba pasando tanta vergüenza por las maneras autoritarias de su mujer que, por primera vez en su vida, osó sujetarla del brazo para sacarla de allí.

—No me toques, Pepe, o la tenemos también tú y yo.

El padre Inocencio intentó recomponerse y hacer la consagración, aunque le temblaba todo el cuerpo y apenas podía concentrarse. El cáliz que elevó hacia el cielo no paraba de bailar por el tembleque de sus manos y muchos temieron que se le cayera o derramara el contenido.

Solo algunos de los feligreses se atrevieron a levantarse para tomar la comunión, así que no se formó la habitual cola. La misa acabó enseguida y la salida de la iglesia se hizo en silencio.

Fuera, en cambio, se formaron corrillos:

—Cielo santo, esa mujer no conoce límites —decía alguno.

—¡Cojonudo! —comentaba entre risas otro.

—¡Menos mal que me has hecho venir a misa! Como *pa* perdérselo… —terciaba uno más allá.

El padre Inocencio dio por concluida la misa confundido y sudando la gota gorda. Cuando empezó a pensar con algo de claridad mientras se quitaba las vestiduras, cayó en la cuenta de que se le había olvidado rogar por su hermano el padre Domingo, enfermo de tuberculosis en Belmonte, quien a pesar de llevar tan solo dos meses allí se había ganado el cariño de su parroquia. Era la más importante de sus preces y se le había olvidado por culpa del exabrupto público de su principal feligresa.

Esa mujer, Enriqueta, iba a acabar con él. No la soportaba, pero tampoco tenía muchas opciones. Por supuesto, él no había querido decir que el Señor había visitado el pueblo; no era más que un decir y doña Enriqueta no hubiera debido tomárselo de forma literal… Dios era clemente y misericordioso pero esas no eran precisamente las cualidades de sus feligreses, a los que imaginaba riéndose de este episodio durante años. Le había desautorizado y ridiculizado. «Dios, qué cruz me ha tocado llevar. Una prueba del Señor, sin duda alguna», se lamentó empezando ya a resignarse.

Las niñas, al llegar a casa, temiendo tormenta entre sus progenitores, se refugiaron con sigilo en sus habitaciones. El servicio fue aún más rápido: como tenían la tarde libre, se esfumaron nada más salir de la iglesia. Pepe intentó dialogar con su mujer puesto que esta, encima, mostraba visiblemente su enfadado con él.

—Mujer, ha sido un tanto excesivo cómo has interrumpido al pobre párroco. Ya sabes que no suelo afearte nada, pero has creado una situación muy incómoda.

—¿Tú también en mi contra? No, Pepe. No irás a ponerte de su parte, decir semejantes majaderías y mentiras a la gente del pueblo... Es su único trabajo, lo único que tiene que hacer el hombre: preparar la homilía. Y va y dice que Jesucristo estuvo peregrinando por La Mancha. Le ha faltado decir que conoció a don Quijote. Se aprovecha de la ignorancia cuando debería enseñar.

Pepe se acercó a su esposa en un gesto conciliador. La experiencia le decía que, enfrentándose a ella, la situación solo empeoraría:

—No defiendo eso, mujer, ni mucho menos, pero esas no son formas; se lo dices en privado y no delante de todo el pueblo.

—Ya. No he podido resistirlo. Me ha hervido la sangre, no sé qué me ha pasado —concedió Enriqueta.

—Que no eres mujer de contenerse... —le contestó su marido entre tímidas risas cariñosas.

—No te rías o me harás reír, Pepe —le pidió una Enriqueta más relajada.

—Es que acabo de recordar lo mucho que te quiero, con todo tu carácter y tus defectos.

—Pues sí que eres raro..., ¡menudo momento! Son muchas mis virtudes y, desde luego, si no fuera por mí y esos supuestos defectos jamás te habrías acercado a mí. Ni nos habríamos casado.

41

—A ver quién iba a atreverse a acercarse a ti. —Pepe rio su propia ocurrencia.

—Ahora me vas a decir que no te gustaron mis dotes de persuasión.—¿Cómo no? Si saltaste literalmente encima de mí. Y con la mejor frase que me han dicho jamás.

Enriqueta le miró divertida, se sentó en el sofá del patio e hizo un gesto con la mano a su marido para que la acompañara.

—Tú te casas conmigo, ¿me has oído bien?

La que así hablaba era una joven Enriqueta que ya apuntaba maneras de convertirse en una mujer indomable.

José Hernández Nieto se quedó fascinado con ella nada más conocerla en una merienda. Allí estaba esa mujer, en la ciudad, totalmente fuera de lugar, como un toro embolado suelto por el salón de un ayuntamiento. Se fijó en ella porque sobresalía en el centro de un corro, con un plato en la mano a rebosar de *gourmandises* mientras gesticulaba con la otra. Enriqueta nunca supo mantener un tono de voz bajo y pausado, así que, encorsetada con un vestido que poco o nada le favorecía —se veía a la legua que estaba lejos de su estilo y costumbres—, hablaba de simientes, siembra, fanegas y trataba de explicar sin mucho éxito qué era la *aniaga*, una paga mensual a los trabajadores que equivalía a quince celemines de trigo, siete litros de aceite y cinco cuarterones de patatas, en una conversación de lo más sorprendente.

Su auditorio, atónito, no veía más que a una maleducada e intentaban discernir de dónde diablos había podido salir semejante bicho raro. Las buenas maneras exigían no hablar de dinero, ni mucho menos de costes, en una reunión social de ese tipo, y toda su estridente cháchara constituía una falta de urbanidad grave, tan vulgar como ella misma. Al fin y al cabo, los demás invitados pensarían que no se podía esperar más educación de alguien que vivía en un pueblucho que nadie conocía.

Sin embargo, Pepe estaba encantado. Desde ese momento y durante toda su vida vivió eclipsado por esa mujer. Y con gusto.

Pepe, que también había ido a relacionarse a la merienda, porque estaba en la edad de merecer, hasta ese momento no había mantenido una conversación de más de dos palabras seguidas con nadie en la reunión, salvo con su primo, anfitrión de la tarde. Se había entretenido solo, mirando las espléndidas cortinas de la salita. Teniendo en cuenta su interés por la decoración, los anticuarios y las telas —afición que había heredado de su madre, a la que estaba muy unido, y que transmitiría más tarde a su hija Rocío—, no se había aburrido en absoluto.

Pero desde el principio había observado de refilón a aquella gran mujer, ni fea ni guapa, que en ese momento advertía a quienes aún la escuchaban:

—Disculpen, tengo un hambre voraz. Voy a sentarme un rato. No crean que no tengo modales, no me voy a poner a comer a dos carrillos delante de ustedes.

Y se sentó más ancha que pancha en un sofá pequeño, al lado de unas plantas. En menos que canta un gallo engulló pastas, lenguas de gato, ensaimadas y todo lo que le cupo en el plato.

Sus familiares le habían dado instrucciones precisas de conducta para una merienda de ese tipo: nunca servirse más de un plato y no hablar comiendo, mucho menos delante de caballeros. Cumplió diligentemente el consejo, pero a su manera. Siempre encontraba la forma de alterar las reglas a su favor. De pronto reparó en Pepe. Como mujer práctica que era, se animó a solucionar ese cabo suelto por el que sus padres la habían enviado a la ciudad: el matrimonio. Un escollo que se había propuesto solucionar lo más rápido y eficazmente que le fuera posible.

Sus padres ya la habían advertido de que, a pesar de ser hija única y gustarle la faena del campo, no heredaría ni una sola hectárea a menos que tuviera un marido como debía ser. Temían por el talante de su hija. Si no la inducían a ello, jamás se casaría.

43

Enriqueta, a pesar de su juventud, ya se encargaba sola del cultivo de trigo, maíz y cebada. Tenía además en mente construir su propia fábrica de harina para vender el producto final de sus cultivos. No era una mujer al uso.

Mientras comía, pensaba que no debía de ser tan difícil casarse como aseguraban sus primas o, por lo menos, para alguien que no tuviera pájaros en la cabeza como ellas. Todas esperaban a un príncipe de cuento, alto, apuesto, rico y, a poder ser, con título. Ella no; el único requisito consistía en que fuera él quien se fijara en ella. Fue entonces cuando, al levantar la vista, descubrió a un joven delgadísimo que la miraba embobado. Enriqueta dejó el plato sobre el sofá y, ni corta ni perezosa, se dirigió directamente a quien ya había decidido que sería su futuro marido. Buena era ella cuando ponía las miras en algo. Parecía además un joven muy agradable por su forma tímida de observar.

Pepe, al ver que la muchacha se acercaba, se volvió hacia sus preciadas cortinas adamascadas. «¡Qué vergüenza! Me ha pillado», pensó.

—Hola —le saludó ella tocándole el hombro para que se diera la vuelta—. Me llamo Enriqueta López Muyeras, ¿y usted?

—Encantado, mucho gusto; soy José Hernández Nieto, pero me dicen Pepe.

—¿Le gustan las cortinas? No para de mirarlas.

—Sí, me encantan, bueno, quiero decir..., solo un poco. Fíjese bien, estas son de damasco granate y, por su brillo, yo diría que son nuevas.

—Yo no tengo ni idea de lo que es damasco. Ni sabía que las cortinas podían tener brillo. Es estupendo, por lo visto ambos tenemos unas aficiones que los demás creen que no deberíamos tener.

—Señorita, no la sigo... —le dijo Pepe con timidez.

—No se preocupe por nada. Creo que vamos a ser muy buenos amigos. Veo que no ha comido nada; ahora mismo le pongo un plato, que está usted en los huesos. Ya verá qué bueno está..., en mi pueblo no hay nada de esto. Encargaremos en la pastelería de aquí un surtido para llevárnoslo.

Y así empezó todo. Aquel fue el día en que Enriqueta López Muyeras decidió casarse. Había encontrado a su príncipe azul. Sin duda, la mejor decisión que había tomado en su vida.

Los recuerdos sobre su propio compromiso hicieron que Enriqueta se centrara en las bodas de sus hijas y se le olvidara por completo el episodio de la iglesia.

Casarlas no iba a ser precisamente un camino de rosas puesto que eran incapaces de hacer una elección con la cabeza, de ser prácticas, cada una por motivos bien diferentes. A la pobre Milagros no se le podía pedir más, para ella sería bienvenido cualquier marido, pero Rocío, teniendo todos los tornillos en su sitio, jamás podría elegir una persona que valiera la pena; estaba segura. «Grillos en la cabeza en vez de sesos, eso es lo que tiene esa niña. Con lo vanidosa que es, solo se fijará en un gran pavo real, con colores llamativos y de escaso corazón, en un tunante o un vividor. Todo habría sido más fácil si no fuera tan guapa o si no supiera que lo es. Desde luego, su belleza es una maldición. ¡*Odo*! ¡Si ni Pepe ni yo somos apuestos ni nada parecido!»

A doña Enriqueta no la movían solo deseos altruistas sobre la felicidad de Milagros. Necesitaba un yerno en condiciones, alguien de quien fiarse, en quien delegar la protección de su hija. Últimamente no podía con todo: había conseguido ella sola doblar el patrimonio heredado, pero la carga de trabajo también había aumentado proporcionalmente.

Había invertido y modernizado estructuras tanto en el ámbito de la agricultura como en el industrial, con la deseada fábrica de harinas. Además compró varias de las tierras que lindaban con las suyas. Alguna la había conseguido bajo presiones y amenazas, pero así eran los negocios. Una vez, incluso, tuvo que comprar todas las deudas de uno de sus

45

vecinos, que averiguó mediante un particular investigador privado que se había agenciado en la capital y le arreglaba asuntos de todo tipo. Si uno ponía interés, siempre encontraba la forma de alcanzar sus objetivos.

Así que ahora necesitaba un yerno, a poder ser con estudios. Un hombre de leyes sería más que perfecto. Si quería seguir prosperando le hacía falta alguien con esos conocimientos y muchos contactos en Madrid. El perfil estaba claro. Pero la cuestión era cómo encontrar a un sujeto con semejantes cualidades que quisiera aceptar a Milagros aunque fuera sobre el papel. Había que ser realistas: no podía conseguir un matrimonio en el sentido estricto de la palabra. Hacía años que lo sabía pero en ese momento lo asumió. Suponía decirse a sí misma, claramente, que su hija tenía un problema, una limitación. Habría sacado los ojos sin dudarlo a cualquiera que le hubiera insinuado algo parecido delante de ella.

Además, Milagros no era precisamente agraciada, lo que complicaba aún más el asunto. Y esa mano que tenía atrofiada no ayudaba. Si consiguiera un marido apuesto, con un futuro labrado, nadie pensaría que es diferente o inferior a los demás. La respetarían.

Estaba harta de que los jóvenes del pueblo escalaran el muro de casa para verla jugar en el jardín y burlarse de su mano enferma. Su hija no era un mono de feria. Y ella acabaría de una vez por todas con ese sufrimiento.

Si le explicaba bien a Milagros la cuestión del matrimonio, lo entendería y se comportaría como le indicara. Se lo repetiría todas las veces que hiciera falta. Mejor se lo encargaría a su marido, que tenía más mano para esas cosas y más paciencia que ella. Pepe sabría cómo hacerlo.

El aspecto más delicado sería hacerle entender la noche de bodas. Tampoco era necesario que consumaran a la primera, ni a la segunda. Su padre se lo contaría de forma natural. Habría que dejar ese tema atado con el candidato, para que no saliera corriendo de buenas a primeras.

Todo tenía que quedar claro sobre el papel, una especie de relación contractual, un pacto privado. Debería hablarlo primero con su marido, aunque seguro que pondría mala cara o se negaría en redondo.

Cuando pasara todo lo de Milagros, ya vería qué hacer con Rocío. Quizá lo mejor sería meterla en un convento, aunque fuera un tiempo. Un verano podía ser lo más apropiado, suficiente para que las monjas se cansaran de ella…, aunque conociendo a su benjamina ocurriría al revés, y sería ella quien no soportaría durante más tiempo el encierro.

Mientras hojeaban revistas parisinas atrasadas, Rocío no podía evitar continuas cavilaciones sobre el futuro de su hermana, al que el suyo propio estaba unido.

—Milagros, cabeza de chorlito, tendrás que casarte y punto. Será divertido, tienes que querer hacerlo, te gustará… ¿Sabes qué? Te harán una fiesta con muchos regalos. —Rocío había optado por engatusar a su hermana con lo más positivo de la institución matrimonial.

—¿Tú quieres casarte, hermanita? —le preguntó Milagros con mucho interés.

—Es lo que más deseo. ¿No te das cuenta de que aquí en el pueblo no hacemos nada, nos morimos de monotonía y desidia?

—¿Sí? Yo no he notado nada. —Milagros volvió a enfrascarse en su revista.

Rocío se levantó del sillón para acercarse a su hermana. Estaba sentada a la mesa camilla. Le rodeó los hombros con el brazo para centrar su atención.

—Sí. Claro que sí. Lo más divertido que puedes hacer aquí es tirar piedras a los chicos que se acercan a la tapia para meterse contigo. Y eso estaba bien antes, cuando aún éramos niñas. Ahora somos mujeres. Mírame. —Rocío estiró el cuello y el pecho—. Soy una mujer hecha y derecha, y tú también.

—Hablando de ser mujer, no me gustó que me dieras de fumar el otro día… Fue asqueroso. Si hay que fumar para serlo, ni pensarlo: seré una niña siempre.

—*Peazo* borrica, cómo lo simplificas todo. Somos mujeres porque sí, porque nos hemos hecho mayores, no por fumar. Por eso nos ha crecido el pecho. ¿Recuerdas?

—Sí, me suena... Tiene que ver con lo de la sangre, también. Somos mujeres porque nos sale sangre de ahí abajo todos los meses sin hacernos ninguna herida. Rafaela me lo ha explicado muchas veces.

—¡Mira! ¿Ves como no eres tan tonta? Sí, es algo biológico. Sigues asustándote cuando menstruas, ¿verdad?

—¡Por supuesto que no! Déjame en paz y no me llames borrica nunca más —le pidió Milagros deshaciéndose del abrazo de su hermana.

—Para lo que quieres sí tienes memoria. Hace ya un buen rato que te dije lo de borrica. —Rocío se quedó un tanto sorprendida porque su hermana no solía atreverse a contestarle—. Te lo tenías guardado, ¿no? —Y Rocío se convenció de que su hermana era más lista de lo que aparentaba.

48

Esperanza se acercó disimulando a la mesa de la cocina, donde estaba sentada Rafaela comentando con Aguedica los menús de la próxima semana. Había que prepararlos con antelación para avisar que mataran una gallina o un ternero si hacía falta. Rafaela había hecho recuento de conservas en la despensa y decidió que esta semana embotarían ya el pisto para unos meses. Tardaban toda una jornada en prepararlo porque lo hacían a tandas y luego lo organizaban en la alacena. También podrían poner los chorizos y los lomos, que se estaban oreando, en orzas con adobo para que duraran hasta final de año. Todo eso era demasiado trabajo para una sola semana.

—Bueno —dijo Rafaela—. Centrémonos en hacer el pisto y servir una buena cena el sábado, que vienen invitados de la señora. Había pensado que podríamos guisar algo de pescado, algo fino, como un besugo al horno con mantequilla...

—¡*Ujj*! ¡*Arrea*, qué asco, pez! —profirió Esperanza metiéndose en conversación.

—¡Pobres! —contestó Aguedica, la cocinera—. ¿Cómo vamos a hacerles eso a los pobrecitos invitados? ¿Acaso están enfermos?

—Aunque no lo creáis, hay gente a la que le gusta el pescado y no lo come solo por obligación.

—Por aquí cerca, no —rio Esperanza mirando de reojo a Aguedica—. Aquí somos más de panceta a la brasa.

Esperanza se sentó a la mesa con sus compañeras, aunque no la hubieran invitado.

—Anda que no te vendría bien a ti dejar de comer tanto cerdo, que estás un tanto rolliza —le espetó Rafaela a Aguedica—. Y tú, Esperanza, contrólate, que ya no tienes el tipín ese que tenías al venir de la ciudad.

—¡Pues a los gañanes del pueblo les gusto! Y también como cordero y vaca, no solo de cerdo vivo. ¿Qué se ha creído usted?

—Vaya —le rio la gracia Aguedica—. ¡Así me gusta mi niña! ¡Defendiendo la variedad gastronómica de la zona!

Las tres rieron.

—¡Ya sé! —cambió de tema Aguedica—. ¿Por qué no hacemos para la cena un asado de cerdo? Puedo hacer una salsa fina con nata, brandi, champiñones y cebolla. Estará de chuparse los dedos.

—Está bien. Al fin y al cabo tú eres la cocinera; yo solo intento orientarte —aprobó indirectamente Rafaela.

La conversación había acabado y Esperanza seguía haciéndose la remolona en la mesa, sin levantarse para ir a trajinar por la casa.

—¡Pero, niña! No seas vaga… Si has acabado, ve a revisar las alcobas y lleva las jarras de agua para la noche —la riñó Rafaela.

—Si ya lo hice… Bueno, no del todo. *Ej* que yo…

—¿*Ej* que… qué, Esperanza? ¿Por Dios, has acabado o no?

—Es que yo… —y se calló mirando fijamente a las dos—. Oí una cosa que comentaba hoy la señora con el señor y…

—Ya estamos con lo de siempre, Esperanza, so *golus-*

49

mera —se indignó Rafaela—. ¿No puedes evitar ser una cotilla y estar todo el día *cascarreando*? Si no lo cuentas explotas, ¿no? Sabes que te vamos a reñir por escuchar detrás de las puertas cuando no te toca y aun así no puedes evitar venir a contarlo.

—¡Uf! Y en este caso más. ¡Es que hablaban de la novia de su hijo Valentín, la hija de los Navarro!

—¡Arrea! ¿Estás segura? —preguntó Rafaela sobresaltada.

—Cuenta, niña, no te calles ahora —la azuzó la cocinera—. Y yo que creí que hoy iba a ser un día aburrido…

—Creo…, bueno, ya saben la afición de la señora por abrir las cartas que no son suyas. Por eso yo me voy hasta Villarrobledo para enviarlas.

—¡Al grano! —le gritaron al unísono las otras dos.

—Por lo visto abrió una carta de la Francisca, *diri… diger*… ¿Cómo se dice? ¡Qué más da! ¡Que le escribió al parecer a otro novio suyo! ¡Que la muy pelandusca está jugando con dos! Lo que le está haciendo a tu hijo, Rafaela…

—¡No! —exclamó Aguedica, roja de indignación por su amiga, quien a su vez se había quedado lívida.

—Esperanza, habrás oído mal… Será de otra chica de la que hablaban. La otra Francisca, la de los Chuscaos.

—¡Que no! De Francisca la de tu hijo. Por eso mismo la señora estaba indignada. Dijo que tu hijo Valentín era una de las pocas personas del pueblo en las que se podía confiar dejándole faena y sus cosas *pa* manejarlas o algo así.

—Habla con propiedad, Esperanza, que tú eres de ciudad. Todo lo malo se te pega, hasta el «ej» manchego. La única persona en quien delegar, diría —corrigió Rafaela recomponiéndose como pudo.

—*Pos* eso he dicho —contestó muy digna Esperanza.

—Será «pues» eso he dicho. Nadie diría que sabes leer, Esperanza. Ni siquiera que eres de la provincia, por tu acento —dijo Rafaela.

—Rafaela, hablaban de la novia de su hijo. Es *pa* preocuparse, quiero decir, para preocuparse —continuó Esperanza.

—Sí, hija, puede ser que tengas razón por una vez —convino Rafaela ahora más seria.

—Pues lo que a mí me da más miedo es que doña Enriqueta estuviera indignada —concluyó Aguedica—. Eso sí puede ser un gran problema, porque la señora enfadada es capaz de intimidar o, peor, de pegarle un tiro a la Francisca.

Las tres pegaron un saltito al unísono en las sillas.

—¡Aguedica! La señora no haría eso —dijo Rafaela—. No seas exagerada y deja de imaginar tonterías.

—Ya, como al cazador furtivo ese que pilló cerca de la laguna…; que se lo digan al pobre —le susurró la cocinera a Esperanza.

—Eso era diferente, solo le hirió —Rafaela intentó restarle importancia—. ¿Y no os han dicho nunca que no se muerde la mano que os da de comer? ¡Desagradecidas!

A pesar de sus propias palabras, de la tranquilidad que aparentaba, Rafaela se sintió tan inquieta que apenas podía pensar. ¿Cómo se lo diría a su hijo? Quizá ya lo sabía todo y por vergüenza no lo había contado. Valentín no era mucho de hablar de sus cosas personales.

A su hijo le gustaba demasiado la hija de los Navarro y sería capaz de soportar cualquier cosa con tal de acabar casándose con ella. Incluso de callárselo. Lo tenía embobado.

«Seguramente lo sabrá ya todo el mundo y seremos el hazmerreír del pueblo. ¡En boca de todos! ¿Qué hago? —pensaba preocupada Rafaela—. ¿Lo hablo con mi Valentín? Si parecía un noviazgo tan sencillo… Los dos se han criado juntos, son de la misma edad y del mismo pueblo. ¡Si es de cajón!»

Tenía que calmarse. Se haría una tisana y esperaría hasta que vinieran a buscarla como cada día. Lo echaría a suertes: Si el que venía hoy era su marido, disimularía y dejaría pasar el tema como si no supiera nada. Si venía a recogerla su hijo Valentín, lo hablaría con él.

Cada noche después de cenar uno de los dos la esperaba

51

a la salida. Rafaela apenas pasaba tiempo en su propia casa pero había logrado tener su propio hogar y su propia familia. Lo más normal habría sido que se hubiera quedado solterona como Aguedica y viviera en la casa de sus amos para salir tan solo unos días en vacaciones a visitar a los parientes. Era difícil tener una vida propia fuera de la casa grande, pero ella había tenido suerte.

Mientras Esperanza y Aguedica recogían la cena de los señores, Rafaela hizo la ruta nocturna para cerrar puertas y ventanas. Los nervios hicieron que se le cayera el manojo de llaves al suelo en varias ocasiones. Tenía un raro presentimiento. Finalmente, fue su marido quien la recogió esa noche, algo tarde. El pobre había estado infructuosamente esperando a su hijo para cenar. Como Rafaela pasaba el día en la casa grande, ellos tenían que prepararse su comida y cenaban los dos solos, pero aquella noche el joven había desaparecido sin dejar siquiera recado. No era inusual que se ausentara en alguna comida, pero era raro que no hubiera avisado a nadie.

Sus padres lo buscaron en el camino de vuelta a casa por el pueblo y preguntaron a todos los que se encontraron por si lo hubieran visto. Lorenzo, el marido de Rafaela, notó el nerviosismo de su esposa cuando él trató de quitarle hierro al asunto, pero ella insistía en buscar a su hijo a toda costa.

Rafaela le contó por fin el rumor sobre el otro novio de la Francisca.

—No pasa nada. El chiquillo estará bien... Se habrá enterado de la noticia y se ha ido por ahí, con sus amigos, a otro pueblo, para echar un trago. Es normal; no te angusties, mujer —la tranquilizó.

Se acostaron intranquilos pero no tanto como para no caer rendidos después de un largo día de trabajo.

Valentín irrumpió al alba, febril y cubierto de sangre. Rafaela y Lorenzo despertaron sobresaltados y se levantaron a toda prisa, nerviosos por la forma en que su hijo entró en casa. Rafaela, al ver la sangre, creyó que lo habían herido y se abalanzó para tocarle y ver de dónde salía, pero no encontró ninguna herida. Una hora más tarde, entre balbuceos y sollozos, se hicieron cargo de lo sucedido tras encajar las piezas: la sangre, la cara desencajada de su hijo… Valentín había matado a su novia.

Un desenlace inesperado. Valentín había sido siempre un chico responsable, pacífico, poco propenso a meterse en problemas. El hijo perfecto.

Todos los que le conocían estaban de acuerdo; seguramente había enloquecido. Por lo visto, alguien había visto cómo él y su prometida discutían esa misma tarde. Los pormenores corrieron de puerta en puerta y de boca en boca.

Al terminar su jornada Valentín fue a recoger a su novia al salir del trabajo y esta aprovechó el encuentro para deshacerse de él. Francisca no tuvo mucho tacto; le dijo que jamás había pensado en casarse con un muerto de hambre, sin casa, ni dinero, con un hombre tosco, de pueblo, sin más aspiración que ser encargado, capataz o guarda.

Francisca se creía destinada a mucho más, a ser la señora de su propia casa en vez de servir a los demás. Quería vivir lejos del pueblo, en una ciudad grande. Y se lo explicó de la forma más cruel, cansada de aquel hombre con el que se había visto obligada a compartir su tiempo libre y fingir un interés que no sentía.

53

—Entiéndelo, Valentín; no quiero la vida que puedes darme. Quiero a Pedro, el de la capital.

—¿Por qué dijiste entonces que te casarías conmigo? ¿Por qué…? Me hiciste tan feliz, Francisca —preguntaba impotente Valentín.

Llevaban un rato discutiendo mientras caminaban. El tono de sus voces fue subiendo conforme la conversación avanzaba.

—Para ganar tiempo —le contestó Francisca—, por no tener problemas con mis padres, con los tuyos y con la bruja de tu jefa. Antes tenía que sacar una promesa en firme de Pedro.

—Francisca, ¿qué dices?. Tú no eres así, nos conocemos

desde pequeños. Creo que no puedo respirar, se me nubla la vista. —Se llevó la mano al pecho, jadeando y pestañeando de forma incontrolada—. ¿Qué me has hecho?, me estás matando...

—No, no me vas a dar pena. Cálmate, estás *enciscao*, eso es todo. A Pedro ni siquiera le parecía bien que te diera explicaciones... y, *pa* que veas que me importas un poco, *pos* lo hago.

Sin más, la joven se giró rumbo a su casa, satisfecha de haberse librado de un simple gañán de pueblo.

Le dejó plantado con la boca abierta. Solo, en el último patio de las casas del camino, jadeando sin poder respirar. Y ella se iba con una sonrisa y caminando tranquila, como si fuera el día más espléndido de su vida.

Francisca pensaba que había cumplido con la faena. Tenía un futuro brillante frente a ella. Con su Pedro. Todo un señor. Lejos de ese pueblo en el que no había tiendas, ni restaurantes, ni cines, ni teatro..., nada salvo cuatro casas y una iglesia.

Mientras Francisca soñaba despierta camino a casa lo oyó venir por detrás. Como un jabalí herido intentando embestirla. La agarró del pelo, la inmovilizó haciendo toda la presión que pudo en su cuello, intentando que callara, que nunca más se atreviera a decir lo que le había dicho. Francisca intentó defenderse y por un momento pareció que iba a escapar. Valentín, al ver que no era suficiente con apretar, sacó instintivamente su navaja y la clavó con toda su fuerza y angustia en el pecho de Francisca. Una vez. Y dos. Y tres. Y cuatro. Sacar y meter la hoja.

Cuando acabó, se derrumbó sobre sus piernas llorando con furia. Pasados unos segundos, ante el suelo ensangrentado, fijó la mirada en la joven. Quiso creer que aquello no podía haber pasado, que no era real que ella estuviera allí, en el suelo, muerta. Quizás había enloquecido y veía cosas imaginarias. Había oído hablar de fenómenos así, de gente que durante un tiempo no distingue la realidad de las pesadillas. Para asegurarse la llamó y, al ver que no contestaba, le tocó la cara.

Entonces tuvo un breve instante de lucidez: había pasado en unos minutos de ser víctima a verdugo. Él era el bueno, la víctima, y ella, una persona cruel. Hacía de eso tan solo unos minutos...

Sintió una presión insoportable sobre sus sienes, alguien le estaba estrujando el cerebro. Volvió a mirar a Francisca y oyó claramente: «No quiero la vida que puedes darme. Quiero a Pedro, el de la capital».

Escucharía hasta el infinito esa frase y esa voz el resto de su vida. Quizá sin saber siquiera si en ese instante fue un pobre loco o un sanguinario asesino. Esa línea que se vuelve tan tenue a veces...

El crimen confundió a todos. Vecinos y familiares siempre habían considerado a Francisca como frívola y vanidosa, pero a Valentín, en cambio, le creían un buen chico y era muy querido. Así que nadie conseguía entenderlo, salvo porque hubiera perdido la cabeza. El pueblo se volcó en ayudar a Rafaela y su familia. También doña Enriqueta, que se hizo cargo de una destrozada Rafaela, a quien llevó, junto a su marido, a vivir a su propia casa.

—Vamos, mujer —la intentó consolar—. Entiendo a tu hijo, enloqueció. Valentín no es un asesino. Fue algo impulsivo y le...

—Déjelo, se lo pido por favor, señora; no quiero hablar nunca más del asunto. Ni oír mentar a mi hijo. ¿Cómo pudo? Pobre niña. Será mi culpa...

—¿Y tú que tienes que ver, cielo santo?

—Yo le eduqué, señora. Está claro que algo habré hecho mal.

Pasaron los meses y la tragedia se fue difuminando poco a poco en la mente de todos. Ya no se habló más del asunto por algún tipo de acuerdo tácito entre los meseños... Eran dos familias muy respetadas y todos querían dejar el suceso atrás. Era un pueblo muy pequeño, nunca

55

hasta entonces había salido en los periódicos y que se hubiera hecho famoso por algo así no gustaba a nadie.

El pueblo volvió a su rutina. Rafaela cerró a cal y canto su antigua casa. No podía soportar estar en ella porque el recuerdo de su hijo ensangrentado, con la cara descompuesta, se le representaba con una nitidez aterradora. Volver a vivir esa escena en la que no pudo reconocerlo como su hijo, en la que le pareció una bestia desconocida, consumía sus ya mermadas fuerzas.

Pero Rafaela no pudo olvidar. Se conformó con imaginar que lo había olvidado. Y todos se afanaron por ayudarla a creerlo. Muy especialmente su señora, doña Enriqueta, que no paró de darle faenas y trabajo durante años, hasta que la pobre Rafaela no pudo siquiera enhebrar una aguja y su pelo se hizo tan blanco que se podían ver las venas de su cabeza palpitando.

Capítulo tercero

Alberto se sorprendió al enterarse de que le habían invitado a un ojeo de perdices en La Era Vieja, una de las fincas de su tía Enriqueta López. Ella y su tutora, su tía Felicidad, eran primas hermanas.

Enriqueta había insistido para que fuera la noche anterior a la cacería a dormir a la finca. Le extrañó porque la relación entre las dos familias no era precisamente buena y no asistiría mucha gente con la que él tuviera trato.

A pesar de que su pueblo, Belmonte, y el de su tía, Las Mesas, estaban muy cerca, varios contenciosos familiares hacían que la distancia pareciera mucho mayor.

Pero no hizo falta mucho para convencerle. Cazar era su gran afición y se consideraba un gran tirador. Su gran espina clavada era no tener una finca propia, deseaba disponer de un trozo de campo desde pequeño.

Felicidad le echaba la culpa de esta carencia a su prima porque había salido descaradamente favorecida en el reparto de la herencia familiar. Ese era el origen de sus desavenencias.

Llevaban años de litigios por la finca de La Colonia, a las afueras de Las Mesas. Menos mal que Felicidad había heredado por parte de su padre, Cayo Sánchez, quien había sido gobernador de Barcelona, una buena suma de dinero y varias casas. Sin embargo, por parte de su madre, no había obtenido casi nada; de ahí la disputa. Todo había ido a parar al hermano de su madre, el padre de Enriqueta.

Ser varón daba preferencia y ellos solo heredaron al final un tercio de la finca de La Colonia; por eso era su prima Enriqueta quien la usaba, así como las demás fincas de caza de la familia: Casa Caoba, La Madalena, Las Azadillas, El Madero, La Dehesa del Soldado, Cuevalosa y, finalmente, La Era Vieja.

Felicidad, en cambio, solo podía disfrutar de algo menos terrenal y solía decirle:

—Dios, que es justo, castigó a mi tío con una hija única, Enriqueta, y jamás pudieron tener el varón que tanto deseaban. Dios es justo y misericordioso. No lo olvides nunca, hijo.

De poco le servía a Alberto su posición y ser abogado del Estado si no tenía nada en propiedad. Era huérfano y solo contaba con su tía, quien lo había adoptado y criado desde que nació.

Para Alberto, ella era su madre, e incluso había oído muchos rumores que así lo aseguraban. Cuando hacía memoria, intentando recordar algo sobre su origen, solo podía recordar la cara de Felicidad. Ella era su primer recuerdo.

Felicidad había disfrutado siempre de una vida tranquila y desahogada gracias a la renta de su difunto padre y a las casas arrendadas que poseía en Belmonte, Madrid y Barcelona. Gran creyente y devota católica, antes de adoptar a Alberto, su trabajo y su familia eran la Iglesia.

Asistía diariamente a todas las misas, se encargaba de la manutención del párroco, de limpiar el altar y vestir a los santos en las festividades, organizaba reuniones y colectas y ayudaba con la catequesis. Era feliz con aquella vida. Cada noche antes de acostarse rezaba sin falta un rosario por cada uno de sus seres queridos. Sus hábitos y su carácter poco o nada tenían que ver con los de su prima Enriqueta. Para Felicidad eran literalmente el cielo y la tierra, ella estaba al lado de Dios y su prima al lado de la avaricia mundana.

Alberto se lo debía todo, era ella quien le había animado a estudiar Derecho en la Universidad de Salamanca y luego a opositar a abogado del Estado en Madrid, donde se quedó trabajando tras ser el número uno de su promoción.

Felicidad le dijo desde pequeño que era adoptado, pero el chico no había conseguido sonsacarle nada sobre la identidad de sus verdaderos padres. Las pocas veces que se había atrevido a preguntar, ella se alteraba demasiado y sus respuestas eran muy vagas.

Alberto se había hecho una composición lo más realista posible de la historia. Sabía a ciencia cierta que un día, sin avisar, doña Felicidad desapareció del pueblo sin nadie que la acompañara, ni tan siquiera su doncella de confianza. Todo Belmonte se hizo eco de la historia. No volvió hasta que pasaron varios meses, bastante más rolliza y con un bebé rubísimo a cuestas. Felicidad contó que una sobrina bastante lejana, sin familia y viuda, la llamó en su lecho de muerte, sabiendo de su caridad y dedicación al prójimo, porque iba a dar a luz. Tenía una pulmonía, o tos ferina o bronquitis o sífilis; la enfermedad variaba en cada una de las versiones que circulaban por el pueblo, aunque todas coincidían en que Felicidad se apiadó de la joven, la acompañó hasta su fallecimiento y se quedó con el bebé para criarlo como si fuera propio.

59

—Los caminos del Señor son inescrutables —decía siempre entre suspiros Felicidad para referirse a su adopción—. Yo, que estaba decidida a dedicarme a Dios, e incluso a entrar en un convento, he acabado siendo madre. Dios lo quería así, que cuidara de mi Albertito. Así le soy útil al Señor.

Esta era la versión oficial, pero había muchísimas más, a cual más entretenida y con cierto carácter clandestino. La segunda versión era la preferida de Alberto, y contaba que era realmente hijo de doña Felicidad pero que, por ser fruto de una relación extraconyugal, la mujer no podía reconocerlo. Y la tercera insistía en que había sido adoptado en un colegio de los salesianos.

Obviamente, la segunda versión era la más aceptada y comentada, por ser la más morbosa. Una mujer tan religiosa como ella dejándose llevar por la lujuria… Todo un escándalo.

La identidad del padre desataba la imaginación de los interesados hasta el punto de elucubrar las más disparatadas historias: que si su amante era un hombre de fe, que si un rey, que si un noble ruso exiliado, que si un bandido desconocido que había entrado en su casa y la había tomado por la fuerza, que si un pintor que había conocido Felicidad en sus vacaciones en Biarritz... Era la diversión de las tardes de merienda en todas las casas, desde la más humilde hasta la más suntuosa; en todas gustaba el chismorreo y la historia de esa familia daba para amenizar cualquier reunión.

A pesar de las desavenencias familiares, Alberto estaba encantado de ir a la cacería de su tía Enriqueta. Le habían hablado maravillas de la finca La Era Vieja. No la conocía pero sabía que estaba situada en pleno corazón de las Lagunas de Ruidera y sentía una tremenda curiosidad por ver si todo lo que le habían contado era cierto o meras exageraciones.

Su madre adoptiva odiaba a su prima Enriqueta hasta extremos insospechados. No le gustaba su actitud prepotente, ni su falsa caridad cristiana, ni cómo manejaba a su marido y a todo el mundo que podía cual marionetas... La lista de defectos era interminable. Más a menudo de lo que Alberto quisiera, sacaba a relucir las disputas por las tierras. Por todo ello, él sentía ahora una curiosidad tremenda, una fascinación particular por conocer a aquella familia que tan obsesionada tenía a su madre.

Desde el comienzo, el viaje fue un placer. Se acababa de comprar un coche de motor, un Austin 7 Box Salón completamente nuevo, y estaba deseoso de conducirlo. Esperaba que no se le ensuciara mucho en la finca con el polvo y que los caminos no fueran muy malos. Tan orgulloso se sentía de su vehículo que, cuando se cruzaba con otro automóvil en la carretera, hacía sonar su bocina a modo de saludo.

Alberto se había equipado minuciosamente para conducir: chaqueta, guantes y gorra de piel a juego, todo de un marrón chocolate y confeccionado a medida. Le gustaba lucir perfecto para cada ocasión. Disponía de conjuntos específicos para bañarse en el mar, para conducir, para jugar al tenis, para trabajar y, por supuesto, para cazar... Tenía un armario especial repleto de prendas, con más de diez chaquetas, solo para aquella actividad.

No había heredado ninguna escopeta, su abuelo Cayo no practicaba la caza, así que se las había tenido que comprar él mismo. Las grabó con sus iniciales pensando que, un día, se las dejaría a sus hijos. Le gustaba creer que en el futuro tendría una gran familia y que siempre la protegería. Envidiaba el concepto clásico de familia: un padre, una madre y sus hijos. Por eso no le disgustaba pensar que su tía era su verdadera madre.

Alberto iba conduciendo pensativo, observando detenidamente el paisaje, y ya estaba a punto de llegar a las Lagunas. El viaje se le había hecho corto y le pareció que despertaba de un ligero entumecimiento ante semejante paisaje.

Se quedó completamente fascinado cuando su coche giró en la curva de una loma y se encontró, de frente, con la primera laguna. Todo lo que le habían contado sobre el paraje se quedó corto. Fue un flechazo, el primero de su vida; parecía que al fin se había enamorado aunque no de una persona sino de un lugar, las Lagunas de Ruidera.

Finalizaba noviembre y el agua rebosaba. «La Laguna del Rey —pensó con una sonrisa en los labios—, un nombre muy apropiado.» Conforme el coche iba avanzando, Alberto pudo observar que cada laguna rebosaba en la siguiente formando pequeñas cascadas. Había ido aminorando la marcha sin darse cuenta hasta llegar al mismo paso de alguien que fuera a pie. Era realmente majestuoso. Le resultaba increíble que aquel paisaje estuviera en España y él no lo conociera.

Como la dirección del coche era a contra corriente, las lagunas aparecían frente a sus ojos una tras otra. Cada cual era de una forma y tamaño distintos a la anterior y de un

61

color diferente, cada cual tenía su propia personalidad. Le gustó una en especial, muy pequeñita y completamente redonda, con el agua mucho más turquesa que las otras. Detuvo el coche y bajó hipnotizado para tocar aquel azul, pero los colores no se dejan coger y el agua, en la palma de la mano, le decepcionó escurriéndose entre sus dedos.

Alberto levantó la cabeza y observó el fenómeno geológico de Ruidera con curiosidad. Las lagunas estaban situadas todas en un desnivel, de forma que cada una volcaba su agua sobre la siguiente. No pudo evitar pensar que la ley de gravitación universal de Newton se aplicaba allí en todo su esplendor.

La última laguna, es decir, la primera que él vio, era la más tranquila, una balsa en la que le gustaría darse un chapuzón en otra época del año.

No le extrañaba en absoluto que su madre estuviera constantemente roja de envidia. Se subió al coche y pasó por debajo de unos sauces que crecían prácticamente dentro de la laguna. Todo resultaba idílico, incluso en invierno. No le fue difícil imaginarse la misma estampa en temporada primaveral, más verde gracias al deshielo de la cercana sierra de Alcaraz.

Cuando no supo por dónde continuar la marcha paró en una improvisada zona de descanso, una pequeña central eléctrica al borde de un riachuelo donde unos lugareños hacían lumbre. Preguntó a un hombre que acarreaba leña cómo llegar hasta la finca.

—¿La Era Vieja, dice? ¡Arrea! Lleva *usté* más de veinte kilómetros en ella. ¿Ve toda esta montaña y aquella otra que nos rodea? Solo *tié* que bordearla hasta llegar a dos mojones con el escudo de la finca. No *tié* pérdida. Siga el camino de la derecha —le dijo señalándole la izquierda—, hasta que lo vea.

—El de la derecha —repitió Alberto confundido señalando la de verdad. No le había quedado nada clara la explicación.

—No, señor, la otra derecha digo. —Y el hombre le miró como si Alberto no fuera muy listo.

—Entendido y gracias, buen hombre.

—¡Con Dios!

Se subió al coche y dejó encendido un rato el motor antes de volver a la calzada, por si se había enfriado demasiado. No quería que se le estropeara ahora, después de no haberle dado ningún problema en todo el viaje.

Enseguida vio que la finca estaba vallada por el lado visible para él así que continuó sin más pérdida de tiempo hasta encontrar la entrada.

La verja estaba entreabierta y se apeó para terminar de abrirla. La entrada era un caminito de subida, estrecho, lleno de polvo y piedras. A mitad de recorrido encontró un precioso mirador de piedra. Paró para acercarse y se arrepintió al instante. El camino era demasiado empinado y temió que, al arrancar, el coche se le fuera para atrás.

El mirador estaba formado por una gran mesa redonda con una bancada de piedra gris algo tosca, pero muy práctica para aguantar a la intemperie.

Desde aquel emplazamiento, el paisaje era deslumbrante: una inmensa laguna con un molino blanco al fondo. La puerta de la finca quedaba a los pies y a la derecha se podía ver una minúscula isla con una casa derruida. Sencillamente delicioso. Alberto decidió que podría pasarse el resto de su vida allí sentado.

Se quedó un buen rato contemplando el monte de la finca, compuesto sobre todo por pequeñas encinas y sabinas. A simple vista se apreciaba que el monte bajo estaba limpio y cuidado, con las encinas bien podadas. Seguramente para evitar los incendios y la proliferación de alimañas, depredadoras de los huevos de perdiz. Las únicas matas que campaban a sus anchas eran el tomillo y el romero. Alberto confirmó que era una finca excelente. Todo lo que había oído era cierto.

Su valoración aún ganó puntos al llegar con su coche a la cima donde estaba la casa, pues se veían corretear algunas perdices en la tierra arada. Por su color marrón rojizo parecían formar parte de la misma tierra hasta que daban graciosos saltitos cortos de un lado a otro. Observó que el

63

campo estaba sembrado, seguramente de trigo o cebada, lo único que se podría cultivar allí. No era lo que pudiera llamarse una tierra fértil. Mantener una finca de esas características debía de ser muy costoso, tendrían que invertir muchísimo más de lo que eran capaces de producir.

Un guarda le recibió montado a caballo:

—Buenos días, ¿viene usted a la casa? Acompáñeme, si es tan amble; aparcará en la cochera del jardín interior. Junto al coche de la señora, así estará a cubierto y no se ensuciará. Si lo deja fuera acabará lleno de polvo.

—Se lo agradezco, es nuevo —le contestó orgulloso Alberto.

El guarda giró un poco al caballo con los estribos para que no se le impacientara.

—Mi nombre es Picocha, soy el guarda mayor de la finca.

—¿Usted solo?

—No, arrea, no… No acabaría nunca la faena. Mis dos hijos me ayudan y mi mujer lleva la casa y cocina. Si quiere algo vivimos en la casa contigua a la entrada, se accede por el patio trasero de servicio…

—Es una casa muy grande —observó Alberto intimidado por la intrincada construcción que tenía enfrente.

—No se preocupe, ahora la señora le recibirá y le enseñará todo.

—Sí, verá, es mi tía. Soy su sobrino…, un familiar —musitó la última palabra porque no estaba muy seguro de que allí lo considerasen parte de la familia, pero quería dejar constancia del parentesco ante el guarda, pensando que le trataría mejor.

—Qué bueno conocerle. Sígame.

Alberto aparcó a cubierto. Su sorpresa fue mayúscula al ver los coches de su tía allí aparcados. Estaban pintados de un estridente y antiestético color verde. Jamás había visto nada igual; desde el pequeño Ford T hasta el último modelo de Daimler, todos llevaban la misma espesa capa de pintura que debía de haber salido del mismo bote. Habían destrozado los coches pintándolos con una brocha gorda.

Se acercó a tocar el Ford que estaba estacionado al lado de su Austin. «¡Dios mío!, ni siquiera es pintura especial para metales, han cometido un crimen», pensó mientras se giraba para ver si su precioso coche seguía intacto, y no pudo evitar acariciar su suave capa negra, lisa y uniforme. Sintió una punzada solo de pensar que algo semejante pudiera pasarle. Además, el color era horroroso; parecía estar elegido para llamar la atención...

Un hombre interrumpió sus pensamientos:

—¿Señor? Permítame que le ayude. Soy Diego, el chófer de la señora, y seré su secretario mañana.

—Muchas gracias. —Alberto comenzó a sacar su equipaje del coche.

—Si no le importa, debo recoger sus escopetas para llevarlas al cuarto del armero. Son órdenes de doña Enriqueta. Las tendrá mañana listas en su puesto.

Alberto no podía quitarse de la cabeza aquella pintura de los coches y su curiosidad pudo con él:

—¿Es normal que todos estén pintados así, de verde? —Y los señaló con la mano.

Diego rio mientras cogía los bultos del suelo y le explicó, ya de camino hacia la casa, que, un día, la señora Enriqueta al salir de la ópera se subió a un coche negro que no era el suyo. Todos eran del mismo color y no se dio cuenta hasta que vio que el chófer no era él sino un desconocido. Se bajó rápidamente, confundida y avergonzada. Se encaró con su marido, que la observaba divertido desde la acera.

—Pepe, esto no puede volver a suceder. Manda que pinten mañana mismo todos nuestros coches de forma que podamos reconocerlos.

—Pero, mujer, si todos los coches son negros. Los hacen así.

—Por eso mismo, los nuestros no.

A Alberto, la casa principal le pareció perfecta. Si le hubieran hecho dibujar en un papel la casa de campo de sus sueños, ni se habría acercado a ella.

Un cuadrado gigante de una sola planta. Dos lados del cuadrado estaban destinados a la familia, con ocho habitaciones de invitados y un ala de servicio con otras dos alcobas pegadas a la cocina principal. En medio del cuadrado, un soleado jardín con dos sauces llorones y lo que debían de ser en verano abundantes parras en las paredes. Como único mobiliario, un conjunto de mesitas y sillas blancas de hierro forjado con fundas de flores amarillas. Una casa de campo muy femenina, diferente de otras que había conocido, toscos pabellones de caza, sin tapicerías, ni visillos, ni mucho menos flores.

La otra mitad del patio que no era jardín se organizaba en torno a una gran farola, igual que las de la ciudad, rodeada de tiestos con lo que parecían geranios podados por ser invierno. Era una estampa peculiar porque los tiestos estaban pintados de colores amarillos, rojos, azules y verdes, imitando un patio andaluz.

Detrás de la farola, al fondo, se encontraban las cocheras donde había aparcado. Una casa grande, pero manejable y hogareña; nada de tres salones decorados a modo de pabellones, como en casa de su amigo el Conde, atiborrada de animales disecados y muebles castellanos lisos y pesados.

A Alberto le gustó especialmente la pequeña salita en la que le dejaron nada más llegar, con una gran chimenea rodeada de troncos. Tras bajar dos escalones, pero bien integrado en la salita, aparecía un comedor alargado con una mesa para veintidós comensales, esta sí, típica de pabellones de caza. No pudo evitar fijarse en todos los detalles con un atisboo de envidia.

Una mujer alta y grande entró mientras observaba los pocos animales disecados colgados en la pared. Estaba contando las puntas de un ciervo cuando…

—Alberto, hijo, qué alegría que hayas llegado.

Besó rápidamente a su tía, a la que no recordaba con una estructura corporal tan fuerte. Le dio la impresión de que podría derribarle de un manotazo.

—Mucho gusto, señora. Y muchas gracias por invitarme.

Mi madre le envía saludos y las pastas de yema de huevo que he dejado en la cocina —le dijo cortésmente Alberto.

—No hacía falta. ¿Te han llevado ya a tu habitación? Es la azul, espero que te guste.

Como Alberto había hecho un gesto de asentimiento con la cabeza, Enriqueta siguió hablando:

—Mucha flor azul en las paredes, ¿no?

—No, no se preocupe. Me ha parecido muy acogedora. Gracias. —Alberto no se atrevió a utilizar ningún tratamiento familiar todavía.

—Mañana temprano llegarán los demás invitados. Vendrán a las ocho para el desayuno y al sorteo de puestos. Me gusta empezar pronto, se aprovecha más el día. Da tiempo de sobra de hacer el taco después del cuarto ojeo y terminar con un cara y cruz. Además, no me gusta que se retrase mucho la comida.

—Me parece muy bien.

—Aprovecha lo que te queda de tarde para dar un paseo. Cenaremos a las nueve en el comedor. Yo tengo que ir a la cocina para los preparativos de mañana.

—Muy bien, iré a pasear pues.

—Llamaré a mis hijas para que te acompañen. Espera aquí —le indicó Enriqueta.

Alberto cogió fuerzas para aludir a su parentesco ya que la conversación estaba llegando a su fin:

—Muchas gracias, tía. No se tome tantas molestias conmigo.

En cuanto sus primas aparecieron, su mirada se fue directamente a Milagros y su mano atrofiada. Era la primera vez que las veía y la anomalía le pilló desprevenido. A su madre se le debía de haber olvidado mencionarlo entre tantas quejas sobre su prima Enriqueta.

Tan solo dos veces había visto Alberto a su tía antes, la primera en un funeral y la segunda arreglando unos papeles en Madrid. Recordó que, en esa ocasión, se había burlado interiormente de ella cuando la oyó explicar que «estaba haciendo unos *requitorios* en la capital», por haber empleado una palabra de uso vulgar.

Se recompuso de la sorpresa, levantó su mirada hacia la cara de Milagros y vio que esta le miraba expectante, como una niña insegura. La joven tenía un semblante amable; sin ser fea del todo tampoco era guapa. Si no tuviera esa pequeña tara quizás incluso resultaría una joven atractiva.

Su hermana, a modo de contraste absoluto, era muy guapa, pero algo en ella le desagradó al instante, cierta pose de superioridad desenvuelta que levantó para él una barrera invisible de rechazo.

El paseo no hizo más que reforzar esa primera impresión. Rocío parecía estar constantemente posando para un fotógrafo con posturas vanidosas bien estudiadas. Mientras caminaban, se cogía con descaro de su brazo y, cuando paraban, se colocaba frente a él con una mano en jarras sobre su cintura y sacando una pierna bien visible fuera de la falda del vestido. Le miraba y se tocaba el cabello como si coqueteara.

Para aumentar su desagrado, Rocío no paró de cotorrear desde que entró por la puerta y no dejaría de hacerlo mientras él estuviera presente. Pero Alberto apenas la escuchaba; a la cuarta frase sobre fenómenos meteorológicos locales, ya había desconectado y cavilaba sobre la hermana... Milagros era extraña; le faltaba algo, una chispa. Debía de tener unos dieciocho o diecinueve años, era a todas luces mayor que Rocío. Pero su actitud era la de una niña. Miraba a su hermana con devoción, como si la adorara. Asentía con la cabeza a todas las tonterías que la pequeña iba diciendo. No demostraba un problema grave de inteligencia, seguía bien las conversaciones, aunque tampoco parecía del todo despierta. Estaba ahí, entre dos aguas, y esa indefinición intrigaba a Alberto.

Ya al principio del paseo, Milagros había dejado de escuchar a su hermana y echó a correr delante de ellos hacia los corrales gritando que quería ver a los polluelos. Milagros le explicó a Alberto, a voces, que le divertía espantar a las gallinas para que otros cogieran los huevos y se puso a demostrarle cómo lo hacía, gritando y gesticulando como una loca. Era bastante infantil.

Rocío la ignoraba y se dedicaba a instigar a Alberto con preguntas sobre su vida en Madrid y sobre fiestas de las que él nunca había oído hablar.

—¿Y al conde de Teba? ¿Tampoco lo conoce? Es amigo nuestro... —seguía preguntando Rocío.

—Lo siento, prima; me temo que no. Y por favor, tutéame. Somos familia y tampoco soy tan mayor.

—Por supuesto, Alberto, y no te preocupes; yo te presentaré gente. Aunque no te hará falta, debes de ser muy popular en tu círculo, he oído hablar de ti en numerosas ocasiones.

—Mi círculo de amigos es un tanto pintoresco, como ya sabrás. ¿Conoces a Gil Robles?, me tiene completamente...

No pudo continuar porque se había quedado solo. Rocío se había adelantado a buscar a Milagros para cogerla por el brazo y llevarla a casa; al parecer, no le interesaba tanto la política como los títulos nobiliarios y las fiestas. Pero, en realidad, se había zafado de su acompañante para intercambiar impresiones con su hermana.

—Milagros, has visto qué guapo es y qué apuesto... —suspiró Rocío echando una mirada de reojo a Alberto—. Ah, pero te advierto que es soberanamente aburrido. Un muermo; este no nos llevará de fiestas, ni a probar licores, ni al teatro..., ni a una zarzuela, vamos. A mí que me encantaría ir algún día a uno de esos teatros de variedades para ver a esas mujeres ligeras de ropa y muy maquilladas... Pero es que hay que ir acompañada de un hombre, no vaya a ser que le tomen a una por una pelandrusca.

—Pues a mí me gusta Alberto. No solo por guapo, me trata bien. Se ha dirigido a mí en varias ocasiones —la contradijo su hermana.

La cena fue rápida y frugal, tortilla de patatas y una carne fría en salsa con ensalada. Alberto se sintió un poco fuera de lugar cuando cayó en la cuenta de que era el único invitado a cenar y el único varón en la mesa, en casa de unos parientes que apenas conocía y cuyo trato nunca había sido precisamente cordial.

Estaba a punto de enterarse del motivo de esta situación excepcional, a juzgar por la forma en que doña Enriqueta le miraba, con mal disimulada impaciencia, mientras metía toda la prisa que podía al servicio con la fruta y los postres. Enriqueta despachó a sus hijas antes de que hubieran hincado siquiera el tenedor en el pedazo de manzana pelada que les habían puesto delante:

—Hijas, mañana habrá mucho trabajo y tenéis que echar una mano con los invitados. Así que acostaros ya. Leed un rato y rezad vuestras oraciones —les ordenó.

—Sí, madre —contestaron casi al unísono—. Buenas noches, Alberto. Buenas noches, madre.

Las niñas salieron obedientes de la estancia. Alberto pensó que no debía de ser fácil haberse criado con una madre como su tía Enriqueta. Se quedaron solos y le pareció que se hacía un silencio incómodo, así que soltó lo primero que le rondó por la cabeza:

—No le he preguntado, tía. ¿Y su marido? Si no es mucha mi indiscreción, claro.

—Está en Cuevalosa, con el resto de invitados. Vendrá mañana temprano.

—Perfecto. Tía, la cena estaba muy buena; muchas gracias por todo y por invitarme a su casa.

Enriqueta le dedicó la mejor de sus sonrisas, que le provocó un inesperado escalofrío. Era una sonrisa poco espontánea y nada natural.

—Bueno, supongo que ya has deducido que aquí hay gato encerrado. —La mujer no se andaba por las ramas.

—Llevo todo el día pensando qué puede ser, tía, pero no logro encontrar algo que usted pueda querer de mí.

—No deberías ser tan humilde, Alberto; eres abogado del Estado y has hecho una carrera magnífica. Conoces a muchas personas influyentes, especialmente en el ámbito de la vida política. Eres amigo de Herrera Oria y de Gil Robles entre otros.

La cosa se complicaba, su tía se había documentado bien sobre él.

—Me los presentó mi madre —se justificó Alberto

como si le hubieran pillado haciendo algo que no debía—. Es que me interesa representar al movimiento católico en la política. La religión tiene que estar presente en la República, haríamos mucho bien si los preceptos de la Iglesia se aplicaran al país, se acabaría con toda esta inestabili...

—Basta, basta. No me sueltes un mitin de esos que dais ahora. No me interesa en absoluto. Es más, política y religión no casan bien. No estoy para tonterías, yo quiero hacer negocios contigo.

—¿Negocios? Creo que se equivoca usted... Si es referente a mi madre y sus problemas con ella, poco puedo hacer.

—Por eso mismo, lo he pensado mucho y eres perfecto para este... —Enriqueta dudó cómo llamar a su propuesta—, para este proyecto. Te ofrezco un contrato muy ventajoso, en el que todos saldremos ganando. Pero muy especialmente tú.

—No sé, tía... —Y la miró con extrañeza retorciéndose en su silla—. ¿En qué consiste?

—Quiero que te cases con mi hija, pero de forma contractual.

—¿Con su hija? ¿Con Rocío? No creo que tenga usted dificultades para casarla, es muy guapa y cualquier muchacho... —Intentaba desestimar la ocurrencia de su tía de la forma más educada.

—Por eso mismo, no me refiero a ella, sino a Milagros.

—¿Milagros? —Su voz delató su estupor ante la propuesta—. Pero si su hija...

Enriqueta lo miró fijamente con intimidación premeditada.

—Mi hija no es fea, si es lo que ibas a decir. Aunque, si eres observador, te habrás dado cuenta de que tiene alguna rareza. No voy a andarme con rodeos; tiene alguna dificultad que otra, sobre todo por su mano mala, pero es una buena niña y no es tan tonta como parece. Solo es, ¿cómo lo explicaría yo?, ligeramente más lenta, y necesita más explicaciones que otras personas.

71

El estupor de Alberto se estaba tornando en pavor. No le sería fácil salir de esta, por muy político que fuera.

—Yo creo que esto que me pide usted es una barbaridad —se atrevió a decir finalmente.

—No, ni mucho menos. Es ser prácticos. Yo quiero casar a mi hija, que tenga una vida normal, como todo el mundo. Ella no tiene por qué quedarse anclada. Debe poder hacer su vida, pero necesita empujoncitos y mucha atención. Será beneficioso para ella y para nuestra familia. No hablo de un matrimonio convencional, tú podrás hacer una vida paralela… Pero así me aseguro de que alguien honrado siempre se ocupará de ella. No estará sola. Y tampoco estará con cualquiera, os une un lazo familiar, sois primos segundos.

—¿Y yo qué gano con todo esto?

—La Colonia. La finca de nuestras disputas.

Alberto abrió la boca, asombrado. Las palabras de su tía le estaban desencajando.

—¿La Colonia? Dios mío… ¿La Colonia en su totalidad?

—Sí. Y esta finca, La Era Vieja, será nuestra dote para Milagros. No inmediatamente, no me tomes por loca. Por ahora serás su único administrador. Le tengo mucho cariño; habrás observado lo bonita que es, rodeada de las lagunas. Es mi joya más preciada, no hay otra igual… No tengo hijos varones, así que, si todo va bien, serás el mayor beneficiario de todas mis propiedades, incluida la fábrica de harina, los pozos de agua, los mataderos y las reses. Me consta que a mi prima le gustará el acuerdo y que tú termines haciéndote con todo… —Y rio de buena gana por su ocurrencia.

—Este tipo de trato es… Me está literalmente comprando, tía. No sé… No podría dormir bien si aceptara. Está usted comprando un marido. Y con respecto a mi madre, no tengo yo tan claro que le parezca bien.

—Solo ganáis con el trato. Entenderemos que tengas una vida amorosa y otras mujeres, de forma discreta, naturalmente, y lejos de aquí. Tengo un piso bien situado en Albacete a tu libre disposición, desde ya.

Alberto estaba confuso, nada tenía pies ni cabeza, no podía ser cierto. Llevaba horas imaginando las razones de una invitación tan extraña y no había sospechado algo ni siquiera aproximado a lo que le estaba ocurriendo.

—¿Lo está usted diciendo en serio, tía?

—Completamente. No debes tener remordimientos de conciencia porque no engañarás a nadie. Todo estará previamente pactado. Además harás una buena labor. Cuidarás de alguien necesitado, no dejarás que nadie la trate injustamente...

—Tengo un problema. No sé cómo decir que sí. No sé si es ético. —Alberto frunció el ceño.

—No hace falta que lo verbalices, con que bajes a desayunar mañana entenderé que has aceptado. Así será más sencillo.

—Necesito pensarlo, tía.

—Por supuesto, quédate aquí el tiempo que haga falta con la botella de coñac y presta atención a lo que hay encima de la chimenea.

—¿Disculpe? —Ahora creía que la mujer añadía cosas sin sentido, para confundirlo aún más.

—Que puedes mirar bien eso —dijo Enriqueta señalando hacia la chimenea—, es un mapa a escala de la finca.

La decisión fue más sencilla de lo que jamás hubiera pensado. Alberto se despertó algo espeso y con hambre, así que decidió ser práctico e ir a desayunar. La oferta le beneficiaba y le hacía ilusión disfrutar de su primera cacería en su propia finca.

Alberto disfrutó de lo lindo disparando y batiendo su propio récord personal: ciento treinta y cuatro perdices, en cuatro ojeos y un cara y cruz, que consistía en una última batida en sentido contrario y en la que para su sorpresa no se corrió el puesto de caza; simplemente se dieron todos la vuelta. Muy inteligente.

Conforme pasaba las horas sentado en su puesto acompañado de su secretario, Diego más seguro se sentía de la decisión que había tomado. Observó que sus botas de caza estaban llenas de polvo pero esta vez de una tierra que iba a ser suya. Un sentimiento de orgullo desmesurado le invadió con una oleada de calor.

—Mi tierra —osó pronunciar en voz alta sin importarle que Diego le oyera.

Esa misma noche, acabada la cacería, Rocío dio rienda suelta a sus sueños… Alberto la había vuelto loca, le parecía un partido estupendo. Quizá se estaba excediendo en sus pretensiones, pensó al imaginarse cómo sería su vestido de novia, pero no pudo evitar el gusto de la ensoñación: sería sencillo, bien ceñido a su silueta. Sí, podía verlo, con un cinturón en la cadera adornado con ricos motivos en color plata y un precioso broche de brillantes, que Alberto le habría regalado en la pedida de mano.

Se irían de viaje de novios al sur de Francia y visitarían Mónaco. Ya se veía en bañador, tomando el sol…; sería tan feliz.

No había sido muy agradable con Alberto porque había algo en él que le hacía sentirse incómoda y a la defensiva. La ponía nerviosa.

Sería el marido perfecto, guapo, inteligente y con una brillante carrera. Alberto era distinguido, se veía de lejos que tenía clase. Sus amigas de Madrid se morirían de envidia. Justo lo que siempre había deseado, su encarecida petición al olmo blanco de Las Mesas. Igual sí que era mágico de verdad. Organizaría una gran boda, allí, en La Era Vieja. Se había fijado que a Alberto parecía gustarle mucho la finca.

Tal era la felicidad de Rocío dando rienda suelta a su imaginación que tenía que hacer un gran esfuerzo para no dormirse porque quería recrearse más tiempo en ello. Esa mañana se había afanado por servirle a Alberto el desayuno para demostrarle que podía ser una buena ama de casa y que no se le caían los anillos por nada. Las monjas del colegio le habían explicado que a los hombres les gustaba este tipo de mujeres, las que sabían coser, cocinar y desenvolverse solas en una casa.

Rocío llegó incluso a quitar de en medio, mediante un empujoncito, a una criada, para atenderle ella misma. No hizo falta más para que su madre se percatara de su obvio interés y de que iban a tener un pequeño drama familiar al respecto. Su hija no solía ayudar en nada de lo referente a la casa y mucho menos en los desayunos, a los que siempre llegaba tarde porque se le pegaban las sábanas. Debía de estar muy interesada en él para hacer tantos esfuerzos.

Rocío se esforzó también en dejarse caer de vez en cuando por el puesto de su primo durante la cacería. Durante dos ojeos la tuvo Alberto, muy a su disgusto, marcando sus piezas con la excusa de que así no se extraviarían y las cobraría todas.

Al final de la jornada revisó, tumbada en camisón, todo lo que había hecho para llamar su atención, incluidas las adulaciones delante de todos sobre su excelente puntería. Se dio por satisfecha, a la fuerza tenía que haber hecho mella en él. A esas horas estaría también tumbado en su cama, ya en Madrid, pensando en ella.

Pero Rocío no pasó ni un segundo esa noche por la mente de Alberto. Le había prestado mucha más atención a su futura esposa, con la que conversó en todas las ocasiones que pudo, y le había sorprendido gratamente. Alberto le prometió incluso que jugarían a las cartas en su próxima visita, después de que Milagros le confesara su gran afición al tute y él le comentara que ese era también el juego preferido de su madre, a quien debería conocer. Se llevarían bien las dos. Milagros le inspiraba una gran ternura, creyó que no había tomado ninguna decisión disparatada.

Antes de irse a dormir, Enriqueta decidió que era el momento de hacer partícipe a su marido de sus planes.

—Pepe, apenas hemos hablado este fin de semana.

—A lo mejor es porque me has cargado de recados y encargos. No he parado quieto —dijo Pepe un poco enfadado.

—Ya será para menos, ¿qué tal la casa? ¿Han estado a gusto los invitados?

—Todo muy bien. Como siempre. Hubiera preferido…

—Bueno, bueno, para de quejarte. Será que vives mal, ¿no? Yo quería hablarte de una cosa diferente.

Pepe miró con estupor a su mujer, la veía venir de lejos. Se sirvió una copa de jerez de la botella que estaba siempre en el aparador, más de decoración que como bebida.

—Pues espera a que me siente, Enriqueta, que será de armas tomar, porque nunca me cuentas nada. Haces y deshaces a tu voluntad.

—¡Serás pesado! Escúchame y calla. Lo he solucionado: la niña se casa.

—¿Se casa? ¿Quién diablos se casa? —Y Pepe se levantó como catapultado de la silla en la que se acababa de sentar.

—¿Quién va a ser? —Enriqueta miró a su marido como si fuera tonto de remate y le volvió a sentar—. Tu hija mayor, Milagros.

—¡Qué barbaridad, Enriqueta! Me estarás tomando el pelo, ¿no? —La miró retador, por una vez no iba a intimidarle.

—Por supuesto que no, yo no bromeo. Se casa con un chico estupendo, ya lo conoces…

—¿Que ya lo conozco?… Pero ¿qué barbaridad estás diciendo?

Enriqueta empezó a dar paseos por detrás de su silla, acechándole mientras le hablaba, como un felino marcando de cerca a su presa.

—Sí, y no es necesario que te pongas tan nervioso. Es Alberto, el hijo de la prima Felicidad.

—¿El abogado del Estado? ¡Qué barbaridad! ¡Menuda barbaridad! —Pepe se repetía—. ¿Y por qué diablos querría alguien como él casarse con Milagros?

—Por dinero, ¿por qué iba a ser? ¡Estás tonto! Es

huérfano, por mucho que lo adoptara mi prima. Así tendrá una familia y un patrimonio.

—¡Qué barbaridad! —volvió a decir Pepe llevándose la mano asustado al pecho.

Enriqueta paró de andar de un lado a otro, para rodearle los hombros desde atrás.

—Deja ya de decir eso de una vez o te prometo que te suelto un sopapo bien merecido.

El tono de su voz, ya más persuasivo, delataba que no era una amenaza, sino más bien una expresión habitual del reparto de poderes en su matrimonio. Pero esta vez Pepe se armó de fuerza para hacer frente a su mujer. Se bebió de un trago el jerez, que estaba asquerosamente amargo y que definitivamente debería de servir solo de elemento decorativo, y exclamó levantando el dedo al cielo:

—¡Le has comprado a tu hija un marido! ¿Cómo quieres que me comporte? Te lo habrás pasado bien, estas maquinaciones te encantan.

A Enriqueta, los desahogos de su marido le parecieron graciosos.

—Ha sido fácil y divertido, lo reconozco —le confirmó—. El chico es estupendo, no refunfuñes tanto, lo tiene todo.

—¡Por eso mismo!, Alberto tiene demasiado... ¿No podríamos haberla casado con alguien más acorde? El hijo de don Federico, que también es médico y...

—¡El hijo del doctor! Tú no eres tonto, eres rematadamente tonto. Nada es demasiado para nuestra hija, «nuestra». De los dos. ¿Acaso no le deseas lo mejor? —Todavía era capaz de acusarle de mal padre.

—¡Jesús! Cómo le das la vuelta a todo. Me duele la cabeza —acertó a decir Pepe.

—¿Te ha gustado el chico? ¿Sí o no?, eso es lo importante.

—Pues claro que me ha gustado, pero no creo que sea... Si además te llevas fatal con esa parte de tu familia. Tu prima y tú no os podéis ver ni en pintura.

—Pues ya está, más vale lo malo conocido que lo

77

bueno por conocer. Peor sería un desconocido. No vamos a meter aquí a un cualquiera que no haya dado nunca un palo al agua. Además se acabarán los dichosos pleitos con mi prima. ¿Ves? Todo son ventajas, Pepe.

Pepe se rindió, no sin antes exigir que le contara los términos del contrato que permitiría poner fin al litigio de su familia política. Enriqueta cedió con un soplido y le resumió la conversación mantenida con Alberto.

—Tú sabrás. —Pepe hizo un gesto de derrota moviéndose cansado en la silla.

—Se casarán esta primavera, el 13 de mayo.

—Ya tienes hasta la fecha. Tú mandas, no sé para qué me preguntas.

—No te he preguntado, te he informado.

—Me doy por informado, gracias —le contestó frunciendo el ceño—. Y las niñas, ¿lo saben?

—Aún no lo saben, voy a esperar un tiempo —le confesó Enriqueta.

—¡Qué barbaridad!

—¿No sabes decir otra cosa? Estás soberanamente cansino, «qué barbaridad», «qué barbaridad» —cloqueó Enriqueta imitando la voz de su marido.

A las niñas les gustaba refugiarse en su salita los días de campo lluviosos. Allí estaban tranquilas y podían relajarse en bata y en zapatillas leyendo revistas. Preferían dormir la siesta allí en vez de en sus habitaciones, así que siempre tenían a mano un termo con leche templada y galletas para no tener que ir hasta la cocina. Era la única estancia de la casa en la que el desorden campaba a sus anchas. Pilas de *Blanco y Negro* se acumulaban esparcidas por el suelo y, sobre la mesa, sobres, cartas de colores, papeles, folletines y muchos libros de misterio, los preferidos de Rocío.

La visita de su madre las sorprendió tendidas en el sofá y medio amodorradas.

—Hijas, ¿qué hacéis ahí, *arrecostadas*? Espabilaos, que

tengo que contaros una buena noticia. Había pensado de-círoslo la semana que viene pero con esta lluvia estamos encerrados, así que aprovecho y hacemos todos algo productivo.

Enriqueta se quedó de pie en el umbral de la puerta.

—Mamá, dinos —la cortó Rocío—; nos tienes en ascuas...

No era habitual que Enriqueta se acercara a la salita de las niñas, normalmente enviaba recado con alguien del servicio para que acudieran donde ella se encontraba.

—Enhorabuena, Milagros. Vas a casarte —anunció su madre de forma seca y brusca, sin florituras—. Rocío, ¿no te alegras por tu hermana? Vamos, felicítala, ¿a qué esperas? Y quítate esa cara de envidia, que también ganas tú. Así podrás casarte tal y como querías, que te habías puesto muy pesada.

Rocío estaba boquiabierta.

—No es envidia, madre. Es sorpresa. Felicito a la novia —dijo Rocío recomponiéndose mientras le daba un abrazo poco sentido a su hermana—. ¿Y se puede saber quién es el novio que ha elegido Milagros no conociendo absolutamente a nadie? ¡Qué escondido te lo tenías!, ¿eh, hermanita? Tan repentino que seguro que ni siquiera recuerdas con cuál de tus pretendientes vas a vestirte de blanco... Tienes taaantos a tus pies —arrastró bien la palabra para dejar clara su burla.

—Evita ser tan cínica, Rocío, y nos harás un favor. Es una muy buena noticia y lo mejor es quién es el novio, tu futuro marido, Milagros. Alberto Cartero.

—¡Nooo! No me lo creo —gritó Rocío. Milagros todavía no había abierto la boca observando expectante cómo se desenvolvían su madre y su hermana—. ¡Ja! ¡Si apenas cruzaron un saludo! ¡Qué, madre! ¿Se enamoró de forma fulminante de Milagros? ¡Seguro que es esa la explicación! No se lo cree ni usted ni nadie..., es un completo disparate.

—Disparate es tu envidia. No te pongas así que ya te llegará la hora.

79

—Sí, pero yo no dejaré que me elija usted al novio —aseguró Rocío muy seria.

—Peor para ti. Elígelo tú, que, conociéndote, será un zángano.

Rocío se puso en pie, su madre se estaba pasando con ella. Con lágrimas en los ojos decidió hacerle frente, atacar donde más le doliera.

—¿Y luego pregunta por qué yo soy cínica, madre? Está claro que he salido a usted, aunque no le guste…

—Ya basta de melodramas, Rocío; es que te encanta ser la protagonista y este es el momento de tu hermana, no el tuyo. Muéstrate a la altura de las circunstancias. ¡Por favor!

Tras el grito, Enriqueta se percató de que Milagros esperaba el desenlace de la discusión.

—Veamos, Milagros, hija, tienes mucha suerte y no dices ni pío. ¿Recuerdas a Alberto?

—Claro, madre, no soy tonta…, el primo Alberto. Muy simpático y apuesto —afirmó Milagros.

Enriqueta entró de una vez en la habitación para acercarse a ella. Tenía que explicárselo muy bien para que entendiera que era positivo, incluso maravilloso. La discusión que acababa de tener con Rocío le había causado visiblemente el efecto contrario. Enriqueta cogió a su hija mayor de las manos.

—Pues ayer Alberto me pidió tu mano, se enamoró de ti. Tienes que estar contenta, eres muy afortunada. Por eso tu hermana dice esas cosas malas. De aquí a la boda va a tenerte muchísimos celos y querrá hacerte constantemente la puñeta.

—Ya estamos, siempre soy la mala. Solo creo que el novio no es el más apropiado para mi hermana —se defendió Rocío.

—¡Pamplinas!, la boda ya está fijada para el 13 de mayo. He pensado que podríamos irnos enseguida a Madrid para comprar el ajuar y que nos hagan los vestidos, así podremos volver en Semana Santa y preparar la finca. Hemos pensado que te cases aquí, en la capilla. Tu padre y yo somos muy afortunados, Milagros, porque os quedaréis a vivir en Las Mesas, con nosotros. Aunque tu marido, por motivos de trabajo, vivirá por supuesto gran parte del año en Madrid.

—¿De verdad, madre? —se alegró por vez primera Milagros—. ¿No tendré que irme de casa? ¡Qué ilusión!

—Será cabeza chorlito... —se lamentó Rocío en voz baja.

—¡Rocío! ¡Que te envío el último trimestre a un convento con tus amigas las monjas! Y si no te hacen ilusión los preparativos de boda, pues tranquila, que te quedas en Las Mesas con una institutriz en vez de venirte con nosotras a Madrid. Veo que va a ser mejor, así tendrás más tiempo para recapacitar.

—¡Ni hablar! A mí no me dejáis aquí —espetó Rocío viendo que su madre la estaba castigando con lo que más odiaba.

Enriqueta se levantó para ponerse a la altura de su hija pequeña.

—Cuántas fiestas, paseos y compras vas a perderte. Es una pena, Rocío. Vamos a hacer una pedida de mano por todo lo alto, cenaremos en el Ritz y habrá que comprar vestidos para la ocasión. A ti puede arreglarte uno de los tuyos la costurera del pueblo, en fin; eso si vienes a la pedida...

—¡No seréis capaces! —gimoteó Rocío asustada.

—Me conoces y sabes que sí. Tu única opción es levantarte mañana bien motivada y con una sonrisa de oreja a oreja. Ni una sola mueca, ni una mala mirada a tu hermana. O te quedas sola en el pueblo —sentenció Enriqueta antes de irse y cerrar la puerta sin esperar respuesta.

—No será la primera vez que te castiga —susurró Milagros para no enfadar más aún a su hermana, que echaba humo por todos los costados.

Milagros siempre había sido una joven callada y muy observadora. Tenía un miedo constante a meter la pata o no entender bien las cosas. Prefería esperar a ver qué decían los demás, cómo se comportaban y luego, si era necesario, tomar partido.

Al ver a su hermana celosa y a su madre contenta, decidió que lo de la boda tenía que ser una cosa positiva para ella.

La confirmación le vino de forma definitiva cuando su padre le dio un beso en la frente y un achuchón fuerte nada más verla en el desayuno. De la fuerza del abrazo se le cayó incluso el cuchillo de untar mantequilla que llevaba en la mano.

—Mi princesa se hace mayor, va a casarse. ¡Con lo que la quiero yo!

—Gracias, padre —contestó sonriendo Milagros—. Estoy muy contenta.

—¿Me untas a mí una tostada, hija? —le pidió como de costumbre Pepe.

—Lo bueno es que voy a seguir viviendo en casa, con vosotros. ¿No te parece estupendo?

—Por supuesto, cariño; ¿con quién iría yo a pasear? ¿Quién me untaría las tostadas? ¿Quién me cuidaría cuando estoy resfriado? Vuestra madre seguro que no… —Pepe soltó una buena carcajada.

—¡Padre! —chilló Rocío—. ¿Y yo qué? También puedo prepararle las tostadas cuando quiera.

—Rocío, hija, tú eres pájaro al que le gusta volar lejos del nido y bien alto.

Capítulo cuarto

Afortunadamente aquellos días en los que se sintió enfurruñada por la noticia de la boda ya eran historia. Rocío se sentía ahora pletórica, como si miles de burbujas del mejor champán francés recorrieran su cuerpo en todas las direcciones. Lo había conseguido, estaba en Madrid. Ya no pensaba estudiar nada, nunca más. Solo tenía que dedicarse a sí misma.

Mientras pensaba en su felicidad, se abotonaba su abrigo verde oliva de solapas anchas y caídas. Lo completó enganchando en él un broche grande de brillantitos y piedras verdes que tenía la forma de una cesta de plantas. Se miró en el espejo con satisfacción. Perfecta para un día perfecto. Iba vestida a juego con la vida. Para rematar se colocó el sombrero nuevo que le había comprado su padre, tapando casi al completo su precioso pelo rubio y resaltando aún más el verde de sus ojos. Cada día estaba más guapa y pocos se atreverían a decir lo contrario.

Decidió ir paseando, desde el piso que su familia mantenía en la capital a la merienda de Isabel Fernández de Córdoba, su mejor amiga. Llegaría tarde pero disfrutaría de cada paso que diera por la ciudad. Aunque no viviera allí de continuo, se sentía más madrileña que nadie, encajaba a la perfección y tenía la sensación de que la ciudad formaba parte de ella. Una para la otra. Le encantaban esas avenidas despejadas, majestuosas y repletas de gente que tanto empequeñecían al transeúnte y que se tardaba una eternidad en atravesar. Había que tener mucho cuidado con los carros y los coches que circulaban por doquier. En Madrid se movían cientos, tal vez miles, de coches de motor cuando en el pueblo tan solo había dos, el de su padre y el de su madre. Era fácil saber en Las Mesas cuándo volvía a casa alguien de la familia solo por el polvo que levantaba el coche a lo lejos.

Allí, sin embargo, era imposible descifrar quién iba dentro de cada uno. En la capital reinaban el anonimato y la independencia. Podía andar libremente por la acera sin que nadie se quitara la boina para saludar a la señorita Rocío. Era una más.

¡Y el ruido! Le parecía divertido, imposible no sentirse parte de todo lo que la rodeaba. La variedad era abrumadora; ruido de máquinas, coches, bocinas, chillidos, ladridos… ¡Tan diferente al silencio del campo! A cada paso que daba aumentaban su euforia y felicidad.

Cuando llegó a la casa de Isabel tenía la cara enrojecida de la emoción. Para su sorpresa, había un montón de invitados repartidos por el salón, la salita y el comedor. Su amiga se apresuró a recibirla con alharacas:

—¡Rocío! Qué alegría que por fin estés aquí. ¡Te hemos echado tanto de menos!

—Muchas gracias. ¡Ya sabes lo que añoro Madrid!

—Sí, eres más castiza que yo… —rio Isabel.

—Pero ¿qué es toda esta gente en la merienda de los jueves? —miró extrañada Rocío a su alrededor.

—¿Merienda de los ju…? Pues sí que te has quedado anticuada. Cada vez venían más invitados así que a mis padres, ya sabes cómo son, les pareció excesivo tener la casa con cincuenta personas pululando por ahí todas las semanas. Ahora solo tengo permiso para dar una merienda al mes, lo que casi es peor para ellos porque, como dispongo de tanto tiempo para prepararla, se me va de las manos lo de las invitaciones y luego encima la gente tiene un morro… Una cosa es traerse a un primo que está de visita en tu casa, ¡pero es que hoy Anita se ha traído a cuatro primos! Recuérdame que no la vuelva a invitar, aunque conociéndola se presentará de todas formas.

—Mira, Isabel. ¿Has visto qué bonitos mi abrigo y mi sombrero nuevos? —le señaló Rocío girando sobre sí misma.

—No he podido porque tu magnífico broche me ha dejado eclipsada. ¿Me lo prestarás?

—Por supuesto…, si me prometes que vendrás a pasar unos días al campo para la boda de mi hermana. ¡Me han dado permiso para invitarte por todo el tiempo que quieras!

—¿En serio? ¡Qué bien! ¡Invitada a una boda! No hemos podido hablar de lo de tu hermana todavía, ¿qué tal está? Dicen que su futuro marido es… —Isabel bajó la voz y se llevó la mano al pecho en un gesto teatral—, que es… adoptado. Vaya drama.

—Mira que eres cotorra, Isabel; veo que las malas lenguas ya te han informado. Pues te diré algo aún mucho más interesante: no es adoptado, lo que pasa es que… —Se llevó a su amiga de la mano a un lugar más apartado.

—¡Dime, Rocío, que me tienes en ascuas! —le rogó Isabel emocionada.

—Es hijo ilegítimo de alguien muy importante, no se sabe muy bien quién es el padre. Se murmuran muchas historias de las que yo solo doy crédito a una, pero tienes que prometerme no contárselo a nadie jamás.

—Te lo prometo, jamás, pero cuenta.

—Es hijo ilegitimo de… —Rocío dejó unos instantes de suspenso para que el nerviosismo de su amiga aumentara y así dar un efecto más creíble a la ocurrencia más disparatada que había tenido en años—. Es hijo del rey.

—¡No! —La cara de estupor de Isabel era todo un poema.

—Sí, por eso entenderás que pedimos tu máxima discreción. Es un asunto peliagudo que nos tiene a todos en un sinvivir, máxime ahora que estamos en una República, con el rey exiliado. Si se supiera… —La imaginación de Rocío estaba ya completamente descontrolada.

—¿Estaríais en peligro?

—Por supuesto. Vamos a emparentar, extraoficialmente, con la familia real.

—¡Dios mío! Menuda carga para tu hermana y para ti.

85

—Menos mal que te tengo como amiga. Nadie me comprende como tú…, aunque estemos lejísimos. Eres la única a la que se lo he contado.

—¡Para eso soy tu mejor amiga! Tu secreto, Rocío, se irá a la tumba conmigo. —Y, para sellar el pacto de silencio, Isabel se lanzó a abrazarla.

Las dos rieron cogidas de la mano antes de volver a integrarse en la fiesta. Mientras Rocío saludaba a sus conocidos, reparó en un joven moreno, de piel bronceada, que estaba de pie, rodeado de un montón de chicas que parecían embobadas con él. «Muy bien *plantao*. Un *pechopalomo* en toda regla: guapo, alto y con unos ojos tan oscuros que desde aquí parecen negros.» Tenía una mirada fría pero sin llegar a ser gélida. El traje que llevaba estaba hecho a medida pues no le cabría siquiera un alfiler entre la tela y el cuerpo. Rocío estaba fascinada, no podía apartar los ojos de su figura a riesgo de resultar descarada.

—¡Isabelita! —Fue corriendo a interrogar a su amiga—. ¿Y ese chico? ¿Quién es? El moreno guapísimo de ahí, ese que va estirado y sacando pecho.

—¿Ese? Ni te fijes en él, lo digo en serio, es un galán sin escrúpulos. No puedo ni contarte lo que le hizo a mi prima Paula. Y a muchas más. Tiene mil novias a la vez. Se llama Leopoldo Monterrubio.

—¡Ah!, Monterrubio, no me suena de nada. Tranquila, solo quiero conocerle, por curiosidad. —Rocío le dedicó a su amiga la mejor de sus sonrisas para conseguir que se lo presentara.

—Ya, seguro. Solo te digo una cosa: quien avisa no es traidor. —Y ni corta ni perezosa Isabel vociferó por el saloncito para que la oyeran en el comedor, donde estaba el grupo de su interés—. ¡Leopoldo! Ven, por favor. Quiero presentarte a mi mejor amiga, Rocío Hernández López.

—Señorita, encantado. Soy Leopoldo Monterrubio —la saludó cortésmente.

Rocío no pudo siquiera balbucear unas palabras de respuesta, se le fueron la voz y las ideas, una neblina espesa se instaló en su cabeza y sustituyó su capacidad para pensar de forma racional y coherente por sueños e ideas pre-concebidas.

El joven, ante aquella buena predisposición tan evidente, y al percibirla intimidada por su presencia, decidió aprovecharse de la situación. En cuanto la anfitriona desapareció, la invitó a dar un paseo por el parque de El Retiro al día siguiente.

La mañana de la cita, Rocío no pudo evitar llegar temprano, y eso que tardó horas en arreglarse. Tras un buen baño se enfundó su primer vestido primaveral de la temporada. Se había adelantado sacándolo del armario pero hacía muy buen día y quería lucir telas claras y vaporosas. Nada de colores otoñales que poco la favorecían. Llamaría la atención de Leopoldo con el vestido más escotado que tenía calculando que, como era un hombre de muchas mujeres, sería muy de su gusto.

Pero Leopoldo, en cuanto la divisó esperándole y vestida de semejante guisa, supuso que era una mujer más bien ligerita, fresca, lo que se dice facilona. Solo sabía de ella su nombre y que venía de un pueblo. Así que no paró de intentar meterle mano. Para empezar, la llevó cogida tocándole la espalda todo el rato en vez de darle el brazo como era lo usual. La guio por los caminos menos transitados y de más difícil acceso buscando intimidad.

Rocío no pensó mal de la actitud de su acompañante, le hacía creerse una mujer muy seductora y creyó que él estaba tan locamente enamorado que no podía contener sus instintos más primarios. El punto álgido del encuentro fue cuando entre unos arbustos le plantó a Rocío un beso en toda la boca y, no contento con la hazaña, le metió la lengua hasta el fondo de la garganta. Nadie había besado nunca a Rocío así, y sin el riesgo de recibir un balazo de su madre, pero era como si lo hubiera hecho mil veces y le siguió el juego a su amado Leopoldo.

Υ

Rocío lo vio claro, la boda estaba a la vuelta de la esquina. La amaba. Esa forma de lanzarse sobre ella, de no poder parar de tocarla y acariciarla…; lo había vuelto loco de amor. Rocío paseaba cogida de él con una sonrisa de felicidad que creía indeleble. Después de jugar un rato más por el parque, el joven se excusó diciendo que le requerían asuntos importantes, pero como ya sabía dónde vivía se pondría en contacto con ella muy pronto.

Volvió más tonta aún de lo que salió de casa. No podía probar bocado, solo estaba pendiente de la puerta por si Leopoldo le enviaba algún regalo o mensaje.

El primer día vivió en una nube de sueños sobre vestidos de novia, viajes, fiestas y futuros embarazos. El segundo y tercer día empezó a pensar excusas para justificar por qué no tenía noticias suyas. Tantos negocios y proyectos debían de tenerle muy ocupado, hasta el viernes próximo como poco. Ese era el plazo para empezar a preocuparse. Hasta ese día no valía pensar lo peor.

Desgraciadamente llegó el viernes y, de golpe, saltó de preocuparse a angustiarse y a desesperarse por completo. No pudo ni vestirse esa mañana e hizo llamar a Isabelita para que la consolase. No le había contado nada todavía por no soltar la liebre antes de tiempo, sobre todo después de los consejos sobre Leopoldo que le había dado su amiga.

Isabel llegó sudorosa de tanto correr. La nota era de urgencia: «Ven, estoy desesperada y al borde del suicidio». Rocío la había escrito de su puño y letra para que su amiga la reconociera al instante y no tardara.

Se la encontró tirada en la cama, hecha un mar de lágrimas, sin poder apenas hablar. Rocío se armó de valor para contarle el encuentro con Leopoldo, confesando todos los detalles, hasta el más insignificante, para que el análisis de su amiga fuera certero. Cuando acabó su relato, Isabel abrió la boca justo para pronunciar la frase que Rocío llevaba toda la mañana temiendo que su amiga le tirara en cara:

—Rocío, te lo dije y no me hiciste caso.

La otra se hundió más en su cama.

—No me vengas con esas ahora, me he enamorado y creía que él también de mí. —Se dio la vuelta para sollozar sobre la almohada, muerta de la vergüenza.

—¿De ti? Anda, no me hagas reír; no puedo creer que seas como todas esas tontas de las que tanto nos reímos. Si está enamorado de ti, lo está de cincuenta más y hasta de mi madre. ¡Ingenua!

—Tú no sabes cómo me mira, cómo me trata. No lo entiendes...

—Sí, te quiere como a María Figueroa, a la que llevó a pasear la semana pasada y luego a tomar un chocolate. Lo mismo.

Rocío se incorporó de su lecho de pena, no podía creer lo que le acababa de decir su amiga.

—¿Qué dices? No será eso verdad... ¿Y la llevó a tomar un chocolate y todo?

—Sí, y a ti solo a pasear... Así que si de ti está enamorado, con ella quiere casarse, ¿no? Cabeza de chorlito —le espetó Isabelita con más dureza de la necesaria.

—Madre mía, ¿qué voy a hacer ahora? —Rocío apenas pudo pronunciar estas palabras cuando un tembleque se apoderó de todo su cuerpo—. ¿Por qué a mí no? ¿Por qué no soy tan buena como para llevarme a tomar chocolate?

Esa revelación había acabado de rematarla.

Isabel se apiadó de su amiga, la veía realmente hundida; no era solo teatro, como la nota del suicidio.

—Tú eres mil veces mejor que esas chicas, ese patán no sabe distinguir entre unas y otras. Eso es todo, Rocío. No tiene la suficiente clase para eso. ¿Y tú quieres a alguien así?

—¡¡¡Sí!!! —contestó con un chillido de niña pequeña.

—En serio, no te entiendo. Si ya te lo dije; es un galán, un sin fortuna, un interesado, un don nadie..., un *pelaespigas,* como dices tú.

—¡Claro! ¡Qué lista eres! ¡Eso es! —Rocío se animó por fin.

—¿El qué? —preguntó Isabel temiendo que su amiga hubiera perdido del todo el juicio—. Empiezas a asustarme con tus incongruencias, vas a acabar encerrada en un manicomio.

—No, es que me has dado una buena idea. Verás. —Rocío se sentó emocionada en la cama sobre sus piernas—. Leopoldo es un sin fortuna, como tú dices, una persona interesada… Y yo soy rica, así que tengo todo lo que él quiere tener. ¡Lo que pasa es que le falta información!

—No lo dirás en serio… —Isabelita se quedó boquiabierta por la mala ocurrencia de su amiga, al ver por dónde estaba tirando.

—Claro que sí, lo digo en serio, le falta saber que soy muy rica.

—¿Estarías dispuesta a estar con alguien que no te quiere? O peor, ¿que te quiere solo por tu dinero?

—Es un buen plan. Eso sería al principio, luego se casaría conmigo y poco a poco se enamoraría de mí. Lo hará porque soy la mujer de su vida. Estoy segura de que será así porque estamos hechos el uno para el otro. No puedo imaginarme más que con él, haremos todo lo posible por…

—¿Haremos? —la cortó su amiga—. Yo no pienso participar en algo que va a convertirte en una desgraciada de por vida, no cuentes conmigo.

—Claro que sí, venga, saldrá bien. Hazme el favor. Venga, Isabelita… —Rocío cogió a su amiga de la mano y le hizo unos pucheros exagerados.

—Ni hablar.

—Te lo pido por favor… —Rocío se puso en posición de súplica, con las manos juntas y mirándola con cara de no haber roto un plato en su vida.

—¿Qué tendría que hacer? —cedió, ante tanta insistencia, Isabel.

—Algo muy fácil. —Y por fin la voz de Rocío denotaba alegría—. En tu próxima merienda, aunque todavía falta bastante…; no importa. No hay que precipitarse, así parecerá más casual.

—¿Sí?

—Pues le hablarás sobre mí, sobre mi madre, sus fincas, sus tierras, las fábricas, las reses, y te doy permiso para exagerar lo que quieras. Vamos, que somos los dueños de La Mancha enterita si hace falta.

—Ya veo. No sé. Se notará mucho que le estoy vendiendo la burra.

—Tranquila, saldrá bien. Pareces bastante más lista que él, aunque eso es cosa fácil, porque debe de ser muy tonto si no le gusto.

—¡Ja! —rio Isabelita—, ya veo que te estás recuperando rápidamente.

El resto de la familia no llegó a notar la pequeña crisis de Rocío. Se instalaron en Madrid ese mismo día y estaban muy ocupados con los preparativos de la boda. La presencia de su familia normalmente habría significado un fastidio para Rocío, un intrusismo en su libertad, pero ahora le aliviaba; prefería no estar sola. Los días que faltaban hasta la siguiente merienda de Isabelita no se le harían tan interminables.

Al final, no lo pasó tan mal. Eran increíbles todas las cosas que necesitaba una novia y Rocío conseguía sacar tajada en cada tienda. Su madre siempre le compraba algo para que callara: camisones y batas de encaje, sombrero de día, tocado para la noche, medias, vestidos de diario, zapatos; hasta consiguió ¡un vestido largo crema para ir a la ópera o a una fiesta! Rocío renunció a que también le compraran sábanas, manteles individuales, servilletas, almohadones y toallas. Ya tendría ella el momento de completar su ajuar, muy pronto, si Dios quería, para su propia boda.

Probaron varios menús de boda del Ritz para copiarlos en la finca. Enriqueta contrató al cocinero con el que trataba siempre y a siete más que se desplazarían al campo. A los pinches y los camareros los conseguiría en la zona de La Mancha.

Les gustó mucho el pichón relleno de *foie*, de segundo, y la crema de marisco templada, de primero. Sería un menú perfecto de temporada. La tarta la harían en casa,

91

con tiempo, a capas de bizcocho, con crema pastelera y nata. No daba mucho trabajo y se ahorrarían recorrer varios kilómetros para recogerla. No haría falta alquilar vajillas, tenían diez diferentes para veinte comensales cada una, comprarían una más, por si acaso, que podría quedarse de recuerdo Milagros. En una céntrica tienda eligieron una blanca de porcelana; estuvieron las tres un buen rato examinándola a trasluz, asombradas por su fineza. Se podían apreciar incluso las sombras de los que pasaban por detrás de la taza. Era carísima, con una filigrana de oro en los bordes. Sería perfecta para los novios. Aunque seguramente les regalaran más, no serían tan bonitas. La mayoría serían incluso de loza.

A pesar de estar entretenida con los recados de la boda, el tiempo no pasó tan rápido como a Rocío le hubiera gustado. Curiosamente, jamás había oído hablar de Leopoldo Monterrubio hasta hacía unas semanas y desde entonces parecía que todo el mundo le conocía. Un día, incluso, mientras estaban en la bordadora, no pudo evitar oír a dos clientas cuando mencionaron su nombre.

—¿Pues sabes quién asistió también? Leopoldo Monterrubio, el primo de mi primo ese tan guapo del que te hablé.

No pudo escuchar más, se quedó sin aire en los pulmones al oír su nombre.

Un día lo vio a lo lejos, caminando, y se escondió como una tonta en un portal para que no la descubriera. No estaba preparada para verle y no era el momento oportuno tampoco.

Estaba tan nerviosa que se le ocurrió visitar a una vidente muy reputada, Madame LaFleur, que había visto anunciada en una revista. Convenció a Isabel para que la acompañara. Pidieron cita y se vistieron de forma discreta porque pensaron que era mejor pasar desapercibidas si se encontraban con algún conocido.

La consulta estaba situada en un bajo que daba a un patio. Su despacho era un saloncito pequeño y les pareció demasiado. acogedor para ser el de una supuesta bruja, con unos sillones mullidos, una mesa camilla y flores. Se sintieron cómodas desde el principio.

—¿Queréis que os lea la ventura en las cartas, ¿no? —empezó la adivina de forma profesional con una baraja entre las manos.

—A mí solo —respondió Rocío—. En especial, me gustaría saber qué va a pasar con un joven…

—¿Un joven en particular? Eso es más difícil, porque en la tirada de cartas saldrá tu vida de forma general y será difícil identificar personas concretas. Cuando sois tan jóvenes lo normal es que salgan personas que ni conocéis todavía.

Rocío frunció el ceño; estaba segura que en esa «vida general» que acababa de mencionar solo era posible que saliera un nombre a relucir, Leopoldo, y no el de ningún desconocido.

—Le pagaré lo que haga falta, no se preocupe —le dijo para que continuara.

—Lo único que puedo hacer es tirarte las cartas primero y luego que me hables del físico de ese joven y me des su fecha de nacimiento.

—Pero si ni siquiera sé su cumpleaños, y menos el año de nacimiento —se alarmó Rocío.

—Espera —terció Isabel—, nació en abril, el 10 o el 11, creo… Lo sé porque el año pasado me invitaron a su cumpleaños, tengo buena memoria para esas cosas, pero el año de su nacimiento no lo sé porque no hubo ni tarta, ni velas que contar en la fiesta.

—Algo es algo —asintió la adivina mientras garabateaba números en un papel.

Luego barajó bien las cartas y pidió a Rocío que cortara y eligiera uno de los dos montones, y de él que escogiera las cartas empezando por arriba o por abajo. El veredicto no estuvo muy claro, como confesó la vidente, que añadió con un tono de cansancio:

—Tendrás lo que quieres, te casarás con él. Y eso, que sepas, te hará tremendamente infeliz. Porque es un hom-

93

bre que solo se quiere a sí mismo. Aún puedes evitarlo, es una persona que nunca hará feliz a nadie.

Rocío salió loca de contenta de la consulta, incluso le zarandeó la mano insistentemente a modo de despedida a la adivina. Qué tontería; cómo que no la haría feliz, si iba a casarse con el hombre perfecto. No podía entender las caras largas de su amiga, que caminaba refunfuñando a su lado. El resto de lo que había dicho la mujer eran tonterías para asustarla y que volviera más veces a consultar su futuro, era su forma de hacer clientela fija.

Por fin llegó el día de la esperada merienda de Isabel y, después de planear minuciosamente con su amiga lo que esta tendría que decir, tras escuchar por enésima vez sus advertencias, decidió que no llegaría a la fiesta hasta que estuviera acabando. Tenía que aparentar indiferencia.

—Isabelita, cuando Leopoldo te pregunte por mí después de hablar con él, dile que no sabes si voy a poder llegar porque tengo muchos compromisos ese día.

Rocío supo que su plan había funcionado nada más entrar en la casa de su amiga. Aún se estaba desabrochando el abrigo en el recibidor cuando Leopoldo se apresuró caballerosamente a ayudarla.

—Rocío, qué alegría verte. Siento muchísimo no haberme puesto en contacto contigo, pero es que apenas he estado en Madrid.

—¡Huy! No te preocupes —se hizo la desinteresada Rocío—. He estado ocupadísima con los preparativos de la boda de mi hermana y no habría podido atenderte aunque hubiera querido.

Así empezó el noviazgo de Rocío y Leopoldo. Al día siguiente ella se precipitó a contárselo a su familia y, a la semana, ya lo había invitado a comer en casa. Quería que fuera su acompañante en la boda de su hermana y no tenía tiempo que perder. Mucho mejor que ir acompañada por Isabel. Iría con el hombre más atractivo del mundo y aprovecharía la ocasión para abrumar a Leopoldo con el boato de la boda, los regalos, los invitados y la finca. Se puso pesadísima para que le invitaran. Solo hacía falta que su madre le conociera mejor para que al fin accediera. Quedaban pocas semanas para regresar al campo, así que lo invitaba a comer día sí y día también.

En realidad, Enriqueta apenas le prestó atención. Le pareció un joven presuntuoso, con pinta de no haber dado un palo al agua en su vida. Pero le dejó hacer a Rocío. Como le prometió en su día, ella elegiría a su marido.

Enriqueta enseguida supo, con sentimientos encontrados, que al final iba a tener razón con sus predicciones. Se cumplirían todos y cada uno de los pronósticos que le había hecho a su hija cuando discutieron.

Rocío vivía en una nube de encuentros, paseos, teatros y meriendas acompañada por fin de su novio oficial. Se había convertido en la envidia de todas las jóvenes de su edad. Eran la pareja de moda. Empezó a pillarle el gusto a pavonearse; siempre sacaba a relucir su futura boda delante de las otras chicas y no se cansaba de repetir lo atento y guapo que era su querido Leopoldo. Se hizo tan pedante que hasta su Isabelita le guardaba las distancias. No paraba de hacer comentarios sobre él: que si Leopoldo esto, que si Leopoldo aquello, que si ella era la única mujer que había conseguido hacerle sentar la cabeza... Rocío estaba insoportable.

Si Leopoldo estaba agobiado con esta actitud, lo ocultaba bien. Rocío siempre estaba cogiéndole del brazo o de la mano; esperándole a todas horas y haciéndole pasar todo el tiempo que podía con su excéntrica familia.

Definitivamente a Leopoldo no le caía bien su futura familia política. Lo peor era tener siempre que cargar con la hermana y con su repugnante mano. Se la tenían que llevar a casi todas partes ya que Rocío era su única amiga en la ciudad al no haber salido apenas del pueblo. Si fuera por él, la dejaría encerrada en casa.

Lo curioso era el cambio de actitud de Rocío: desde que

tenía novio había suavizado su relación con Milagros. Volvía a ser la hermana protectora y se metió de lleno en los preparativos de la boda.

En una ocasión, Leopoldo le preguntó a Rocío por Alberto. No podía entender qué tipo de persona se casaría con Milagros.

—¿Y cómo es el futuro marido de tu hermana? ¿Feísimo, no? Lo digo sin ofender. Pero es que tu hermana, con la mano esa...

—Pues no, resulta que es guapísimo —le contestó Rocío de forma distraída hojeando un libro.

—No me lo creo, me estás tomando el pelo.

—¿Por qué dices eso? Ya lo conocerás en el campo; viene a instalarse un mes antes de la boda, con nuestra tía, que es su madre adoptiva, para ayudar. Y sí, tiene un oficio; es abogado del Estado —aclaró pronunciando lentamente el cargo.

—Te estás riendo de mí. No hablarás de Alberto Cartero, ¿no?

—Sí, justamente de él. ¿Lo conoces? —Rocío levantó la cabeza para mirar a Leopoldo extrañada.

—De oídas, dicen que es un joven brillante. Tenemos amigos en común, es una persona bastante popular y nacimos el mismo año —confesó Leopoldo.

—¡Qué alegría! ¡Os llevaréis de maravilla! ¡Qué felicidad! —Rocío estaba tan entusiasmada que había soltado el libro y daba palmaditas.

—No acabo de creer que alguien así se vaya a casar con una chica tan rarita.

Rocío frunció el ceño, no le gustaba cómo hablaba de Milagros y se lo dejó claro:

—¡Eh, chitón!, que estás hablando de mi hermana. Tu futura cuñada, cuando nos casemos.

Dos meses antes de la boda, Enriqueta y Milagros volvieron al pueblo. Quedaba por preparar lo más costoso. Había que allanar la tierra para una gran explanada donde colocaría la pérgola de la boda. En un principio, Enriqueta había pensado ahorrarse semejante ajetreo poniendo a los comensales en la explanada de La Era Vieja. Pero era una zona llana, sin vistas, demasiado cercana a las jaulas de las gallinas y lejísimos de las cocinas. Resultaría mejor rellenar el terreno que daba a un costado de la casa, a pesar de estar en una pendiente. Y ya puestos a gastar, también adecentarían los caminos y embaldosarían la parte del jardín que hacía de garaje para que no hubiera tanto polvo. Además, al otro lado de la casa construirían otra cochera al aire libre, para los vehículos de los menos allegados.

Había también que limpiar, podar, poner y arreglar verjas, preparar caminos transitables para las visitas guiadas por la finca, instalar las indicaciones pertinentes y, por supuesto, blanquear con cal la casa, jabelgar bien las paredes. Todos estaban muy ocupados con los preparativos. Doña Enriqueta se encargó de delimitar las tareas y responsabilidades de cada uno y nombró a su marido coordinador de las actividades.

Don Pepe andaba como loco de un lado a otro de la finca llevando las órdenes sin fin de su mujer. Cuando creía que ya habían acabado, siempre le parecía insuficiente a ella.

—Está mal, hay que rematarlo —sentenciaba Enriqueta.

—Pero ya hemos pintado —le respondía su marido impotente.

—Si habéis tardado tan poco tiempo en hacerlo, o está mal hecho, o no está acabado.

Pepe tenía que morderse la lengua y controlarse para no explotar; una confrontación con su mujer por nimiedades no llevaba a ningún sitio, aunque Enriqueta no se hubiera dignado ver cómo había quedado antes de juzgar. Prefería guardarse las discusiones para las cosas que realmente le importaban: sería él quien eligiera las flores, la decoración, la distribución de las mesas y qué vajillas poner en cada sitio. El resto, como si su mujer quería cavar hoyos por todas partes y crear montañas donde no las había.

97

Υ

Quince días antes de la boda llegaron a La Era Vieja doña Felicidad y Alberto, cargados de maletas y con regalos para su nueva familia.

Ella se presentó vestida de viaje y conduciendo su propio coche de caballos. Si Enriqueta era una mujer que imponía, su prima no se quedaba a la zaga. Para Felicidad los motores eran una monstruosidad antinatural, así que su hijo la tenía que seguir con su coche.

La llegada del novio causó un gran revuelo. Enriqueta la estuvo retrasando todo lo que pudo con mil excusas; si hubiera dependido de ella, habrían llegado el mismo día de la boda. Cuantos menos días pasara su prima en su casa, mejor. No pensaba pasarle ni una; iban a emparentar con su sobrino, no con ella.

Esa misma noche, Alberto regaló a Milagros unos preciosos pendientes de esmeraldas con brillantes. Mientras la novia, entusiasmada, se los probaba, Alberto explicó a todos que eran unas esmeraldas de las minas de Muzo, en Colombia, las mejores del mundo. A Milagros le temblaba el pulso mientras se las quitaba, no solían hacerle regalos y mucho menos tan valiosos como ese. Notaba las lágrimas en sus ojos. Rocío le pidió los pendientes para examinar las esmeraldas con detenimiento; eran fabulosas, muy grandes. Una punzada de envidia la recorrió por dentro.

Felicidad pasó la mayor parte de los días encerrada en su habitación, paseando por el campo y criticando la comida, la excusa perfecta que le sirvió de válvula de escape para mostrar su disconformidad. Tenía que ser comedida, su hijo salía ganando con la boda y no debía hacer o decir nada que la pusiera en peligro. Pero sí podía permitirse poner pegas tontas, banales, que la desahogaban.

—Dios santo, ¿chorizo de jabalí para cenar? Qué estómago tenéis… Por favor, a mí que me traigan algo de fruta o ensalada, o mejor me tomaré una sopa. Estas comidas pesadas de pueblo…, con lo buenas que están las verduras y las cremas. Mi hijo no está acostumbrado a esto, lo mataréis como no le deis algo más frugal. Lo he educado bien, Alberto es de paladar fino.

En cada cena la misma historia. Además, su prima Enriqueta se aseguró de que todas las noches se sirviera comida pesada y grasienta, para irritarla aún más. Cualquier excusa era mejor que sacar el tema de la herencia de sus abuelos.

Enriqueta, sin embargo, no tenía por qué controlarse tanto. Estaba en su casa y les había ofrecido un trato ventajoso, así que de vez en cuando sacaba a relucir todas sus magníficas posesiones y fincas, su desahogada posición, e incluso una vez llegó a dar las gracias a su abuelo paterno común por su acierto al haber comprado la finca de La Colonia, la más productiva.

A Felicidad, en esos momentos, solía venirle una jaqueca terrible que le hacía retirarse a su cama o ir a dar un paseo por el campo. En estos esporádicos exilios voluntarios tenía que recordar cuánto quería a su sobrino y dibujar una gran sonrisa en su cara para reaparecer con dignidad. Pero si por ella fuera, ya estaría de vuelta en Belmonte.

Capítulo quinto

*E*l día de la boda, la novia deslumbró. Milagros se había esmerado en estar perfecta para su enlace. Quería que Alberto estuviera satisfecho de ella, pretendía lucir a su altura. Llevaba un velo de tul en la cabeza y, sobre la frente, una trenza de lazos, con un vestido recubierto de perlitas pequeñas. Todo muy a la moda, asesorada al detalle por su hermana Rocío. Llevaba puestos los pendientes de esmeraldas de la pedida. Le pusieron el ramo cogido con imperdibles en la mano mala, para que no se le viera, y surtió efecto. La mayoría de los invitados, que no conocían esa pequeña tara, jamás llegaron a hacerlo. Era un tanto extraño que la novia no dejara nunca el ramo, que parecía tener incrustado, pero no pensaron nada más allá. A Alberto le hizo especialmente ilusión que su amigo José María Álvarez Mendizábal hubiera llegado a tiempo. Mendizábal, como le llamaban todos, era un terrateniente y político muy importante de la comarca.

Todo salió a pedir de boca, siguieron el horario previamente establecido por Enriqueta a rajatabla. No fue un acto demasiado emotivo, más bien un trámite bien organizado donde los sentimientos no tenían cabida, pero eso no pudo evitar que Milagros se sintiera como una princesa. Todos se acercaban a felicitarla y a desearle lo mejor, e incluso los invitados a los que no conocía no se paraban a mirar su mano mala; era una novia normal. No podía haber recibido mejor regalo.

El banquete fue de lo más divertido. Rocío se había sentido un poco apartada durante la ceremonia, en un segundo plano. Todas las atenciones y felicitaciones eran para su hermana. Casi nadie había reparado en su apuesto novio cuando ella había pensado que iban a ser el centro de atención, así que decidió presentárselo a todos los invitados dejando caer que próximamente habría otra boda en la familia.

Después de los postres y con unas copitas de champán de más, Rocío sintió remordimientos por no haber hecho demasiado caso a Milagros. Desde que la había ayudado a vestirse y a colocarse el ramo no se había vuelto a acercar a ella. Ahora la veía en la mesa un poco aburrida y sola. Notó que a su hermana le pasaba algo; ya no estaba tan reluciente como hacía unas horas, cuando todos se arremolinaban a su alrededor. Se sentía incómoda, la conocía bien. Se acercó a ella, con dos copas en la mano y muy sonriente. Cogió una silla, la puso a su lado e intentó reconfortarla:

—Venga, hermanita, no pongas esa cara; es tu boda.

—No sé qué hacer, Rocío. Ni cómo comportarme. Nadie me ha dado indicaciones para después de la comida, solo para lo de la iglesia —le confesó la novia.

—Porque se supone que lo de luego está claro, es una fiesta; tienes que divertirte, Milagros. Yo en tu lugar me habría bebido diez copas de champán… Qué digo, ¡si me las he bebido igual!

—Para ti es sencillo, tienes facilidad para estar con gente y siempre te estás divirtiendo. Me gustaría ser así, Rocío. Todo parece más fácil cuando lo haces tú. Has vivido en la ciudad, estás acostumbrada a los desconocidos y al barullo. Yo no he salido del pueblo…

—Toma una, prueba, te gustará. Bebe como yo y nos divertiremos juntas —le dijo mientras le ponía la copa en la mano buena.

—No sé, yo nunca lo he probado —rechazó Milagros.

—Bebe. Si no lo pruebas, nunca sabrás lo que te pierdes —le insistió su hermana.

Milagros bebió y rio al tragarse las burbujas.

—¡Uy! ¡Tiene burbujitas!… Qué sensación más rara, pero está muy bueno.

Enseguida se animó la fiesta, que acabó exactamente en

101

el momento en que Enriqueta le pidió a Alberto, su recién estrenado yerno, que retirara a una Milagros desconocida que bailaba descalza, lanzando los zapatos por el aire. La novia intentaba bailar con su hermana una jota pero no hacía más que saltar y caerse de culo al suelo.

Tras la boda, Milagros se convirtió en otra persona; vivía solo para su marido. Su familia había supuesto que iba a ser un cambio difícil para ella. Nada más lejos de la realidad. Milagros parecía muy contenta, le gustaba ocuparse de Alberto, ordenar su ropa y esperarle en el recibidor de la casa durante horas cuando él había salido. Una oleada de afecto le llegaba cada vez que él le sonreía. Alberto siempre se preocupaba por su bienestar, se interesaba de continuo por si se encontraba bien y estaba contenta. Hasta le llevaba galletas a la cama cuando tenía hambre por la noche. Nadie había cuidado de ella así; su madre siempre había estado pendiente de ella, pero de una manera diferente. Milagros sintió que su vida había cambiado por completo, tenía un renovado sentido. No se había movido de casa de sus padres pero todo era diferente.

Enriqueta había dispuesto una zona de la casa situada en el primer piso, apartada de las habitaciones del resto de la familia, para darles más espacio e intimidad a los recién casados. Estaba compuesta por dos amplios cuartos, uno para cada uno, comunicados en el medio por una hogareña salita de estar que compartían. Su padre se había encargado de decorarlo todo con mucho acierto; no faltaba detalle, incluso las cortinas y los visillos eran nuevos, cosidos en el pueblo pero con telas traídas especialmente por él desde Valencia.

Alberto se hizo rápidamente a la casa y a la familia. Era afable y desplegaba amabilidades con todo el mundo, incluido el servicio. Le gustaba acompañar a su suegra al campo y arreglar sus asuntos. Mantenía una distancia prudente con Enriqueta, por la que no pudo evitar sentir admiración. Su forma de controlarlo todo, de organizar las múltiples faenas, y la intensidad con que se dedicaba a ello consiguieron contagiarle desde el primer momento.

La variedad de tareas le sorprendió gratamente: asuntos legales, agrícolas, sociales e industriales le eran asignados. Poco tenía que ver con su trabajo en la ciudad. Volvió a montar a caballo asiduamente para recorrer las fincas, cambió sus trajes por ropa de faenar cómoda e iba de un lado para otro sin un lugar fijo de trabajo. Cada día era una sorpresa.

En pocas semanas todos dejaron de hacer esfuerzos para que Alberto se integrara y se convirtió en uno más de casa. Se dio cuenta de que formaba parte del entorno cuando, además de conocer las reglas y el funcionamiento diario de la familia, comprobó que todos conocían también sus gustos y costumbres; dejaron de servirle, por ejemplo, pimiento por la noche, sabiendo que no le sentaba bien, y una diligente Rafaela repuso sus efectos de aseo personales justo antes de que se acabaran.

Enriqueta presintió que su hija estaba embarazada antes de que ella misma lo supiera; cada noche vomitaba y a duras penas podía comer, nada le apetecía. Tenía mala cara, pálida con unas ojeras muy marcadas. Mandó llamar a don Federico, el médico del pueblo, que confirmó sus sospechas.

103

Todos estaban sorprendidos por el embarazo. Salvo la propia Milagros, que se tomó la noticia con absoluta indiferencia.

El más sorprendido fue el propio Alberto, porque solo habían estado juntos la noche de la boda. Al conocer la buena noticia dio encarecidamente las gracias a Dios y entregó un gran donativo al padre Inocencio pues semejante proeza solo podía ser obra divina.

Milagros no entendió muy bien qué suponía estar embarazada. Escuchaba con recelo las explicaciones de su marido y de su madre a propósito del engorde. Todos estaban muy pendientes de ella: que descansara, que se cuidara, que comiera bien. Siempre la tenían controlada. Cada noche le ponían delante un trozo de solomillo y la animaban a comérselo todo pues le daría fuerzas a ella y al bebé. Si vomitaba por las mañanas, le llevaban otro desayuno, igual de variado que el anterior, con zumo, huevos, tostadas y café. La agobiaban en exceso. Milagros no comprendía el cambio de actitud de sus familiares. La trataban como si estuviera enferma.

La primera rabieta que tuvo Milagros la vivieron todos con pavor.

El detonante se produjo cuando Alberto anunció que tenía que volver a Madrid para hacer unas gestiones. Su cuñada Rocío pensó que sería buena idea aprovechar el momento para sugerir el viaje a París que tenían pendiente. Comprarían cosas para el bebé y para su ajuar. Ya había comunicado que se casaría en cuanto su sobrino hubiese nacido. Enriqueta propuso que fueran ellas dos, pero que Milagros se quedara en casa con su padre ya que su embarazo hacía desaconsejable viajar tan lejos.

Milagros, de súbito, comenzó a chillar enloquecida diciendo que ella quería ir a París y que le importaba un pimiento lo del embarazo. No se irían sin ella. Su madre y su hermana intentaron calmarla suavemente, haciéndole entrar en razón, sin pensar que eso la descontrolaría más. Milagros llevaba tiempo agobiada y ahora querían dejarla fuera. Salió disparada a encaramarse en las escaleras y desde arriba gritó:

104

—O voy a París con vosotras o me tiro… Os lo prometo, y no tendréis vuestro bebé.

—Milagros cálmate, también es tu bebé —le respondió su madre después de mandar a Alberto que buscara a Rafaela, la que mejor se llevaba con Milagros.

—Yo jamás he pedido un bebé, no me habéis preguntado nunca, no lo quiero. Yo quiero vivir como siempre y quiero ir a París con vosotras.

Milagros hablaba con una rabia inusual, cogida con fuerza de la barandilla de la escalera; su pelo se había alborotado al correr para subir los peldaños.

—¡Milagros! —le ordenó su madre visiblemente enfadada—, deja de decir tonterías y baja inmediatamente de ahí. Serías incapaz de…

Se calló al ver entrar a su yerno seguido de Rafaela. Alberto sudaba por el esfuerzo.

—Milagros nunca se haría daño a sí misma —concretó Enriqueta tranquilizando a todos, que se habían arremolinado a los pies de la escalera, mirando hacia arriba.

Rafaela se abrió camino entre ellos para ponerse en primera fila.

—Si tú eres la más buena de todos nosotros, si eres incapaz de ver morir siquiera a un palomo —le dijo con la dulzura con que se habla a una niña pequeña.

No surtió ningún efecto. Milagros les miraba desde arriba, sin pronunciar palabra. Se estrujaba las manos y las retorcía intentando estrangular la barandilla.

Enriqueta vio que todos estaban pálidos del susto y, aunque ella no se libraba de la inquietud, siguió tranquilizándoles:

—No os preocupéis, se le pasará en seguida la pataleta, no le sigamos la corriente.

Milagros escuchó a su madre y reaccionó por fin: le entró una risa floja y respondió:

—¡Mira si soy capaz! —Estaba harta de su madre y esta, encima, la provocaba. En vez de lanzarse por las escaleras, empezó a darse golpes en la barriga contra la pared en el descansillo de la escalera.

El primer golpe fue de prueba, suave. Pero para el segundo cogió carrerilla y se estampó contra la pared lo más fuerte que pudo. Milagros procuró sacar bien la poca tripa que tenía para que fuera la que recibiera de plano el impacto. Pero no calculó bien que esa vez su cabeza se fue por inercia detrás provocándole un doble golpe seco, de la barriga y la cabeza contra el muro.

El susto entre los que observaban fue tal que tardaron bastante en reaccionar y subir para agarrarla. Por unos segundos se quedaron paralizados, con la boca abierta. La joven seguía fuera de sí a pesar del dolor. Cuando Alberto y su padre por fin subieron hasta ella, se tiró al suelo a dar patadas a diestro y siniestro mientras se retorcía gruñendo.

Nunca había hecho algo parecido, no encajaba en las pautas de comportamiento más absurdas que los que la conocían pudieran establecer.

Ni siquiera Rafaela podía reconocerla en ese momento. Parecía otra persona, era como esas historias de posesiones de demonios de las que tanto se hablaba últimamente.

Su padre y Alberto consiguieron reducirla y pareció cal-

105

marse mientras la bajaban despacio por los escalones. No pudieron relajarse más que unos segundos porque la joven empezó a quejarse de fuertes dolores en el abdomen. Rafaela la ayudó a tumbarse en el sofá, Milagros ahora lloraba del dolor y parecía confusa, le pidió que por favor no le soltase la mano. Al menos había vuelto a ser la de siempre.

Llamaron al médico inmediatamente. Mientras esperaban, Rafaela procuraba reconfortar a Milagros. Alberto sin embargo se había quedado paralizado, sentado en el primer peldaño de la escalera. No podía respirar, estaba seguro de que el aire ya no circulaba por su pecho, nunca había sentido nada igual, el pánico le invadió, no podía moverse ni un centímetro. Temió que fuera un ataque al corazón, estaba convencido de que era algo muy grave, menos mal que el médico estaba de camino.

Don Federico llegó asustado a la casa. Esperanza, la encargada de ir a buscarle, le había puesto al corriente del ataque de Milagros y el médico se hizo cargo de la alarma pero al llegar a la casa se dio cuenta de que se había quedado corto en sus expectativas.

Examinó a Milagros, pero al estar encinta solo le pudo recomendar unas infusiones relajantes. A su marido, sin embargo, tuvo que recetarle algo más fuerte después de tomarle el pulso. Había tenido un fuerte ataque de ansiedad. La casa entera estaba alterada: el servicio, que había oído los chillidos y el golpe; Rafaela, que no le soltó la mano ni mientras el médico la estaba reconociendo; don Pepe y Rocío, que se habían cogido de la mano, e incluso, quién lo iba a decir, doña Enriqueta.

Cuando Milagros pareció calmarse, su padre se acercó a abrazarla y a ocupar el lugar de Rafaela.

—Hija, si haces daño al bebé te lo haces a ti misma. Tienes que darte cuenta. Lo que acabas de hacer no ha estado bien.

La joven no contestó, tenía mucho sueño, estaba muy cansada de tanto chillar y de la tensión. La cabeza, al igual que su barriga, le daba fuertes pinchazos y calambrazos. Solo quería irse a su cama, no que la riñeran.

Al fin se durmió cuando su madre se acercó y le dijo lo que quería oír:

—Duerme tranquila, cariño. Nadie viajará sin ti. Ya iremos a París más adelante, después de que el niño nazca. No te dejaremos nunca sola.

El médico confirmó que los golpes habían sido fuertes. Le saldrían algunos cardenales. Lo que no podía asegurar era si tendrían consecuencias para el feto. Debían vigilarla esa noche y los días siguientes porque un aborto era más que probable.

Mientras salía por la puerta, el médico seguía con sus recomendaciones: que no la enfadaran ni le dejaran hacer tonterías, que por bastante menos había visto casos en los que el niño había nacido con problemas y malformaciones. Alberto se temió lo peor. Ya tenía miedo de que su futuro hijo heredara la tara de su madre, una mano inútil. Ahora las pesadillas no le abandonarían hasta el día del parto.

Tuvieron a Milagros en cama, como buenamente pudieron, haciendo reposo durante dos días. Fue un empeño difícil ya que, en cuanto no la vigilaban, se levantaba con cualquier pretexto. Si había aceptado con dificultad el embarazo, se tomó peor aún la obligación de guardar cama.

Rocío apenas se separó de su hermana, estaba impactada con el cambio brusco experimentado en el carácter de Milagros. Jamás se había comportado así, ni siquiera cuando ella la pinchaba, le pegaba o le hacía algún tipo de jugarreta. Nunca se había mostrado violenta y nunca le devolvió un solo golpe. Siempre había tenido un carácter muy afable. Recordó una vez que la había atado a un árbol para jugar a indios y vaqueros. Rocío era el vaquero y Milagros el indio capturado. Le lanzó varios cuchillos con la mala suerte de que uno se lo clavó en el pie. Su hermana lloró pero no se enfadó, ni siquiera le guardó rencor y, cuando su madre le pidió a Rocío que fuera a pedirle perdón, Milagros se abalanzó a darle un beso. El embarazo debía de haberla trastornado. Había oído hablar de mujeres a las que el embarazo les cambia el carácter, pero entonces creyó que eran exageraciones o cuentos de vieja.

Al principio, cuando Rocío se enteró de que su hermana estaba encinta, sintió una oleada de envidia. Se había casado antes que ella y ya estaba embarazada. Eran unos celos irracionales pero siempre había sido ella quien abría camino en esa casa, la primera en todo. Ahora se le había adelantado su hermana. El hijo de Milagros sería el primer nieto de la familia; todos se volcarían en él y para cuando ella tuviera hijos a nadie le importarían de la misma manera, ya pasada la novedad.

Después del suceso de las escaleras, Rocío se arrepintió de haber tenido esos celos. Algo se estaba torciendo, su hermana siempre había sido alguien predecible. Rocío estaba muy desconcertada, siempre había cuidado de su hermana mayor y ahora tendría que intensificar al máximo esa atención. A pesar de las zalamerías y explicaciones recibidas, Milagros seguía sin estar nada contenta con su embarazo. Ni los esfuerzos de su padre y de su marido por inspirarle el amor maternal, ni las atenciones de Rafaela, ni el precioso niño rubio que le trajo su madre para enternecerla, nada parecía hacer mella en ella.

Un temor exagerado obligaba a Rocío a marcar de cerca a su hermana. Incluso dormía a su lado, temiendo que algo volviera a pasar y que el bebé sufriera. Pasó dos semanas a su lado, noche y día, hasta que su madre le llamó la atención.

—Hija, no exageres; fue un hecho puntual. Estoy segura de que no volverá a pasar.

—No, madre. No sé…, noto algo raro en ella. Está distinta. No me fío.

—Deberías aprovechar y volver a Madrid con Alberto. Sale este viernes, vete con él. Te vendrá bien. Tu padre y yo cuidaremos de tu hermana.

—No sé si es el momento… —balbuceó poco convencida Rocío.

—Pero si a ti te encanta Madrid. ¡Que no se hable más! ¿Y lo de tu boda? Leopoldo está allí y podréis concretar muchas cosas. Te doy dinero para que vayas encargando lo que necesites.

Enriqueta sabía bien cómo persuadir a su hija: «Madrid», «Leopoldo», «boda» y «compras» eran las palabras clave.

—Ya. Me está tentando, madre. Me gustaría, pero no sé; tengo como… una especie de miedo.

—Tu hermana estará bien. Estaremos todos muy pendientes. Ya has visto que Rafaela la vigila de continuo, como cuando erais pequeñas. No pasará nada.

Lo que Rocío y Alberto nunca supieron, porque siempre se lo ocultaron, fue que Milagros tuvo otra crisis después de que ellos se marcharan de Las Mesas. Esa vez sí que se lanzó por las escaleras aunque solo fueron unos pocos peldaños. Su padre se anticipó subiendo detrás de ella, mientras Rafaela intentaba aplacarla.

Esa noche fue la primera vez en mucho tiempo que Enriqueta vio llorar a su marido. Don Pepe lloró a susto pasado, después de tomarse dos cucharadas de la sopa de cocido de la cena. Se derrumbó por el peso de la tensión y la responsabilidad que sentía.

—Enriqueta, si ese niño vive será un milagro.

—Vivirá, ten fe. —Enriqueta dejó su cuchara, ella tampoco tenía mucho apetito.

—Ya sé que nunca te digo nada, pero tengo serias dudas de que casarla haya sido una buena idea. Es como si nosotros la hubiéramos metido en una situación que no es capaz de asumir.

—Cállate, ni te atrevas. Fue una buena idea y punto. Estás asustado. Lo entiendo, mañana no lo verás todo tan a la tremenda. A tu hija no le ha gustado que su hermana y su marido se fueran. Es normal. Es un berrinche de niña pequeña. No entiende que tiene un bebé dentro. El concepto es difícil de asimilar para ella. Cuando nazca el bebé, ya verás; lo querrá con locura —decidió Enriqueta mirando de frente a su marido, cuyas lágrimas caían sobre el plato de sopa.

Enriqueta esperaba estar en lo cierto, pero no estaba tan segura como aparentaba.

109

Y

La rutina se reanudó en la casa aunque, en todo momento, estuvieron ojo avizor con Milagros. Rafaela tomó las riendas de la vigilancia, siempre había cuidado de forma personal de la niña y tenía una gran debilidad por ella. Enriqueta diseñó a su hija una rutina diaria de forma que en cada franja horaria y actividad su hija estuviera acompañada, bien por Rafaela, por su padre, por ella misma o por Paquita. Labores, paseos tranquilos, lecturas, siestas, ayudar sentada en la cocina y otras actividades relajadas se sucedieron durante el resto del embarazo de Milagros.

Una mañana muy poco soleada estaba doña Enriqueta supervisando los establos cuando le interrumpió Juanico, el encargado.

—¡Señora! ¡Señora!

—¿Qué pasa? ¿Por qué chillas? —se enfadó Enriqueta.

—Hay unos señores de traje haciendo mediciones en La Colonia, en el campo pegado a la casita. —Juanico parecía visiblemente alterado.

—¿Unos señores? Pues ya sabes, tirad a dar —ordenó Enriqueta, por algo la llamaban la Pistolera.

—¿A dar, señora? Pero es que dicen que vienen de parte de don Alberto, su yerno.

—Bueno, pues en ese caso denles ventaja y luego tiren a dar.

Y Enriqueta continuó tranquilamente inspeccionando el estado de las reses.

Más adelante, Alberto le preguntó a su suegra si no había exagerado disparando a las personas que había enviado para tomar datos con el fin de pedir unas subvenciones para el campo.

—Es mi casa y la protejo. Y tú no me habías avisado.

El yerno captó el aviso a navegantes: mientras Enriqueta viviera, había que pasar por su cadena de mando. Nadie pisaba sus tierras sin su permiso.

Capítulo sexto

*P*or fin llegó el día más importante para Rocío. Llevaba meses preparando su boda hasta el más mínimo detalle y había valido la pena. No había podido estar presente el día del nacimiento de su sobrino, Albertito, pero pronto lo conocería y esperaba darle un primito enseguida.

Su boda estaba siendo mucho mejor que la de su hermana Milagros. Rocío miró a su alrededor, la elegancia de los invitados, el hotel... No tenía comparación con una ceremonia en el pueblo. Su padre había resultado una ayuda inestimable en la organización, no había dejado detalle al azar. La aportación de su madre se había reducido a desembolsar el dinero, pero con una generosidad añadida, que se tradujo en que, para su sorpresa, no impuso restricción alguna. El menú más exquisito, el vestido más suntuoso, la confitería más cara de Madrid, la inmensa tarta decorada con cientos de flores, el mejor champán... Había conseguido todo lo que quería.

Buscó a su marido entre los invitados. Deseaba que la cogiera por el brazo y no la soltara durante el resto de la noche. Estaba nerviosa e impaciente: dentro de unas horas, sería su noche de bodas. Leopoldo era tan atractivo... Estaba en medio de un círculo de invitados, riendo a carcajadas. Rocío se sintió feliz con su vestido blanco espectacular, que entallaba su magnífica figura en la mejor boda que nadie hubiera organizado jamás. Acarició su vestido y sonrió al recordar la cara de desaprobación de su madre al verlo.

—¿No había nada más discreto, hija?

Entre el barullo de la celebración, Enriqueta se acercó a ella por detrás, seguida de su marido.

—Hija, me voy a ir ya; estoy cansada y aquí no hago nada. Me molesta mucho la pierna.

Pepe, solícito, acercó una silla a su mujer, que se sentó con cara de dolor.

—¿Irte? Madre, si queda toda la cena por delante.

—No te preocupes. Tu padre, tu hermana y Alberto se quedarán aquí arropándote.

Enriqueta intentó sonreír a su hija, al fin y al cabo era el día de su boda. No podía confesarle que, además de estar cansada y del dolor en la pierna, toda aquella boda le parecía un disparate y un inútil derroche.

—Hija, lo siento. Me duele mucho. —Se dirigió a su marido y se levantó apoyándose en él—. Pepe, acompáñame al coche.

Antes de irse, hizo el esfuerzo de retroceder unos pasos y darle un beso sentido en la frente a su hija.

Rocío la vio irse y se sintió insegura. Decidió buscar a su marido.

—¡Y aquí está mi preciosa mujer! —Leopoldo chilló para que todos los que estaban alrededor pudieran oírle.

Rocío oyó cómo les respondían.

—Guapa no, guapísima.

Por la pronunciación desde luego no eran manchegos. Debían de ser amigos de Leopoldo o de su familia. A Rocío se le iluminó la cara.

—Muchas gracias, sois todos muy amables.

Una mujer embutida en un vestido de noche, negro, con cuentas granates se adelantó.

—Me encanta tu vestido, no he visto novia igual de sofisticada. ¿No te importará que escriba sobre ello en un pequeño artículo? ¡Quizá podríamos añadirle los bocetos del vestido si los tienes!

Rocío olvidó enseguida el disgusto de la temprana partida de su madre.

—Será un placer.

Y

Enriqueta se soltó de su marido en la calle y aligeró el paso hacia su coche. Era inconfundible, a pesar de estar rodeado de muchos otros. Pintarlo de verde había sido una de las mejores decisiones que había tomado en su vida.

Pepe rio al verla casi correr hacia el vehículo.

—Pues sí que te duele la pierna, sí…

Enriqueta le miró enfadada.

—No me duele tanto, pero no quería disgustar a la niña. Alguna excusa tenía que decir…

—¡Que es tu hija! ¡Y es su boda!

—Precisamente por eso, ya me he tragado la ceremonia, hora y media que se me ha hecho interminable. Y me duele la cara de sonreír a toda esa gente desconocida.

—Bueno, cálmate.

Pepe la ayudó a subirse al coche.

—Estoy bastante calmada y comedida. Me conoces. Si por mí fuera, esta boda nunca se hubiera celebrado. He sido benévola.

—De eso no me cabe ni la menor duda—susurró su marido mientras ella seguía hablando.

—No pienso pasar ni un minuto más haciendo teatro. Me pillan ya mayor.

Rocío despertó sola en la inmensa habitación del Ritz. No debía de haberse desmaquillado bien la víspera, se notaba la cara tirante. La blanca almohada tenía manchas negras y marrones. Le daba igual. Tampoco había conseguido deshacerse el complejo moño de novia y lo llevaba medio suelto. Solo se había quitado las horquillas de las capas más superficiales.

El precioso vestido de novia yacía colocado cuidadosamente en el butacón de enfrente, recordándole de forma grotesca que las cosas no habían ido bien, que era su marido quien tendría que habérselo quitado sin miramientos, de-

113

jándolo caer en cualquier sitio. Había estado esperando esa noche toda su vida.

Pero Leopoldo todavía no había pisado todavía la habitación que tenían reservada. Su ropa y efectos personales estaban dispuestos según sus instrucciones de la tarde anterior, así que, tarde o temprano, Leopoldo tendría que aparecer.

No volvió a llorar; ya lo había hecho la víspera, después de esperarle durante horas. Ahora solo sentía que era una estafa de novia, no había tenido a un marido a su lado en su noche de bodas.

No obstante, ya estaba casada con Leopoldo. La boda había salido perfecta, y el convite, en el Ritz, había cumplido sus sueños.

Recordó con tristeza lo guapo que estaba el día anterior, y cómo le brillaron los ojos de emoción durante la ceremonia. Parecía tan contento como ella, no entendía qué había fallado.

Llamaron a la puerta y entraron sin esperar respuesta, era una doncella de servicio del hotel que traía diligentemente el desayuno a la hora exacta encargada por Rocío la víspera. Pensó que sería el despertador de su nueva vida.

Intentó pensar una excusa para evitar pasar vergüenza si la doncella le preguntaba dónde estaba su marido, pero el corazón le latía tan deprisa que no se le ocurrió ninguna. Afortunadamente, la joven, muy discreta, se limitó a disponer los desayunos en la mesita del saloncito y se despidió con una sonrisa.

No tenía nada que hacer, y la habitación olía intensamente a café, así que se puso su bata nueva, de color crema con flores bordadas en diferentes colores, y se sentó a desayunar. Preferiría estar haciéndolo en su casa, con sus padres, su hermana y Rafaela. Si no se hubieran casado en Madrid, sino en La Era Vieja, nada de esto habría sucedido. Igual no había sido tan buena idea como ella había creído. Leopoldo no se habría atrevido a quedar mal o a enfrentarse a su familia; además, estarían rodeados de campo y a pocos sitios habría podido escapar.

La puerta se abrió con un nuevo sobresalto y por fin entró su marido. Rocío se quedó sentada sin saber muy bien cómo reaccionar: una pelea para empezar su matrimonio, por muy enfadada que estuviera, no parecía una buena opción.

—Estaba muy preocupada. ¿Dónde estabas? —le preguntó Rocío en el tono más neutro que pudo componer.

—Celebrando nuestra boda, naturalmente, esposa mía. —Y se acercó cariñosamente a darle un apasionado beso en la boca—. Se me hizo tarde, algunos invitados bebieron de más, especialmente un tío tuyo muy raro, el del bigote, y me tocó acostarles a todos.

—¿Mi tío Salvador? —preguntó sorprendida pero más relajada su esposa.

—En menudos embrollos me metió. Pero es un hombre francamente divertido.

Leopoldo se sentó tranquilamente a la mesa para desayunar.

—¿No vas a dormir siquiera unas horas?

—No, no tenemos tiempo. Tengo una sorpresa para ti, querida. —Leopoldo dedicó la mejor de sus sonrisas a su mujer sabiendo que con lo que le acababa de decir se esfumaría su enfado antes incluso de que este aflorara.

Rocío le observó boquiabierta mientras bebía un sorbo de su café con leche. Su marido parecía fresco, la ropa seguía impoluta, no olía más de lo normal a humo y no parecía haber bebido más de la cuenta. Seguía guapísimo, no podía ser humano.

En ese instante se dio cuenta de su propio aspecto y se levantó para arreglarse con disimulo. Rocío miró su reflejo en el espejo del baño y sus temores se confirmaron: tenía dos horribles manchas de máscara de pestaña debajo de los ojos. Se limpió bien la cara con agua muy caliente pero aun así su aspecto no era bueno; ojeras, bolsas en los ojos y manchas rojas de tanto llorar campaban a sus anchas por su cara.

Se daría un baño relajante, era la única solución. Llevaba esperando a Leopoldo toda la noche, ahora que esperara él.

Se preparó el baño a su gusto, si se lo pedía al servicio del hotel perdería tiempo y tardaría más en estar lista.

Rocío se desnudó y metió un pie en la bañera humeante

115

pero el agua estaba aún demasiado tibia y a ella le gustaba muy caliente. Tenía que quemarse al introducir el pie o la mano; si no le abrasaba, echaba más agua caliente.

Por fin se sumergió en el agua. Le escocía cada poro de la piel, pero poco a poco se fue acostumbrando y su cuerpo se relajó. Todo iría bien, la noche había sido un contratiempo pero tenían otras mil por delante. Ella no era como Leopoldo, que por lo visto estaba siempre perfecto; ella no podía descuidarse, como acababa de hacer. Había bajado la guardia. A ella le gustaba rivalizar con él para conseguir ser la pareja perfecta, los dos tenían que ser perfectos.

Estiró una mano para coger una toalla y ponerla debajo de su cabeza, a modo de almohada. Así estaba más cómoda. Cerró los ojos y olvidó que la estaban esperando fuera, necesitaba tranquilizarse. Le dolía muchísimo la cabeza, sentía una horrible presión en las sienes. Recordó las jaquecas de su madre, quizá fueran hereditarias.

El agua surtía su efecto, saldría del baño con una cara nueva y relajada. Se durmió.

Cuando abrió los ojos, Leopoldo la estaba mirando fijamente, con evidente deseo.

Rocío cayó en la cuenta de que estaba desnuda, pero no se ruborizó; que la deseara era algo bueno, muy bueno.

Rafaela sostenía entre sus brazos al bebé. Albertito tenía seis meses y era demasiado grande para su edad, un niño sonrosado, sin un solo pelo en la cabeza. Se pasaba la mayor parte del día durmiendo. Rafaela le acarició con cuidado las mejillas y la boquita. No recordaba haber sido tan feliz en muchos años, cuidar del bebé de Milagros era su prioridad. Se parecía mucho físicamente a su padre pero por ahora demostraba tener el carácter afable de su madre.

Esperanza apareció en la habitación con un precioso faldón con cintas azules.

—¿No estará demasiado vestido? Si no hay nadie de la familia en la casa, el niño irá más cómodo con el pijama.

—Tonterías. Este niño es un príncipe y tiene que ir siempre como tal. ¿No ves lo guapo que es? —Rafaela levantó a Albertito para que lo viera bien—. Anda, cógelo y vístelo tú, mientras yo voy a hacer una ronda por la casa.

La familia al completo estaba en Madrid para la boda de Rocío. A Rafaela le entristecía no haber podido verla pasar por el altar pero alguien de confianza tenía que quedarse con el niño.

En un principio iban a ir todos, incluido el servicio. Pero Albertito había cogido en el peor momento un horrible constipado que le había bajado a los bronquios. Aunque estaba casi curado, el médico les aconsejó que se quedara en el pueblo porque el aire de la ciudad no sería muy bueno para su salud.

Rafaela dormía con el bebé y Esperanza le ayudaba a cuidarlo durante el día, así el funcionamiento de la casa no se veía afectado. Para Rafaela era una gran responsabilidad y le llenaba de orgullo que la dejaran como responsable del niño.

Doña Enriqueta, antes de partir, le había confesado que era imposible dejarlo en mejores manos que las suyas, y que, a pesar de la distancia, y de la tos que tenía el pequeño, no iba a preocuparse ni un segundo porque ella ya había cuidado de sus hijas antes con estupendos resultados.

Nadie se lo mencionaba pero Rafaela también había criado a su propio hijo, a Valentín, de la misma forma que ahora cuidaba de Albertito. Cada desvelo con el bebé se lo recordaba, con una punzada de dolor y ternura a la vez.

No había vuelto a ver a su hijo desde que lo encerraron en la cárcel. Su marido Lorenzo era quien iba a visitarlo, a ella le daba miedo pisar aquel lugar y no estaba preparada para ver a Valentín. No le había perdonado. Su marido le contaba que estaba teniendo un buen comportamiento en la cárcel, pero ella no creía que eso fuera suficiente para redimirle.

Algún día acabaría acompañando a Lorenzo, cuando reuniera el valor suficiente para ir y para que la visita no le afectara en exceso. Quizá fuera una mala madre pero no podía ni quería ponerle remedio.

Había vestido a Albertito con uno de sus mejores faldones por si recibían la visita de doña Felicidad, la abuela pa-

117

terna, que aprovechaba la ausencia de su prima para pasar más rato con su nieto.

Alberto le había pedido que recibiera a su madre todos los días que fuera posible ya que la mujer aún tenía la espinita clavada de no haber sido llamada a tiempo para el parto. A ella le hubiera gustado estar, con el mismo derecho que la abuela materna, pero no le habían mandado recado hasta que el niño hubo llegado al mundo.

Rafaela recordó el día del parto. Estuvieron todos tan nerviosos, incluido don Alberto, que difícilmente pudieron acordarse de doña Felicidad. Todos temían lo peor, que Milagros hiciera cualquier tontería, que algo saliera mal o que el niño tuviera algún problema, bien hereditario o bien a raíz de los golpes sufridos cuando su madre tuvo sus ataques de locura. Estaban preparados para lo peor así que no esperaban que todo se desarrollara con aquella normalidad. El parto no le resultó especialmente doloroso a Milagros ya que fue muy rápido. La primeriza siguió las órdenes sin protestar ni crear problemas. El niño nació sin ninguna tara aparente. Alberto fue el primero en coger a su hijo, y le faltó tiempo para examinar las manitas por si alguna era como la de su madre. Se maravilló de que fueran perfectas, contó incluso que tuviera diez dedos, y se las enseñó a sus suegros con orgullo.

—Mirad, el niño tiene dos manos, normales. El médico dice que no detecta ningún problema aparente, ni tiene por qué haberlo en el futuro.

Enriqueta se apresuró a coger a su nieto. Lo supervisó ella misma con un gran alivio y se lo enseñó a su marido, que no pudo evitar tampoco tocarle las manitas con satisfacción. Un ritual extraño para los ajenos a la familia.

Todos se felicitaron y se besaron, y solo entonces repararon en que había que avisar a la abuela paterna y al padre Inocencio.

Rocío no podía dar crédito al gigantesco tren que tenía delante. Estaban en la Gare de L'Est de París.

La misteriosa sorpresa de Leopoldo era un viaje de novios minuciosamente planeado, raro en él, porque Leopoldo no solo no era una persona detallista sino que además era poco organizado y nada ordenado. Parecía haber cambiado desde que se sentó a tomar el desayuno con ella el día después de la boda.

Ese día le dijo: «*Voilà, mon amour*. Pongámonos en camino, París nos espera». Y ahora resultaba que el viaje no había hecho más que empezar, París era solo el punto de inicio.

Rocío estiró la mano para tocar las letras impresas en el gigantesco tren que tenía delante: *Orient Express*. Estaban grabadas en color dorado y el vagón era de un aristocrático color azul que lo diferenciaba visiblemente de todos los demás trenes. No existía ninguno igual, había oído cientos de historias sobre él, iba a viajar en el tren más lujoso del mundo. Ni siquiera se le había ocurrido nunca la posibilidad de viajar en él, ella que inventaba las historias más disparatadas...Y ahora estaba allí, de pie, tocando aquellas letras, rodeada de otros pasajeros que llevaban seguramente años planeando ese viaje. En sus caras podía ver también alegría y emoción.

Leopoldo llevaba ya casi dos horas desaparecido arreglando el papeleo, pero no le importó; estaba emocionada y los nubarrones del día de después de la boda habían dejado paso a un cielo completamente despejado. ¡Su marido era el mejor!

Había elegido el *Simplon Orient Express* y, según el cartel informativo que tenía a su espalda, visitarían Lausana, Milán, Venecia, Trieste y Belgrado.

Leopoldo apareció por fin acompañado de un mozo con las maletas.

—Rocío, ya podemos subir. Tenemos los camarotes asignados. El chico se encargará de las maletas.

—¿Camarotes? —preguntó Rocío extrañada.

Esperaba que su marido se hubiera equivocado y no estuviera diciendo que estarían en habitaciones separadas.

—Sí, he reservado dos. Por nuestra comodidad. A pesar de ser habitaciones lujosas, no deja de ser un tren y son minúsculas. Estaremos mejor y disfrutaremos más del viaje, no te preocupes —le explicó Leopoldo mientras conducía a Rocío por el andén cogida por la cintura.

A Rocío primero le pareció un derroche excesivo, pero cambió de opinión al ver la habitación en la que tendría que dormir tantos días. Rocío estaba acostumbrada a habitaciones amplias, y aquella, muy a pesar del lujo evidente, le dio una sensación de claustrofobia.

Las paredes estaban paneladas con maderas nobles de teca, nogal y caoba; en el suelo había una bonita alfombra en tonos beis con flores azules, verdes y amarillas a conjunto con la tapicería repujada en oro. Las sábanas eran de seda y el camarote incluía un pequeño baño con un sanitario de mármol; pero todo quedaba un tanto deslucido por la falta de espacio.

No tenía claro cómo podría asearse en un baño tan pequeño y vestirse para las cenas de gala que había programadas cada noche. Tendría además que olvidarse de sus relajantes baños. Para Rocío, el lujo era directamente proporcional al espacio. Aun así, puso buena cara a su marido y al personal del tren que le acompañaba. Decidió disfrutar de los detalles minuciosamente preparados para ellos: un refrigerio, una copa de champán y unos chocolates les esperaban en una mesita accesoria. En cuanto les dejaron solos se giró para abrazar y besar a su marido, quería agradecerle todos los esfuerzos y detalles que estaba teniendo con ella.

—Si lo miro por el lado bueno —le dijo Rocío con picardía— tenemos dos habitaciones que estrenar….

Iba sentada en el vagón restaurante del tren, con un vestido largo de cóctel azul marino por los tobillos, que a juzgar por las miradas que le dedicaban debía de favorecerle especialmente. Llevaba puestos los maravillosos pendientes de brillantes y aguamarinas que le había regalado Leopoldo en su pedida.

Se recreó en la mesa minuciosamente servida que tenía delante, con sus cubiertos de plata y su cristalería con las cuatro copas de rigor, para el agua, el vino tinto, el vino blanco y la de champán. Nadie diría que estaban en un tren y no en el Café de la Paix de París.

Solo faltaba su marido, que llegaba como mínimo media hora tarde. Los demás comensales ya habían comenzado a cenar y Rocío estudió con hambre el menú: de primero, *consommé aux diablotins*; de segundo, *langouste en Bellevue* y *sontre-filet à la Jussieu*, que debía de ser la carne, porque su nivel de francés no abarcaba tanto, y finalmente *endives demi-glace*.

Era el menú que se había servido la noche en que se firmó el armisticio de la Gran Guerra, o eso era lo que ella había entendido de las explicaciones del *maître*.

La última guerra estaba siendo recurrente en el viaje, escuchaba multitud de referencias a ella: una zona donde se había librado una importante batalla, un palacio reconstruido... Cada ciudad del recorrido se había visto afectada de una forma u otra.

Rocío apenas recordaba nada de la Gran Guerra, ella apenas tenía seis años y España no había participado activamente. El tren estaba lleno de pasajeros de las naciones que estuvieron implicadas en el conflicto: franceses, ingleses, americanos e incluso alemanes. Los trece años que habían pasado desde el armisticio eran solo un suspiro para ellos y todos tenían historias que contar.

Rocío pensó con tristeza en la curiosa facilidad que tenía su marido para desaparecer allí donde estuvieran. En una ciudad era hasta admisible, pero en un tren ya no lo parecía tanto.

Se encontraba frecuentemente sola desde que había empezado el viaje. Por lo visto, Leopoldo había hecho amigos en otro vagón. Le había contado que había dos alemanes interesados en hacer negocios en España y les estaba asesorando; pero ni le había explicado en qué consistía ese supuesto negocio, ni cuál el nombre de los alemanes.

Miró por la ventana, ya no se veía nada, hacía mucho tiempo que se había puesto el sol y ella, además de hambre, empezaba a tener sueño, así que indicó al *maître* con una inclinación de cabeza que le sirvieran la cena. Cenaría sola, otra vez.

SEGUNDA PARTE

1933-1937

Capítulo séptimo

1933, de enero a octubre

Alberto cogió el sombrero y salió de su casa de Madrid situada en la plaza de Isabel II, al lado del Teatro Real. En su día había declinado, con gran acierto, la oferta de su suegra para mudarse, una vez casado, a la finca que su familia política tenía en la calle Sagasta.

Había quedado con un conocido, José María Gil Robles, en un bar cerca de la Gran Vía, en la calle Flor Baja, frecuentado por amigos comunes. Estaba pensando en unirse a su nuevo partido político, la CEDA, la Confederación Española de Derechas Autónomas, pero todavía no lo había decidido. Había algo en la política que le disgustaba profundamente pero a la vez le atraía como un imán, no había tenido buenas experiencias en ese ámbito pero aun así escucharía lo que le dijera Gil Robles acerca de su nuevo proyecto.

Fue paseando tranquilamente hasta el lugar del encuentro perdido en sus cavilaciones. Llevaba tres años ejerciendo como abogado del Estado y se sentía francamente aburrido y decepcionado.

En poco tiempo, el país había dado un giro brusco, ni siquiera había ya un rey en España, se había instaurado la Segunda República. El rey, al que jamás había llegado a conocer a pesar de ciertos rumores que no sabía cómo le vinculaban a él, estaba en París, exiliado. Salió una noche de abril hacía ya casi dos años en un barco desde Cartagena rumbo a Marsella.

El cambio político había pillado a Alberto con el pie cambiado, no esperaba un desenlace parecido. No vio venir la República. Pero, cuando preguntaba a su alrededor, todos parecían adivinos y habían previsto su llegada de forma clara. Alberto en su día creyó que las noticias alarmantes, los incidentes y la agitación eran un malestar general pasajero.

Mientras andaba ensimismado no notó que había un socavón en la calzada y tropezó. «Buena metáfora», pensó mirando el estado de su zapato, ahora lleno de polvo y barro. Una señal de que no tenía ningún ojo para la política. No debía acudir a la cita, lo más sensato sería alejarse todo lo posible de todo lo que tuviera que ver con ella.

Ya había hecho una incursión en la política regional cuando se presentó por Cuenca para conseguir un acta de diputado en las últimas elecciones de 1931, y no solo no salió elegido sino que, de todos los candidatos que se habían presentado, fue el menos votado. Todavía le escocía el fracaso.

Después de esa experiencia decidió hacer las maletas y trasladarse a Madrid de forma definitiva, visitando a su familia en Las Mesas los fines de semana y vacaciones, es decir, lo mínimo imprescindible. El mal resultado le había afectado más de lo recomendable y su familia estaba pagando su frustración.

Su mujer y su suegra habían intentado animarle después del batacazo electoral, recordándole que era adoptado y los votantes apenas le reconocían por su apellido, y que era muy difícil que alguien con esas circunstancias obtuviera tantos votos como lo había hecho él. Alberto no estaba acostumbrado a fracasar, desde que podía recordar era una persona con buena estrella, las cosas le caían llovidas del cielo: la carrera, la oposición, su boda, su hijo y su actual fortuna. No había tenido que esforzarse mucho para conseguir nada hasta el momento en que decidió presentarse para ser elegido como diputado. Era cierto que apenas había hecho campaña pero, aun así, casi no le había votado ni su propia familia.

No tenía la influencia suficiente más allá de los pueblos de su suegra y su madre, al contrario que el claro vencedor, el general Fanjul, quien ni siquiera necesitó hacer campaña ni estar bajo las siglas de ningún partido; se había presentado a las elecciones como candidato «agrario e independiente» y había obtenido la mayoría de los sufragios. Su amigo de la infancia, Mendizábal, también era un hombre hecho para la política. Él, no. No debería haber accedido a entrevistarse con Gil Robles.

El programa de la CEDA se asentaba en unas bases muy sencillas: la religión católica, la familia y la propiedad privada como ejes fundamentales de la sociedad, partiendo de la defensa de la legalidad republicana como gobierno legítimo.

Alberto llevaba demasiados meses seguidos en Madrid, sabía que era hora de volver a casa. A la casa de doña Enriqueta, porque nunca habían dejado de vivir con su suegra. Había accedido al arreglo por su mujer, Milagros no podía quedarse sola y llevar el peso de una casa grande. La independencia no iba a ser posible nunca y tenía que hacerse a la idea. Estar solo en su piso de Madrid era un alivio al que le costaba renunciar; se congratulaba de haber rechazado instalarse en Sagasta y vender su casa de soltero, como le aconsejó encarecidamente su suegra. Doña Enriqueta se salía siempre con la suya salvo, por fortuna, en este caso.

El primer año de casados viviendo con sus suegros lo llevó bien. Las casas eran enormes y, si uno quería, no tenía por qué verse con los demás. Pero, con el paso de los años, esa falta de independencia empezó a molestarle de forma exponencial.

Enriqueta lo decidía absolutamente todo por su hija, hasta en qué casa debía vivir en cada época del año: si en Las Mesas, en La Era Vieja o en Madrid, lo que condicionaba también la vida de Alberto.

Era ella la cabeza de familia y él no tenía ningún poder de decisión. Algo tan simple como pasar unas vacaciones en solitario con su mujer e hijo resultaba impensable.

127

Milagros y su madre rara vez se separaban. Alberto prefería vivir lo más lejos posible de su suegra, con unos años a su lado había tenido suficiente. Desde luego admiraba a su suegro, don Pepe, por su incondicional aguante para soportar a su mujer. Su simpatía por él había crecido a la par que decrecía la que le tenía a ella.

También pesaban las condiciones de su matrimonio, si es que se le podía llamar así. Con el tiempo le había cogido mucho cariño a su mujer, pero el mismo que se le podía tener a una hermana. La protegía y procuraba que no le faltase nada pero no era una relación marital propiamente dicha: se abrazaban, se daban besos y cuidaban el uno del otro, poco más.

Alberto tenía plena libertad para hacer su vida en Madrid con las mujeres que quisiera pero, por si acaso, para no tener complicaciones o líos de faldas, recurría a casas de citas o a señoritas de buen vivir.

Incluso había quedado varias veces con una empleada de la biblioteca, una mujer guapa y muy inteligente, pero a los pocos meses ella le planteó que dejara a su mujer. Resultaba mucho más fácil comprar la compañía femenina, uno se evitaba este tipo de problemas y discusiones.

Aun a pesar de llevar la vida que él había elegido, Alberto estaba aburrido y las actividades que antes le llenaban, como en sus primeros años en Las Mesas, ahora le parecían insuficientes: sus paseos por la finca se convertían en debates existenciales; una comida en familia, aunque llevara tiempo ausente, le retraía más aún en sí mismo.

En Madrid, al menos, aunque estuviera sentado, solo y esperando en una cafetería, le rodeaban todo tipo de desconocidos y podía escuchar multitud de ruidos, como el de los tenderos que ofrecían su mercancía a voz en grito. Motivos más que suficientes para no abandonar Madrid si no fuera porque echaba de menos a su hijo Albertito, que ya tenía un año y medio.

Alberto aún sufría a diario pesadillas por si a su hijo le aparecía alguna secuela o deficiencia que por ahora no se hubiera detectado. Había pasado mucho miedo durante el embarazo de su mujer, desde aquel día del golpe hasta cuando dio por fin a luz.

De recién nacido, por más que le hablara e intentara que el niño diera alguna muestra de inteligencia, ni siquiera le reconocía como su padre. Pero resultó que era normal, el niño necesitaba simplemente crecer y todo cambió cuando empezó a andar y a balbucear. Estaba un poco obsesionado, debía reconocer que los bebés se comunican mucho. Ahora estaba en una fase en la que señalaba todas las cosas que le rodeaban para llamar su atención, como si pidiera una explicación sobre qué eran y para qué servían.

Lo que más le gustaba señalar a Albertito eran los perros. Le volvían loco, siempre estaba estirándoles de los pelos.

—Hijo, este es *Zor*, el guau, pe-rri-to, ¿entiendes? —le explicó cuando le regaló su primer perro.

Y el niño parecía asentir e imitaba los ladridos del perro como si fueran los de un mono: «U-u-u».

Tenía ganas de volver para evaluar sus progresos. Había intentado que le dijera «patata» por teléfono, pero no lo había conseguido. Le parecía que le estaba costando hablar y tenía miedo de ser el culpable por no estar cerca de él.

Su familia política era bastante silenciosa, en aquella casa nunca se hacía sobremesa salvo que hubiera invitados. Milagros no era tampoco especialmente parlanchina, sino más bien observadora. El crío no podría avanzar mucho en esas condiciones y en el futuro la cosa empeoraría. Tendría que traerse al niño a un colegio de Madrid. Dijera lo que dijera su suegra.

Tan ensimismado estaba Alberto que no vio llegar a José María Gil Robles y dejar su sombrero en la mesa.

—Despierta, Alberto; estás soñando despierto, —Lo zarandeó suavemente por el brazo.

—Lo siento, he llegado pronto. Por favor, toma asiento.

José María no se molestó en quitarse el abrigo.

—¿En qué estabas pensando? ¿En la República?

—No, no soy como tú, que siempre estás a vueltas con lo mismo, con la política. Estaba pensando en que es hora de volver a casa.

—Mira por dónde, estoy completamente de acuerdo. Serás el candidato del partido por Cuenca en las próximas elecciones. Tal como está el panorama no tardarán en llegar, nos estamos preparando.

Alberto se quedó sorprendido, no pensaba que las cosas fueran a ir tan rápido, ni siquiera le habían tanteado para saber qué opinaba. Y lo que él pensaba hacía que su respuesta estuviera clara:

—No, ni hablar, ya he pasado por eso y me ha costado sobrellevarlo. Lo siento, José María.

—Mira que eres exagerado, si no te fue tan mal. Ahora te garantizo que será diferente, para eso estamos trabajando tanto. Esta vez seremos una fuerza…, digamos consistente —le aseguró José María.

Parecía estar todo decidido, era una reunión informativa de cortesía.

—Lo sé, no hace falta que me vendas a mí la burra como si fuera nueva…

—Pues estupendo, que tengo prisa; me esperan en la reunión… Lo tomaré como que aceptas. Siempre se puede contar contigo, así lo trasladaré.

José María Gil Robles se levantó y recogió su sombrero.

—Pero… —Alberto se levantó atónito—, ¿ya está?

—Ya está. Relájate, que dentro de poco no vas a parar.

Y allí lo dejó, más pensativo aún de cómo lo había encontrado. Alberto volvió a sentarse. Analizó las posibles consecuencias de presentarse otra vez como candidato y la forma en que había aceptado sin apenas haber abierto la boca. «No he estado muy hábil, hasta la micropolítica se me da fatal», pensó con resignación.

Esa misma noche, Alberto se animó bastante al prepararse para ir a la cena que daban en casa de unos amigos.

Había sido un día movidito; a lo mejor era precisamente eso lo que necesitaba, una fiesta para cambiar de aires.

Definitivamente, el esmoquin era el traje que, con mucho, mejor le quedaba. «Debería ser obligatorio ir así vestido a todas partes», se dijo mientras se miraba con aprobación en el espejo del recibidor. Lo había puesto allí precisamente para verse de cuerpo entero antes de salir de casa. Le gustaba ser presumido, al menos de puertas para adentro. Fuera le tacharían de «rarito». Le resultaba increíble que un hombre no pudiera preocuparse de su imagen sin dar que hablar, en el siglo que llamaban «del progreso».

El palacete de sus amigos en el paseo de la Castellana estaba precioso esa noche, todo iluminado y vestido con alfombras rojas y doradas, colocadas especialmente para la ocasión. Unas preciosas antorchas flanqueaban el camino de entrada, propiciando una atmósfera de exotismo. Había sido un éxito de convocatoria, raro en esos tiempos. Quizá la gente se había cansado de apolillarse en su casa esperando el fin, que nunca llegaba, de la República. Cuando no se puede ir contra algo a veces es mejor unirse, como quizá le estaba sucediendo a él con la aceptación de su candidatura.

En la fiesta había gente de todo tipo, un mezcladillo muy divertido que, sumado a la primera copa, entonó a Alberto enseguida. Hizo grupito con algunos de sus amigos, que, para su mala suerte, solo hablaron de política. De cada cuatro palabras, una era «Azaña» y otra, «República», así que se cansó enseguida de ellos.

Cuando echó un detenido vistazo a la sala se llevó una desagradable sorpresa al ver a su cuñada Rocío con su recién estrenado marido, el inútil de Leopoldo Monterrubio. No tuvo más remedio que acercarse a saludarles y a preguntar si tenían noticias de casa.

Su cuñada, tenía que reconocerlo, estaba espectacular, con un vestido de satén plateado y unos preciosos pendientes de aguamarinas y brillantes. Rocío le saludó con educación y le presentó al grupo con el que estaban. Luego le ignoró un poco, dejándole algo incómodo, para darse impor-

131

tancia. Pero a él poco le importó, ya que una mujer cuyo nombre le acababan de decir y no recordaba se dirigió a él con lo que en un principio le pareció acento alemán.

—Soy Rózsa Rákóczi, encantada.

—¡Qué bien habla usted el castellano! ¡Pero qué maravilla!

—No es tan sorprendente, llevo años viviendo aquí. Soy húngara.

—¡Ah! —corrigió Alberto—. Entonces le aseguro que es usted muchísimo más madrileña que yo, que llevo aquí menos tiempo.

Los dos rieron con ganas la ocurrencia.

Rosa dejó completamente sin aliento a Alberto. Era alta, rubia y guapa a rabiar, y además parecía muy agradable. La noche pasó para ambos sin que se dieran cuenta. Sin moverse siquiera del sitio, adentrándose cada vez más en sus vidas respectivas, con confidencias que iban subiendo de tono. Alberto se fijó en cada detalle de su acompañante para recordarla al día siguiente. Iba vestida muy moderna, con una espalda escotada que quitaba el hipo sin llegar a ser vulgar. El vestido era de un discreto negro, color que apenas se llevaba pero que, a partir de esa noche, estaba seguro de que muchas señoras iban a adoptar. Como único adorno de joyería lucía un broche de plata y brillantes sujeto a un lado de la cintura.

Recordaría ese vestido y muchos otros conjuntos que llevaría Rosa a lo largo de los años. Porque, desde esa noche, decidió que difícilmente podría apartarse de su lado.

Alberto fue honesto en esa primera fiesta con Rosa. Casi a modo de terapia, le contó la peculiar relación entre él y Milagros. Mientras lo hacía, se dio cuenta de que estaba deprimido y de que esos últimos tres años se le habían hecho demasiado cuesta arriba.

Rosa le aconsejó que no debía seguir viviendo así, que tenía que disfrutar de la vida; todavía era muy joven. Ella era solo dos años mayor que él y ya era viuda. Ni dos meses de matrimonio se habían cumplido cuando su marido falleció y se vio obligada a exiliarse. Al escuchar su historia, Alberto admiró su fuerza y valentía, en una mujer que había sufrido lo indecible y allí estaba de pie, sonriente.

Hungría había luchado en el bloque de las potencias centrales como parte del Imperio Austrohúngaro en la Gran Guerra. Perdieron junto a los alemanes. Después del armisticio, el país recuperó su independencia respecto a Austria. Sumada a la grave crisis económica que afectó a los vencidos, las nuevas fronteras del país dejaban fuera grandes zonas agrícolas responsables de una gran parte del crecimiento económico. Algunos nostálgicos, como la familia de Rosa, y muy especialmente su prometido, de origen alemán, planeaban el retorno de la dinastía Habsburgo, y la vuelta a un Imperio Austrohúngaro.

Habían pasado más de diez años pero Rosa recordaba ese periodo de su vida con gran nitidez y pudo relatarle a su nuevo amigo hasta los detalles más nimios. Su familia había decidido exiliarse pero, en el último momento, su padre prefirió no hacerlo para hacer fuerza dentro del nuevo país y restaurar la monarquía; quería que Hungría volviera a ser una potencia mundial. Al quedarse, la presión sobre su padre, el barón Rákóczi de Podmanin, se intensificó; el barón se había convertido en sospechoso de conspirar contra el nuevo gobierno.

Pocos en el país querían perder su independencia y Rosa recordó cómo apenas podían vivir tranquilos. Su padre había perdido casi toda su fortuna, y el único negocio que le quedaba, una fábrica metalúrgicas estaba siendo estrechamente vigilada por el nuevo gobierno comunista, que tan solo duró unos meses. La situación en el país era inestable y Miklós Horthy, militar que fue comandante del Imperio Austrohúngaro y mariscal de campo de Francisco José I de Austria, lideró un movimiento contrarrevolucionario para derribar al régimen comunista de Béla Kun.

Las esperanzas del barón y de la facción monárquica se exaltaron; Horthy, perteneciente a la pequeña nobleza rural, era de talante profundamente conservador y anticomunista. Era cuestión de tiempo que el emperador volviera a ocupar su trono. Sin embargo, el nuevo regente

133

jugó con los partidarios de la restauración. El barón llegó incluso a organizar, en una rocambolesca operación, un encuentro entre el regente y Carlos IV, que viajó a Budapest en secreto en abril con pasaporte diplomático español hasta Estrasburgo, conseguido gracias a las influencias del barón y posteriormente en un taxi como miembro de la Cruz Roja británica. Carlos IV alegó ante el regente tener el apoyo de su pueblo y del Gobierno francés. El almirante Horthy rechazó sus pretensiones y sus argumentos; el exemperador no contaba con ningún apoyo, y menos a nivel internacional. Horthy le aseguró que había recibido muchas presiones, para que no restaurara la monarquía. Carlos tuvo que volver a retirarse sintiéndose traicionado.

El barón pasó a convertirse en una especie de enemigo del pueblo húngaro, después de haberse sentido indignado y haber reprochado fervientemente la actitud del gobierno de Horthy en público. La crispación política iba en aumento, a pesar de que la situación económica del país mejoraba levemente. Tuvo que mudarse a una casa mucho más pequeña.

A Rosa apenas la dejaban salir a la calle, habían recibido amenazas e incluso algunos partidarios del nuevo gobierno habían llegado a insultarles en la puerta. El barón tuvo que ceder oficialmente en su empeño y dejar de hacer manifestaciones públicas; poco a poco se olvidaron de ellos. Solo disimuló de cara a la galería, pero de puertas para dentro no dejaba de conspirar, manteniendo incluso conversaciones con el exemperador, Carlos, en aquel momento exiliado en el palacio de Hertenstein. Pero el exemperador no se había rendido. Su padre creyó que era el momento idóneo para la boda de su hija mayor con su primo István.

Rosa estaba muy contenta con su boda, después de que su infancia se hubiera desarrollado en medio de una guerra mundial, en la que su padre participó activamente, y en la que la incertidumbre por la vida de su progenitor marcó todas y cada una de las sensaciones cotidianas. Ahora, como su padre le aseguraba, podría sentirse feliz.

Todo sería como antes de la guerra y volverían a ser una próspera potencia.

La boda se celebró tras el primer intento del exemperador de restaurar su poder en Hungría. Rosa recordaba con cariño los pocos días que pasó en compañía de su marido, un segundo en el mar de horas que compone la vida. No recordaba bien la cara de István, pero sí sus fuertes manos y la manera en que la abrazaba, quitándole la respiración. Poco más le quedó de él salvo un armario lleno de ropa que nunca llegó a verle puesta y un uniforme con manchas de sangre. Le vistieron con uno nuevo para enterrarle y creyeron que sería un buen detalle devolverle el que llevaba a su joven viuda. A Rosa, el detalle le horrorizó hasta el punto de que le provocó un ataque de ansiedad que le impidió ver cómo le enterraban. Con el tiempo agradeció no haberlo presenciado.

István fue uno de los encargados de reunir el contingente militar para apoyar el segundo intento de restauración, el 21 de octubre de 1921. Todos creyeron que no habría peligro alguno en la misión que le habían adjudicado pero desgraciadamente el país estuvo a punto de entrar en una peligrosa guerra civil. El exemperador entró en el país en avión, acompañado de su mujer, en un Junkers de un solo motor que habían encontrado estacionado en el aeródromo de Dübendorf a las afueras de Zúrich.

En los cuarteles militares de Sopron les esperaban sus partidarios, entre ellos su padre y su ya marido István. En su marcha hacia Budapest no encontraron inicialmente ninguna oposición, como habían previsto, pero al llegar a las afueras de la capital encontraron unos batallones del gobierno, en su mayoría estudiantes, pero bien organizados por el capitán Gyula Gömbos. Parecía que otra guerra civil empezaba, los partidarios de la instauración no esperaban semejante oposición y fueron rechazados enérgicamente por el gobierno de Horthy.

István resultó ser una de las pocas víctimas en este enfrentamiento a las afueras de Budapest. A tan solo unos kilómetros de su casa.

El barón, derrotado y con su sobrino-yerno muerto, decidió claudicar definitivamente en su empeño y dejar Hungría.

Rosa y su familia, ayudados por los amigos de su padre, se instalaron en Madrid. Antes siquiera de que se aclimataran a la vida de un nuevo país, su padre murió de una neumonía y su madre, un año después. Los médicos no supieron explicarles a ella y a su hermana las causas, pero no hizo falta, porque Rosa había sufrido también esa enfermedad pero mucho más joven; a la muerte de István. Su madre había muerto de tristeza. Demasiado mayor para una enfermedad tan virulenta.

Alberto escuchó con atención la historia de Rosa y se prometió a sí mismo que aprendería todo lo que le fuera posible sobre ese país del que hasta ahora tan poco había oído hablar, Hungría. Porque todo lo que le resultase importante a esa mujer tenía que serlo por fuerza también para él.

136

A las dos semanas y media de conocerse, Rosa se mudó sin ningún remilgo, sorprendiendo a conocidos y a extraños, a su piso en la plaza de la Ópera.

A Alberto le agradó convivir con una mujer. A pesar de estar casado, nunca había vivido una experiencia que se le pudiera comparar. Tener a alguien siempre al lado, girarse a cualquier hora de la noche y que ella siempre estuviera allí. Cenar en la cama. Bañarse juntos en la bañera. Alberto disfrutaba de cada minuto que pasaba en esa casa con Rosa y los nubarrones de su cabeza desparecieron de forma gradual. Una mañana se despertó y por primera vez en su vida se dijo que era feliz, se sentía pletórico. Eso sí que era vivir. No habían hecho en esas semanas nada especial, dormir, comer, leer y sobre todo hablar, pero habían sido las mejores semanas de su vida.

Se había equivocado al creer que todo lo que necesitaba para ser alguien era dinero y tierras. Nada era igual cuando uno tenía la firme creencia de que nunca iba a estar solo. Se había convertido en un ser invencible. Se sentía capaz de hacer cualquier cosa gracias a la compañía de Rosa.

No es que Milagros no le quisiera, pero Alberto ahora estaba seguro de que no era amor lo que sentían ninguno de los dos. El amor era un sentimiento de igual a igual. Las dos personas tenían que estar en el mismo plano; los dos debían preocuparse de ambos, cuidarse mutuamente y ponerse en la piel del otro. Su relación con Milagros poco tenía que ver con eso. Y ahora, aunque las comparaciones eran odiosas, su relación matrimonial se le antojaba grotesca, casi ridícula.

No le importó el escándalo de tener en casa a su amante, él estaba en su derecho según lo pactado antes de su boda con la propia doña Enriqueta. Las capitulaciones. Además, no consideraba a Rosa como una amante o mantenida cualquiera; Rosa era una aristócrata, de mejor familia que él mismo. No podía entender que, en su entorno, muchos consideraran su convivencia como una degradación social para ella, como si de la noche a la mañana ya no fuera la brillante y noble joven que todos admiraban. La mayoría de los amigos de Rosa le dieron la espalda.

El servicio de su casa, por el contrario, pareció aceptarla con normalidad; al fin y al cabo no conocían a la otra ama. Si murmuraron, obviamente no fue en su presencia, así que tampoco pudo enterarse. Desde el principio tuvieron la mayor deferencia y respeto hacia Rosa, la trataron como la señora de la casa y cada día le pedían las instrucciones pertinentes.

Un día, Rosa se animó a cocinar para todos, incluido el servicio. Fue como una gran fiesta. Hizo comida de su país y preparó un bufet para todos. Alberto se preguntó por qué los húngaros tenían fama de personas distantes y frías, desde luego Rosa no respondía al estereotipo. Era la mujer más cercana y comprensiva que conocía. No le gustaba cotillear ni hablar demasiado, pero parecía comprender a todo el mundo y saber lo que necesitaban en cada

137

momento. Resultaba increíble que esa mujer tan vital hubiera vivido en carne propia semejantes desgracias y hubiera tenido una infancia tan difícil.

Una llamada telefónica oficial del partido alteró esa rutina feliz; se acercaban las elecciones y tenía que ponerse en marcha. Alberto recibió las instrucciones con mucho más ánimo del que imaginó tan solo unos meses antes. Era necesario volver a Las Mesas, y esta vez se veía capaz de afrontar tanto sus obligaciones familiares como las políticas. Estaba contento y agradecido con la vida.

Rosa lo entendió, decidieron que le esperaría en la que ya era su casa hasta que volviera. Alberto le prometió que, a su regreso, independientemente de los resultados, harían los dos un viaje juntos al sur de España. Saber que Rosa estaría esperándole el tiempo que hiciera falta le envalentonó aún más para enfrentarse a lo que tenía por delante.

La despedida física, sin embargo, fue durísima. Alberto nunca había visto llorar a Rosa y se le partió el alma. En el último momento la separación no parecía tan fácil como la habían planeado, y una parte de él quiso quedarse y olvidar sus obligaciones. Pero era un hombre leal y consecuente con sus decisiones, aunque cuando arrancó el coche le tembló la voz al decirle adiós.

Para animarse, mientras conducía, pensaba lo contenta que se pondría Rosa a su regreso. Cuanto antes se fuera, antes volvería.

Nada más llegar al pueblo se encontró con la desagradable sorpresa de que sus cuñados se habían instalado unos días en la casa. Eso sí que desmotivaba hasta al más ilusionado de los hombres.

«Qué mala suerte —pensó Alberto mientras daba instrucciones para que deshicieran sus maletas y plancharan unas camisas—, parece que me estuvieran siguiendo a propósito. ¿No se podrían haber quedado en Madrid, tranquilitos? ¡Cómo se nota que no tienen nada que hacer!» Leopoldo ni siquiera trabajaba.

Milagros entró atropelladamente en su cuarto en cuanto supo de su llegada. Llevaba meses esperándole y se le lanzó encima de la alegría.

—¿Quieres ver al niño? —le preguntó después de abrazarle—. Albertito está guapísimo, ya verás cuando lo veas, está altísimo. No le vas a reconocer.

Las penas y las dudas se le pasaron a Alberto nada más ver a su hijo. Le hizo gracia que, cuando lo alzó en brazos, el niño le cogiera la cara con sus manitas rechonchas para examinarle, como si le reconociera pero no tuviera claro que fuera su padre.

En ese instante pensó que le gustaría que Rosa conociera a Albertito. Cuando se está enamorado, uno quiere compartirlo todo. Pero no sería correcto ni con Milagros ni con Rosa.

No se separó de su hijo ni un día, se lo llevó incluso a Cuenca a las reuniones de Acción Agraria en las que debía explicar el proyecto de la CEDA y motivarles a participar en él. Nadie le prestó mucha atención, solo querían oír consignas en contra del Gobierno, y sus ideas resultaban vagas y poco atractivas para los asistentes. Los otros políticos de la zona eran más contundentes y se exaltaban con facilidad, así conectaban más con la gente. Si quería dar algún mitin en la campaña tendría que preparar con más detenimiento los discursos, no el contenido sino la forma de expresarlo. Quizá su falta de ilusión era más visible de lo que él creía. Debía ser enérgico.

Apenas había estado un mes y medio en el pueblo cuando anunció a su familia que tenía que volver a Madrid. Muchos eran los asuntos que le requerían allí y no podía demorar más la partida. Le hubiera gustado llevarse a Albertito con él pero era todavía muy pequeño y doña Enriqueta no se lo permitiría.

Alberto no aguantaba más en la casa de su suegra. Ahora era cuando realmente empezaba a entender bien a su madre y la enemistad con su prima. La constante presencia de sus cuñados no contribuía precisamente a hacer más llevadera su estancia en Las Mesas.

Enriqueta no entraba jamás en razón. Alberto había vuelto a la finca con varias ideas sobre el campo y una propuesta para comercializar la caza pero ella no había querido siquiera escucharle.

Aun así, Alberto se dio cuenta de que gozaba plenamente de la simpatía de su suegra, mientras que Enriqueta, al igual que él, no podía soportar a Leopoldo.

Era de lo poco que tenían en común. Para Alberto era insufrible vivir bajo el mismo el techo que sus cuñados, hasta el punto de que programó su partida antes de tiempo. No soportaba que quisieran endosarle todo el rato al inútil de su cuñado. Siempre tenía la misma discusión con Rocío.

—Venga, Alberto, llévatelo contigo a las reuniones —le insistía ella—. Leopoldo podría ser un buen político o, quién sabe, quizá diputado.

—Sí, claro, o el próximo presidente de la República —ironizaba Alberto.

—No sé por qué te mofas, él podría ser lo que quisiera.

—¡Ah! ¿Por eso no es nada, porque no quiere? Ya lo entiendo… Tampoco ha querido estudiar, ¿no? Es que no ha querido tener carrera ninguna.

—Claro que es algo. Leopoldo es un gran hombre de negocios.

—Vamos a dejar la conversación aquí que me lo estás poniendo muy fácil, Rocío. Llevarlo conmigo no serviría más que para estorbar.

Un día Alberto tuvo que ceder; su suegra le pidió con insistencia, y como un favor personal, que se lo llevara para no tener que oír las quejas de su hija Rocío. Cuando lo vio subirse al coche casi se cae al suelo del susto. No podía ser más hortera. ¿De dónde demonios habría sacado esos zapatos blancos que tanto brillaban? Imposible encontrar un calzado así ni buscándolo a propósito.

«¿De dónde habrá sacado Rocío semejante petimetre?», murmuró entre dientes, y se metió con él en el coche.

La pulsera y el sortijón de oro que lucía eran una ostentación de lo más ridícula. Sentía muchas ganas de volver con Rosa para reírse con ella de aquellas pequeñas cosas que no podía compartir con nadie más. Tenía que acordarse de hacerle una descripción pormenorizada de su cuñado. Ella sabría sacarle todo el jugo al personaje.

Casi no había hablado por teléfono con ella, ya que cuando uno pedía una conferencia a la operadora lo mismo podía tardar una hora que cinco. Cada vez que visitaba un pueblo preguntaba si había centralita de teléfonos. Rosa siempre estaba en casa para responder y eso le reconfortaba. No habría podido aguantar pensar que ella estuviera llevando una vida sin él. Sintió una punzada de resentimiento, no estaba siendo justo; él llevaba una vida al margen, tanto personal como laboral. Estaba siendo injustificadamente egoísta y se sentía mal.

La solución, al final, se la había proporcionado su propia madre, a la que visitaba con su hijo Albertito todos los sábados en Belmonte. Aquel era su verdadero hogar y sentía a Felicidad como su única familia. Tan solo veinte kilómetros separaban los dos pueblos, Las Mesas y Belmonte, pero parecían muchísimos más por la barrera que habían interpuesto las dos primas. Así que, en ausencia de Alberto, su madre solo visitaba a su nieto muy de vez en cuando. Y eso la entristecía.

—No se preocupe, madre. Cuando sea más mayor Albertito vendrá a pasar las vacaciones aquí —la tranquilizó en una de sus visitas a Belmonte.

—¿De verdad, hijo? ¿Me lo prometes? No creo que mi prima Enriqueta ceda fácilmente.

A Felicidad le encantaría tener a Albertito en su casa unas semanas, pero lo veía muy improbable.

—No se preocupe, ya me encargaré yo de que sea así.

—Como entenderás, me cuesta mucho ir a Las Mesas. Primero tengo que avisar para ver si están y, si tengo la suerte de que me contesten que sí, en cuanto llego, Enri-

141

queta ya trata de despacharme sin apenas haber podido ver a Albertito más que de refilón.

Alberto cogió la mano de Felicidad, le disgustaba que lo pasara tan mal para ver a su hijo, ojalá su suegra tuviera más tacto con ella.

—Puedes ir cuando quieras, es mi casa y tú tienes todo el derecho a estar en ella —dijo Alberto.

—No lo parece, hijo. Aunque entiendo que debe de ser difícil imponerse a esa mujer —se lamentaba Felicidad, a quien las palabras de Alberto no convencían del todo.

En una de esas visitas, Alberto no lo pudo evitar y, mientras su hijo jugaba con Felicidad, él pasó más tiempo del habitual conversando por teléfono con Rosa. Su madre se dio cuenta de que no hablaba precisamente de política y le animó a seguir hablando sin prisas.

Cuando por fin colgó el teléfono, Alberto se lanzó a pedirle un favor.

—Madre, ya sé que esto es bastante inusual, pero me gustaría darle su número de teléfono a cierta amiga de Madrid. No creo que llame nunca, es solo por si le pasara algo. Estoy preocupado constantemente por que no tenga forma de localizarme.

Felicidad sonrió levemente y le respondió con toda la naturalidad que pudo aparentar:

—Descuida, hijo. No hay ningún problema. Y si quieres darme su número, por si te pasara algo….

—¿Qué me va a pasar?… Tiene razón, pero ese número ya lo sabe, madre; es el de mi casa en Ópera —confesó Alberto.

Esta vez Felicidad no pudo evitar que una gran sonrisa se dibujara en su cara, se alegró de que su hijo adoptivo tuviera una vida fuera de los Hernández López, quizás así sería feliz ya que con semejante familia política lo creía bastante improbable.

Sin saberlo, Alberto le había quitado un gran peso de encima, porque la preocupación que Felicidad tenía sobre su bienestar era constante. Creía que cuando pactó la boda con su prima Enriqueta, él era aún muy joven para entender que estaba hipotecando su vida y que el trato podía no ser tan ventajoso como creía. Felicidad no se había atrevido a decirle nada, la obsesión de su hijo con aquella familia y sus tierras era obviamente culpa suya. No había sido su intención, Felicidad no fue consciente de que había trasladado sus demonios a la persona que más quería en el mundo hasta que este le contó que iba a casarse con Milagros y que iba a recuperar la finca de La Colonia.

Doña Felicidad Sánchez López, hija del que fue, en su día, gobernador de Barcelona, Cayo Sánchez, no había tenido precisamente una vida fácil.

Se casó muy joven y su propio padre se arrepintió del enlace a los pocos días; pagó a su marido una cuantiosa suma para que se fuera de casa y la abandonara. Con semejante antecedente, no había podido casarse otra vez y él único consuelo que encontró fue sumergirse en el ámbito de la Iglesia. Gracias a la religión superó una fuerte depresión, así tenía algo útil que hacer cada día. La soledad ya no la aplastaba hasta el punto de no poder levantarse de la cama. Su asistencia diaria a la iglesia se convirtió en una agradable rutina. Todos creían que era una ferviente devota, pero las apariencias generalmente engañan. Felicidad tenía muchos secretos, secretos a los que nunca renunciaría...

Por eso Felicidad necesitó solo unos segundos después de escuchar a Alberto para comprender que estaba enamorado: esa forma de hablar en susurros, de preguntarle mirando al suelo si podía utilizar su teléfono... La destinataria de sus llamadas debía de ser muy importante para él. Felicidad se alegró sinceramente, después de su extraño matrimonio con Milagros... Por mucho que la Iglesia certificara que estaban casados, no era una pareja usual. A veces la Iglesia sellaba uniones que no existían y, sin embargo, era incapaz de reconocer relaciones mucho más reales.

Emilio, su inseparable encargado, había estado siempre

143

en la casa, desde poco después de que llegara Alberto. Emilio había ayudado a criar a Alberto, le había llevado al monte mil veces y enseñado a distinguir perdices y águilas cuando apenas sabía balbucear.

—Enriquito —le decía Emilio—. ¿Cómo hacen los guarros?

—¡Jrrr, jrrrr! —le contestaba el niño poniendo cara de bicho malo.

Sin tener más referentes paternos, la unión entre los dos fue muy estrecha. Emilio nunca fue una persona más del servicio aunque siempre mantuvieran una distancia prudencial.

Viajaba con ellos en las mismas condiciones; comía con ellos cuando iban a un restaurante, aunque Emilio y Felicidad nunca dormían en esas ocasiones bajo el mismo techo, ni siquiera cuando salían al extranjero.

Incluso en Belmonte mantenían las apariencias. Emilio tenía su propia casita en el patio común. Jamás dejaron que nadie albergara la mínima sospecha sobre su estrecha relación, mucho menos el resto del servicio.

Hasta que Alberto se hizo mayor y volvió de estudiar en la Universidad de Salamanca no llegó a atar a los cabos para entender que eran mucho más que un encargado y su señora. Pero nunca hizo el mínimo comentario, por educación y respeto hacia su madre. Alberto decidió que lo más correcto era hacer como si no lo supiera.

144

Capítulo octavo

1933, de octubre a diciembre

Alberto no quería que se apoderara de él ninguna oleada de optimismo, recordaba el chasco que se había llevado en las elecciones anteriores. Esta vez, todo apuntaba a que los resultados iban a ser diferentes. Además, él pondría más de su parte haciendo campaña por todos los pueblos como Dios mandaba.

Hacía unos meses que el gobierno de Azaña había caído. Se habían disuelto las Cortes y convocado nuevas elecciones el día 19 de noviembre en primera vuelta y con la segunda el 3 de diciembre. Todos los indicadores hacían presagiar un buen desarrollo de acontecimientos para su partido. Aun así había que tener prudencia, el panorama político andaba muy revuelto y los pronósticos no eran del todo fiables. Los sucesos de Casas Viejas, la Ley de Congregaciones Religiosas, la lenta aplicación de la reforma agraria y la mala situación económica del país habían creado un malestar general.

Su partido, la CEDA, estaba a favor de participar pacíficamente en la vida política de la República, principio que muchos grupos de la derecha no compartían. Hacer oposición en el Congreso, sentarse con los republicanos en el hemiciclo y jugar democráticamente. Esa era la idea que había decidido a Alberto a participar en el juego, y le había devuelto su interés por la política. Se estaba convirtiendo en un demócrata empedernido e incluso últimamente se interesaba, cada vez más, por la historia de los Estados

Unidos. Por desgracia, no todo su entorno defendía su pasión hacia el concepto de democracia; dentro de su partido había demasiadas ideas divergentes. Por su amigo Mendizábal sabía que ese recelo también cundía entre los republicanos.

La crispación política y los enfrentamientos físicos le desconcertaban por completo. No era esa la vía; él quería defender los intereses de la Iglesia católica, criticar a los republicanos, apoyar la propiedad privada y cambiar la reforma agraria, pero desde una vía legal. Y esa vía eran las urnas.

Alberto llevaba unas semanas en Madrid. Ese día volvería a encontrarse con Gil Robles. Mientras caminaba hacia su encuentro fue consciente de que, aun pareciendo que el camino estaba más despejado que en las elecciones anteriores, seguía teniendo miedo. Iba andando con los puños cerrados. Siempre que estaba preocupado por algo le dolían las manos de tanto apretarlas. La mayoría de las veces no se daba ni cuenta hasta que la presión se hacía insoportable. Al abrirlas hizo una mueca de dolor.

Lo que le daba miedo ya no era presentarse, como antes, sino el incierto futuro. Mil escenarios eran posibles y él no podría controlarlos todos. No se trataba de escenarios pequeños, como en su casa, ante los que él siempre sabría cómo reaccionar. Se trataba de otra cosa, de la gran política, que se le escapaba. Todo el mundo opinaba, todos participaban de alguna forma, cualquier persona podía desencadenar acontecimientos o al menos intentarlo. Era incontrolable. A Alberto le disgustaba profundamente lo impredecible, le preocupaba que no existiera estabilidad alguna. De ahí su cita con Gil Robles.

José María estaba esperándole en un bar ante un velador tan diminuto que ni siquiera podían dejar encima sus sombreros. Tenían que sostenerlos sobre las rodillas.

—¡Qué cansino eres, Alberto, para algunas cosas! ¿Qué tal todo? —Los dos hombres se saludaron—. Hoy llegas tarde.

—Bien, todo bien.

—Yo tomo los cafés que haga falta contigo pero no es preciso que quedemos para dar vueltas a lo ya decidido. Te presentas por Cuenca y punto.

—Ya, pero… —intentó objetar Alberto.

—Ni que fuera la primera vez. Ahora a todos les sonará tu nombre, al menos de haberlo visto en las anteriores papeletas. Vaya *panachage* hicisteis. Esta vez no caeremos en ese error, prepararemos las papeletas con los nombres de nuestra lista. Si no, la gente puede tomarse al pie de la letra lo de las listas abiertas. Mejor que vayan con una papeleta con la lista completa.

—Está bien, ¿cuál es la lista definitiva? Fanjul y yo…, ¿y quién más?

—Modesto Gosálvez y Antonio Goicoechea. Ya los conoces —le tranquilizó José María.

—Fanjul saldrá el más votado, como siempre. No le hace falta siquiera hacer campaña. —No tenía muy claro si le gustaba ir en la misma lista que el general.

—Sí, eso nos favorece como coalición. Cuando le voten a él, os votarán a vosotros también, en bloque.

—Sería lo lógico. Pero luego, la gente, muchas veces, vota a los que más conocen de su pueblo. Les da igual el partido del que sean.

José María bebió un sorbo de su café solo.

—Pues por eso mismo es importante hacer campaña. No cometas el mismo error dos veces.

Alberto escudriñó la calle a través del cristal de la cafetería unos instantes, con la mirada perdida.

—Descuida, vuelvo ya al pueblo.

—Ya tendrás tiempo de estar aquí cuando seas diputado. Será tu excusa perfecta para pasar todo el tiempo que quieras en Madrid.

Alberto no supo si Gil Robles se refería solapadamente a su relación con Rosa. O no, ya que sus círculos de amistades eran diferentes. Quizá su relación estaba en boca de todo Madrid. Por si acaso decidió no hacer alusión ninguna a ella.

—Tienes razón, José María.

—Antes de irte debes recoger la copia de unos discursos y artículos de *El Debate* que he seleccionado, además de un resumen de las líneas de campaña. Os servirán de guía.

—Mañana mismo envío recado para que los recojan. Me los miraré antes de partir. —Se hizo un pequeño silencio—. ¿Crees que ganaremos, José María?

—¡Vaya pregunta me haces! Creo que sacaremos muy buenos resultados. Nunca te andas por las ramas, Alberto. Eso me gusta. Eres franco y directo. Tienes que aprovecharlo, hazme caso, da discursos en todos los pueblos que puedas.

—Descuida. Voy a poner todo de mi parte. —Y apostó por transmitirle sus dudas—. No sé; es que tengo un presentimiento raro, entre miedo y nerviosismo. Como si estuviera andando a ciegas y supiera que hay un muro delante pero no cuándo va a venir el golpe.

—Eres un filósofo empedernido... —le contestó José María de buen talante—. Son los nervios, han sido unos años un tanto turbulentos. Hemos pasado de la monarquía a un directorio militar para acabar en una república. Lo tienes fácil, los resultados en Cuenca nos favorecen.

—Sí, pero yo no fui elegido.

—No estamos en la misma situación. —Gil Robles se levantó para irse—. En cuanto llegues, reúnete con los otros, que ya están haciendo la ruta de campaña. Y lleva de paso más cajas con la propaganda, por si acaso.

—Claro, si hace falta iré en dos coches.

—Bien, te dejo y confío en ti. —Se caló el sombrero—. Tendrás que quedarte para el recuento porque siempre hay problemas. Haz un informe de incidencias en las mesas electorales.

Alberto pensó que no le apetecía mucho, preferiría estar en Madrid para el recuento. Pero no replicó más.

—Lo haremos como tú dices.

Y le vio marchar.

Υ

Los planes para la campaña le tuvieron ocupado hasta su partida. Quería llevar preparados varios discursos e ideas generales esbozadas, además del material que le habían facilitado: panfletos, pasquines y carteles. Le disgustaba volver a dejar a Rosa y que ella no pudiera seguirle en la campaña. La notaba muy apagada y tenía razones de sobra. A él también le hubiera gustado que ella le viera, por lo menos, en un mitin. Pero no podía ser; en La Mancha le conocían todos y sería poco discreto, incluso un escándalo que podría perjudicar su carrera.

Su mujer sí que era de la provincia y de una familia muy conocida. Eso le daba puntos en el distrito.

Le hubiera gustado que las dos mujeres le ayudaran pero no se podía tener todo, era un deseo absurdo y egoísta. Se le ocurrió implicar a Rosa en la elaboración de los discursos, que le ayudara a redactarlos y le escuchara, como si formara parte del público. Eso pareció levantarle el ánimo.

Ahí estaban los dos, en el salón. Rosa sentada en una silla escuchándole sin perder detalle; él hablando en voz alta y gesticulando con el batín azul marino de raso puesto, dejando asomar la corbata y el pantalón del traje.

Nunca jamás conseguiría Alberto un oyente tan entregado. Rosa aplaudía e incluso repetía las consignas importantes: «¡Arriba las derechas!». ¡Quién diría que era extranjera y no podía votar! Qué pena de sufragio perdido, ahora que por primera vez en España las mujeres iban a poder acudir a las urnas. «¡Cómo te voy a echar de menos!», pensó mientras la observaba. Estaba aún mucho más guapa que cuando la conoció; se había cortado el pelo, prácticamente *à la garçon*, y siempre llevaba los labios de un carmín rojo intenso.

Habían bajado las precauciones y salían a pasear juntos, a cenar o al teatro, como una pareja corriente. Alberto sabía que no pasaría nada aunque su familia política se enterara, no temía hacer daño a Milagros porque difícilmente comprendería la situación ni podría enterarse por alguien ajeno ya que no tenía trato con nadie fuera de su familia, estaba muy protegida.

Y

A Alberto le hizo más ilusión de lo habitual salir de Madrid, al fin tenía ganas de empezar la campaña. Lo primero que hizo al llegar a Cuenca fue ponerse en contacto con sus compañeros, Gosálvez y Goicoechea, para ver qué habían decidido sobre los diferentes mítines.

Se enteró entonces de que el general Fanjul no se encontraba en la provincia. Alberto asumió, con evidente contrariedad, que ellos tendrían que trabajar mucho recorriendo todos los pueblos posibles para que les conocieran como candidatos y, aun así, aunque se esforzaran, especialmente él, no obtendrían ni una cuarta parte de los resultados que el general obtendría sin mover un dedo. Como buen político, no verbalizó sus verdaderos pensamientos.

Durante la campaña todos dejaban de lado su nombre de pila y se llamaban por el apellido. Él se convirtió en «Cartero».

Alberto se esmeró en hacer campaña, visitó todos los pueblos que le fue posible. El coche le daba problemas y últimamente le dejaba tirado en algunos caminos, por eso no llegó a tiempo a algún que otro mitin. Pero aprovechó para hablar sobre política de forma espontánea con quienes le iban recogiendo por el camino. Era curioso que hace tan solo unos meses la mención de la palabra «política» le provocara urticaria y ahora parecía llevarla tatuada por todo el cuerpo, incluidos sus órganos internos. El pulmón le hacía respirar solo para hablar sobre política. El cerebro tenía riego para que pudiera pensar en ella. El corazón le latía haciéndole sentir todas las emociones a las que le arrastraba: miedo, enfado, indignación, alegría, esperanza… Sus venas transportaban su sangre de un lado al otro para permitirle desplazarse a los lugares donde la política le quería llevar. Sus ojos solo veían rivales, compañeros, votantes seguros y votantes potenciales. Su estómago solo digería las comidas que le hacían engullir en cada pueblo que visitaba; y si se comía un chorizo con pimiento, que hacía ya tiempo que había eliminado de su dieta, lo hacía también por la causa política.

La ruta de campaña se había dibujado sobre plano, de este a oeste y de norte a sur de la provincia. Desde Pozzorrubio hasta Villora, pasando por Tarancón. Un maratón en el que no pensaba desfallecer.

Alberto quiso asistir además al acto central de campaña de la oposición en Cuenca, pero tuvo que desistir ante la insistencia de su entorno. El mitin fue presidido por el mismísimo Alejandro Lerroux para introducir a su candidato, y amigo personal de Alberto, José María Mendizábal. En el último minuto tuvo la tentación de coger el coche y presentarse de incógnito en el teatro Cervantes para escuchar el discurso de su amigo. Alberto no estaba de acuerdo con que le desaconsejaran ir a un acto de la oposición, él no deseaba asistir por afinidad política sino personal con un destacado dirigente de la izquierda. Se conocían desde pequeños, sus fincas colindaban, siempre se habían llevado bien y confiaban el uno en el otro, mucho más que Alberto en sus compañeros de lista, a los que, por muy agradables que fueran, acababa de conocer. Sentía interés por ver a su amigo hablando ante un auditorio repleto, porque sería un momento importante en su vida y en su carrera aunque ya tenía mucha más experiencia que él.

151

Por lo visto, tener amigos entre la izquierda le convertía en una especie de «apestado». Aunque él estaba convencido de que debería ser libre para tener los amigos que quisiera.

Alberto salía de casa por las mañanas y llegaba bien entrada la noche, después de cenar, porque aprovechaban cada minuto para intensificar su presencia en cada pueblo con comidas y cenas. Las pocas veces que cenó en casa no paró de hablar de la campaña llegando a aburrir al mismísimo don Pepe, que tenía más paciencia que un santo.

Hasta les llevó los carteles que más le gustaban para que los vieran. Le dio varios al pobre de su hijo, que los utilizó para romperlos y pintarrajearlos sin ton ni son.

Enriqueta miraba exasperada a su yerno Alberto. No es que a ella no le interesara la política; al contrario, estaba deseando el final de la República para que no se hiciera expropiación alguna. Pensaba que eso podría pasarle en cualquier momento, si es que se atrevía algún funcionario del Gobierno a pisar sus tierras sin que se fuera con el culo lleno de perdigones. Situación poco plausible gracias a las altas medidas de seguridad que había intensificado convenientemente en los últimos años.

No compartía el entusiasmo, ni mucho menos, con esos valores democráticos de los que tanto hablaba su yerno. Enriqueta pensaba que era mucho más sencillo tener un rey y punto. Con sus cosas buenas y sus cosas malas, pero uno sabía a qué atenerse sin tener que asumir esos cambios de leyes. Con un rey había estabilidad. Nadie llevaba ya, salvo ella, el recuento de muertos en los últimos años por culpa de turbulencias políticas; pasaban de los doscientos cincuenta.

—Además —comentó Enriqueta en una de esas cenas—, en una democracia cualquiera puede cometer atropellos y arbitrariedades. En una monarquía solo uno, el rey. Más vale un dirigente controlado que muchos dando tumbos.

Alberto se llevaba las manos a la cabeza con las ideas de su suegra, esperaba que solo formaran parte de una pequeña minoría.

No obstante, toda la familia apoyaba a Alberto para que consiguiera su acta de diputado. En el caso de Enriqueta y de sus hijas, votarían por primera vez en su vida. La aprobación del sufragio femenino sí que le había gustado a doña Enriqueta, era la única medida republicana con la que estaba de acuerdo. Si se hubiera hecho antes, muchos problemas se habrían evitado.

El 19 de noviembre toda la familia se dirigió a votar, muy compuestos todos para la ocasión por si se comentaba algo en el *ABC*, en *El Defensor de Cuenca* o en *El Boletín Conquense*.

Alberto no pudo evitar incluso seleccionar la falda de color crema con una blusa a conjunto que llevaría Milagros.

—No soy una niña. Sé elegir mi ropa. —Milagros miró a su marido y luego a la ropa y comprendió que ella habría elegido las mismas prendas.

—Perdóname, no pretendía molestarte, es que estoy muy nervioso.

Milagros sonrió a su marido y se acercó a darle un beso en la mejilla.

—No te preocupes, todo saldrá bien. Vas a ganar.

Alberto no pudo evitar devolver una sonrisa nerviosa a su mujer.

Entre él y su suegro, don Pepe, enseñaron a Rocío y a Milagros cómo ejercer su derecho al voto y cómo debían identificarse. Les dieron las papeletas ya preparadas para introducirlas en las urnas.

—No sea que Rocío, como me la tiene jurada, vote a los socialistas. Sería capaz, por fastidiar y llamar la atención —comentó Alberto a su suegro.

También intentaron explicarle a doña Enriqueta el funcionamiento del voto, pero esta se sintió ofendida por algo que le resultaba obvio y sencillo.

—Dejadme adivinar: hay que rellenar la papeleta y meterla en la urna, ¿no? Madre mía, no sé cómo los hombres habéis podido hacer algo tan complejo vosotros solos durante años.

Rocío y Milagros no pudieron evitar reír la mofa irónica de su madre.

Efectivamente, a Rocío no le apetecía en absoluto votar a su cuñado y le dio instrucciones a su marido Leopoldo, que las ignoró, por antipatriotas, de no votarle tampoco. Como le iba a ser imposible despegarse del pelotón y buscar una papeleta de las izquierdas sin resultar sospechosa, recortó en su cuarto el único papel que pudo encontrar. Llevaba impresa la dirección de una bordadora de Albacete. Así que, ni corta ni perezosa, dio el cambiazo a la papeleta que su padre le había facilitado.

Se convenció de que así sería mucho mejor, un voto

nulo que no iría para nadie. La fechoría no resultaba tan exageradamente traicionera pero ella se salía con la suya.

La política le importaba tres rábanos pero su cuñado era un prepotente y, si salía elegido, lo sería mucho más. Mejor que fracasara, se le bajarían esos humos y a lo mejor les trataba mejor.

A Rocío no le costó nada disimular. ¡Qué gran actriz sería si se lo propusiera! Al contrario, estaba eufórica con la travesura y todos pensaron, por su cara de felicidad, que estaba emocionada de ejercer su derecho al voto. Para más inri, cuando salieron de votar y dieron un breve paseo, Rocío animó con excesivo calor a su cuñado dejándole completamente desconcertado, e incluso se atrevió a abrazarle asegurándole un triunfo futuro.

Rocío se rio a gusto los días siguientes al recordar su actuación estelar. Fue, con mucho, la única diversión que tuvo ese año. A esas alturas ya se había dado cuenta, no necesitaba más pistas: su marido era una completa decepción en todos los aspectos. Además de no quererla, no tenía oficio alguno y, por tanto, no aportaba ningún ingreso. Tampoco había heredado tierras o inmuebles para obtener algún tipo de renta fija. Leopoldo Monterrubio vivía de ella, su mujer, y Rocío ya lo había intentado todo para que espabilara, infructuosamente. Tampoco podía deshacerse de él, ni darle esquinazo, porque estaba casada y eso era algo que ya no podría borrar nunca.

Por las noches a veces pensaba en darse a la fuga, en coger un barco y recorrer el mundo; su gran sueño era conocer Egipto. Había leído todo cuanto caía en sus manos sobre aquel país fascinante. El periodo histórico de los faraones, sus jeroglíficos y sus pirámides le fascinaban. La cultura egipcia estaba llena de misterios por descubrir y resultaba un contraste absoluto con lo que ella había aprendido en el colegio sobre la historia de la cultura occidental. Un mundo lejano que ejercía sobre ella una fuerte atracción.

Cuando soñaba despierta se veía navegando por el Nilo, con un pañuelo de flores en la cabeza, y visitando las pirámides montada en un camello. Llegó la infeliz a vivir más en su cabeza que fuera de ella.

Se ahorraba ver la cara a Leopoldo cada mañana, en cada desayuno, en cada comida, en cada cena, cada noche..., impregnarse de su aliento cuando se acercaba a ella... Era mucho mejor cavar entre las dunas del desierto para descubrir una tumba repleta de ricos tesoros.

Lo que más le reventaba a Rocío era salir sola a dar un paseo por el campo y que Leopoldo la siguiera en el último segundo. Para torearle tenía que dejar la casa a hurtadillas, cogía su abrigo sin que la vieran y salía corriendo. Exactamente igual que cuando era pequeña. Escapar rápida y sigilosamente. Ahora llevaba chocolate en vez de mojama.

Era obvio que había engordado mucho esos últimos años pero no podía evitar comer, era una de las únicas cosas que la hacían feliz. El chocolate era su gran descubrimiento, su felicidad condensada en tabletas.

Antes, cuando estaba nerviosa y triste, no podía digerir bocado y adelgazaba hasta quedarse en los huesos. Rocío se preguntaba por qué ahora no le sucedía lo mismo, al menos sería una sílfide. Siempre tenía hambre, sobre todo entre horas. Una hora después de haber comido o cenado sentía una especie de agujero en el estómago y un hambre voraz se apoderaba de ella. El apaño más recurrente, lo que más la saciaba, era tomar algo entre pan, mejor si era pan con chocolate.

Nadie en la familia notó que Rocío estuviera deprimida; al contrario, parecía un toro embolado dispuesto a embestir a cualquiera que se pusiera en su camino. Y físicamente tenía un aspecto mucho más saludable que antes. El día de su boda, por ejemplo, estaba en los huesos. Ahora ni siquiera su marido notó que le rehuía. Rocío no tenía un comportamiento estable con él, sino que funcionaba por fases o ciclos: en unos no le dejaba en paz y en otros se mantenía distante. Leopoldo estaba acostumbrado a sus cambios de humor y no percibió ningún comportamiento inusual. Cierto era que los niños no llegaban, pero aún llevaban muy poco tiempo casados como para preocuparse.

Y

Alberto se hizo con la ansiada acta de diputado. Estaba radiante. Daba igual que hubiera sido el candidato de la derecha menos votado, no iba a quedarse con lo peor, la cuestión era que su coalición había vencido en la provincia.

Quiso celebrarlo con toda la familia en una comida, pero los asistentes no compartían su entusiasmo.

—¿Te das cuenta, Milagros? Lo hemos conseguido —le explicó Alberto a su mujer entusiasmado mientras se servía un buen plato de cordero.

—Ya —le contestó ella algo desinteresada mirando las musarañas.

—¡Pepe! —y lo intentaba con su suegro, que siempre estaba más dispuesto a escucharle—, ¿lo ha leído? ¿Ha leído los resultados?

—Sí, claro. Además hay un artículo que destaca que has obtenido resultados bastante buenos en Tarancón y la zona de San Clemente.

—¿En serio? ¿Dónde lo dicen? No he sido precisamente el mejor candidato, solo en mi zona, como es natural. —Alberto intentó ser humilde aunque la información que le acababa de proporcionar su suegro le enorgullecía.

—¡Cómo no iba a ser así! —intervino doña Enriqueta—, ¡ya me he encargado yo de que te voten! Solo faltaba que quedáramos mal. El padre Inocencio también ha ayudado mucho.

—Os lo agradezco… —contestó Alberto, convencido de que era mejor no saber qué medidas electorales había tomado su suegra. No quería ser partícipe de ningún tipo de irregularidad.

Alberto había estado ausente yendo de acto en acto y no se había parado a pensar que, conociendo a su suegra, haría campaña a su forma y manera. Seguro que su madre también la había hecho en Belmonte, al igual que sus primos y amigos, pero estaba seguro de que los métodos habían sido bien diferentes en cada parte de la familia. «Por eso Enriqueta consiguió todo el patrimonio familiar —pensó Alberto tristemente—, si hasta me compró a mí».

En cuanto salieron los datos oficiales definitivos del recuento, Felicidad se trasladó a Las Mesas para estar con su hijo. Estaba orgullosísima, por eso hizo el esfuerzo de quedarse a dormir unos días en la casa de su prima. Quería dejar claro que Alberto era su descendiente. No paró de darle besos y abrazos desde que llegó hasta que se marchó; aquel era su hijo, no el de Enriqueta.

«Nada como una madre», se dijo Alberto mientras le abrazaba tan orgullosa. Para él, ella era su madre y siempre lo sería.

Alberto estaba impaciente por celebrarlo con Rosa, llevaba mucho tiempo fuera de Madrid y planificó su inminente partida. Así podría hacer balance de los resultados con sus compañeros cedistas de la capital.

Había ganado la derecha a nivel nacional, aunque no podría formar gobierno. Aprovechó la excusa para pasar todas las Navidades con su familia; regresaría a Madrid para pasar la Nochevieja con Rosa y volvería al pueblo a tiempo para Reyes. Las nuevas obligaciones de Alberto le impidieron realizar el viaje que tenía planeado con Rosa pero, para compensarla, vivirían el cambio de año juntos.

Mandó por delante recado de la hora de su llegada a Madrid. Rosa estaba en la puerta esperándole, hecha un manojo de nervios. No le importaba ya nada que la vieran allí, de pie en la puerta, con un castañeteo en los dientes y los ojos llenos de lágrimas.

Había sido durísimo estar sin él y peor aún imaginárselo con su familia. Ella, que creía ser dura como el hierro, no había podido evitar imaginar a Alberto con su mujer y jugando con su hijo... Y dando un beso a su mujer... Y recorriendo los pueblos... Y durmiendo con su mujer... Y dando discursos... Y paseando con su mujer... Y leyendo los resultados electorales... Y celebrándolo con su mujer...

Llegó un punto en que creía que no iba a poder más, que iba a enloquecer con todo ese sufrimiento y que mejor sería dejarlo todo.

Pero nunca pudo irse de la casa de Ópera, por más veces que lo pensara, porque estaba segura de que Alberto la buscaría por todas partes a su regreso. No quería hacerle sufrir. Sus ganas de estar con él superaban sus miedos.

Al verla en la calle esperándole, a Alberto le dio un vuelco el corazón y se le escapó una lagrimita que desgraciadamente ella no llegó a ver. Cuando Rosa le abrazó se aferró a él, como si tuviera pánico a que desapareciera, como si la vida se le fuera en evitar otra separación.

—Sí que me has echado de menos, sí. ¡Que te vas a hacer daño de tanto apretar!, casi no me dejas respirar —la riñó entre risas Alberto mientras la besaba en plena calle.

Dejó las maletas a su criado y le dio instrucciones de lavar el coche y de llevarlo a una revisión al mecánico.

Rosa se había lanzado, en los meses de su ausencia, a practicar la cocina española, que tanto le gustaba a Alberto. Le recibió con perdices en escabeche y consomé al jerez. Sus platos preferidos.

—Cariño, me esperaba *roast-beef* y patata hervida. ¡Qué desilusión! Hasta eso he echado de menos, ¡para que veas!

—¡Encima! ¡Qué desagradecido! —Y Rosa dibujó una mueca infantil, como si se sintiera ofendida.

Cuando ya estaban solos, descansando en pijama y haciendo repaso de esos meses en los que habían estado separados, Rosa volvió a sumirse de forma impredecible en un mar de lágrimas:

—Princesa, ¿y ahora por qué lloras? —Alberto la abrazó.

—No sé, parezco una loca. Es que he estado tan nerviosa estos días sabiendo que por fin volvías…

—Tranquila, ya estoy aquí. —Y la acunó entre sus brazos—. Sé que no es fácil, pero voy a quedarme todo lo que pueda, más tiempo que en Las Mesas; te lo prometo. Pero tendré que ir en las fiestas y puentes. No puedo hacer más.

158

—Lo sé, pero no puedo evitar pasarlo mal.

Alberto, al verla en ese estado, se sintió impotente y egoísta.

—¿Preferirías no haberme conocido, no estar juntos?

—No, claro que no. No lo digas ni en broma. Sé que me quieres y por eso sigo aquí —Rosa respondió con sinceridad pero con una nota de malestar.

Alberto pensó que Rosa no había hecho más que sacrificarse por él, había renunciado a su casa, a su entorno y a su familia; y, por tanto, su ausencia le había creado una sensación de inestabilidad. Debía de sentir pocas garantías de haberse convertido en su prioridad.

—Te lo repetiré las veces que haga falta: tú no eres ni mi amante ni una mantenida. Eres muchísimo más. Lo eres todo.

Rosa ya lo sabía, pero necesitaba oírlo.

—Lo sé…Y tú lo eres todo para mí. Pero necesito oírtelo decir.

—Todas las veces que quieras, te lo prometo.

Y se fundieron en un largo y denso beso. Fue como si nunca hubieran estado separados.

Los resultados electorales no fueron bien aceptados por algunos grupos de la izquierda. Según ellos, la amenaza fascista se cernía irremediablemente sobre el país. Alberto, junto con los miembros de la CEDA y el ala moderada de la izquierda, como el Partido Republicano Radical de Lerroux, no podían entender por qué la «izquierda de la izquierda» había tomado esa posición.

La CEDA pensaba hacer política desde la legalidad, respetando los principios constitucionales del estado de derecho y la República, aunque una parte de la prensa insistía alarmantemente en que la derecha no quería participar en la defensa de esos principios.

La idea de la CEDA, le explicaba Alberto a una Rosa entregada a la causa, era hacer oposición pura y dura en el Parlamento; intentarían frenar la reforma agraria, dero-

159

gar la Ley de Congregaciones Religiosas y frenar las expropiaciones, entre otras muchas cosas.

—¿Qué creen, que vamos a ponernos a pegar tiros si no hacen lo que queremos? ¡Es completamente absurdo, jamás hemos dado ni una sola muestra de violencia! —le explicaba Alberto enfurecido a Rosa, después de haber leído un artículo en la prensa que les tildaba de fascistas—. ¿Y sabes lo que van a conseguir al final, Rosa?, ¿sabes qué es lo más triste? Que sea verdad. Espero que no seamos tan tontos de acabar dándoles la razón.

Paseó, preocupado, por la habitación; se preguntaba qué medidas podía tomar, con quién podía hablar. Y lo triste era que apenas tenía influencias, lo único que podía hacer era hablar con su amigo Mendizábal, y este le explicaría que esa amenaza fascista realmente existía y estaba dentro de las filas de Alberto. Pero él estaba convencido de que la CEDA era un partido democrático que había obtenido buenos resultados por esa vía y era injusto que se metiera a todos en el mismo saco.

Iban a ser unas Navidades muy especiales ya que había un niño en la casa. Todos pusieron mucha ilusión en preparar el día de Reyes aunque Albertito había cumplido dos años y apenas entendió en qué consistía todo, pero se entusiasmó desenvolviendo regalos, más por el papel que los envolvía que por el contenido. Incluso Enriqueta se ablandó un poco y compró unos juguetes en su visita a Albacete.

—Son para cuando sea un poco mayor —le comentó a su marido—, así que se los podemos volver a sacar también por su cumpleaños.

Decoraron la casa con adornos navideños y montaron, por primera vez en muchísimos años, un belén en condiciones, no solo el pesebre con tres tristes figuras como solían hacer. Un belén con sus caminos, el lago con molino, sus montañas y un montón de figuritas que hacían que Albertito echase chispas por los ojos de la emoción cada vez que pedía que le auparan para poder verlo bien. Lo que más le impresionaba al niño no era el pesebre, ni los ángeles, ni el niño Jesús..., sino las gallinas. Tanto le gustaban que, un día, sin nadie darse cuenta, consiguió auparse para coger una y más tarde el médico tuvo que sacársela de la nariz.

Para la noche de Reyes asaron un cordero; esperaban a Alberto, que había estado ausente desde Nochevieja y venía a pasar unos días. Le estuvieron esperando desde la mañana. Parecía que no iba a llegar nunca pero al final apareció justo a tiempo para cambiarse y cenar, de forma que no pudo ver a su hijo hasta el día siguiente. Albertito había caído rendido después de un largo día. Aun así Alberto entró en la habitación de su hijo para darle un beso en la frente. No era tan fácil vivir entre dos mundos.

El acontecimiento con el que estaban todos más emocionados era la procesión del Niño de la Bola, prevista para el 13 de enero. La familia había cuidado de la imagen durante años y tenía una habitación en exclusiva para ella en la casa, contigua a la pequeña capilla familiar.

La capilla apenas se utilizaba, solo para la misa de Navidad que oficiaba el padre Inocencio, donde se invitaba a asistir al servicio, cuyos miembros se vestían para la ocasión, ya que era el único día que no llevaban uniforme delante de la familia. Así que todas las sirvientas andaban revoloteando por las cocinas, días antes, para ver cómo iban a acicalarse.

A pesar de no contar con muchos medios en el pueblo para estar a la moda, Esperanza se las apañaba para cortar, coser e incluso añadir alguna flor a su ropa y darle un toque más sofisticado. «Aires de la ciudad», presumía ante Rafaela.

No querían que los miembros del servicio que venían de Madrid con la señora Rocío les considerasen unos paletos. Esperanza se esmeraba para que todas sus compañeras fueran lo más distinguidas posible. Rafaela no prestaba tanta atención a qué ponerse porque tenía mucha ropa

161

buena que le regalaban los señores y a veces la distribuía entre las chicas. Pero estas, especialmente Esperanza, preferían no llevar nada de las señoritas para la ocasión; no fuera nadie a pensar que vivían de limosna. Esa ropa era para lucirla en la plaza del pueblo o cuando iban a visitar a sus familiares el domingo.

Albertito estaba como loco, intentaba que todo el mundo le prestara atención. Su curiosidad no tenía límites y se pasaba todo el día con el dedo en alto: parecía Colón señalando las Américas.

—Albertito, ¿sabes quién es el Niño de la Bola? —le insistía su madre a pesar de que él no podía entenderlo—. Es el Niño Jesús, hijo, que se apareció aquí, en Las Mesas, hace mucho tiempo a unos carboneros a la orilla del río Taray. Por eso siempre celebramos este día.

El día del Niño era muy especial para todo el pueblo.

Antes de colocar al Santo Niño en las andas pasaban todos en fila a besarle. Milagros acercó a su hijo a la imagen. Albertito, que al principio estaba un poco asustado con la situación, pareció tranquilizarse al ver la cara de un niño, rubio con rizos y de mirada amable.

La familia entera acompañó a la imagen en procesión por el pueblo, recorriendo las calles. Y se oía a la gente alabar la imagen a su paso:

> ¡Viva el patrón de mi pueblo!
> El Santo Niño de la Bola,
> que es la alegría de todos
> los corazones meseños.

Las promesas se hacían en forma de donativo a la puerta de la iglesia, realizando una peculiar subasta con las monedas.

—Dos reales, dos pasos *pa'lante*.

Y las mujeres que llevaban el anda, siempre eran mujeres, obedecían después de controlar que los dos reales habían sido depositados donde debían. Entonces daban los dos pasos al frente.

Otra voz decía:

—Cuatro reales, cuatro pasos *pa'trás*.

Todo el pueblo, acompañando a su Niño, retrocedía ahora.

Y así estaban, para adelante y para atrás. Lo que tardaran dependía de si era o no un año próspero, de si hacía mucho frío o llovía y, sobre todo, del humor de doña Enriqueta. Si tenía un buen día, esperaba a que todos los que quisieran pujaran libremente, alargando el juego y, cuando veía acabada la apuesta, decía:

—Veinte pesetas y para adentro.

Al no haber puja mayor que retrasara la entrada, todo el pueblo asentía con la cabeza, dando su conformidad, y el Santo Niño hacía su entrada en la iglesia.

Si doña Enriqueta estaba cansada o torcida, pujaba por lo alto desde el principio y en cinco minutos todo el ritual se había acabado y el pueblo entero estaba bajo techado. Visto y no visto.

163

Al acabar las Navidades, Rocío se empeñó en hacer un último esfuerzo para que su matrimonio funcionara. No podía seguir así. Decidió que la solución a sus problemas era tener hijos. Le preocupaban ya esos dos años y medio de casada sin haberse quedado encinta. Cruzaba los dedos para no tener ningún tipo de impedimento. Quizás se debía a que evitaba constantemente al pesado de su marido, así era imposible quedarse en estado.

Tendría que propiciar el acercamiento por mucha pereza que le diera. Lo haría cada noche si era necesario. Así serían una familia y lo mejor de ser tres como mínimo sería que ya no le resultaría tan pesado estar siempre a solas con su marido.

Se fueron un tiempo a La Malena, la finca aportada como dote para Rocío, porque la vida en el campo, según decían, era más sana y propiciaba los embarazos. Pero pasaron los meses y no obtenían resultados. Rocío empezaba a desesperarse; resultaba peor el remedio que la enfermedad, todo el rato con Leopoldo encima. Antes de deprimirse más aún le propuso a su marido volver a Madrid para buscar un especialista.

Volver a pisar Madrid alegró un poco a Rocío, aunque las ojeras fruto de las pesadillas que tenía últimamente parecían ya indelebles. Ahora era un esqueleto andante, había adelgazado mucho en poco tiempo. Si antes la causa de sus males era que estaba muy gorda, ahora las faldas nuevas se le caían y la costurera continuamente tenía que estar haciéndole pinzas en la ropa. Las blusas se escurrían sobre sus pechos diminutos.

El especialista la exploró y, al no encontrar ninguna causa aparente de infertilidad, le mandó hacerse unos análisis y pruebas. Nada fue concluyente.

—No hay ninguna razón médica por la que usted no pueda quedarse embarazada —concluyó el ginecólogo.

—¿Entonces? —se desanimó Rocío en la consulta.

—Quizá sea su estado físico, está usted muy delgada y tiene anemia.

—El año pasado estaba como una rosa, pesaba diez kilos más y tampoco me quedé encinta —le contestó con frialdad.

—No se saben aún todas las causas de la infertilidad, señora. He tenido muchos casos en los que sí había una causa, y la mujer se quedó encinta después de unos años. También he tenido muchos casos en los que no había ninguna razón biológica para que las mujeres no se quedaran embarazadas y no pudieron hacerlo.

—Pues vaya ciencia. Así también podría yo hacer un diagnóstico —le contestó Rocío.

—Por su estado físico le recomendaría que se fuera usted a un balneario, le vendrá bien. También sería importante que tuviera una dieta saludable, que comiera de todo un poco y en cantidad. Estas medidas seguro que ayudarán a su salud.

A Rocío estas medidas le parecieron ridículas e insuficientes, especialmente porque el médico ni siquiera había hecho alusión a su marido, como si fuera cosa de uno, pero era una buena idea librarse de Leopoldo durante una temporada yéndose a descansar lejos. Decidió meter en las maletas para ir al balneario una botella de jerez, al que se había aficionado últimamente. Eso seguro que le animaría la estancia. La despedida con su marido fue fría pero hacía ya tiempo que Leopoldo pensaba que su mujer era así. Para él también era una alegría que le dejara un tiempo solo en Madrid, se había aburrido lo indecible en casa de su suegra en el campo. Ahora podía retomar sus juergas con sus amigos, el juego y los burdeles, además de ver a sus «amigas», a las que tenía abandonadas.

Además, habían vuelto con un buen pellizco de dinero que les había dado su suegra para esos meses. Le diría a su mujer que lo había metido en el banco.

A Enriqueta cada día le dolía más la pierna. Cada mañana creía que había mejorado pero se le iba cargando de dolor a lo largo de la jornada. Por la noche apenas podía apoyarla en el suelo. El bastón ya no le servía solo de adorno o como vara de mando, era un elemento imprescindible que debía tener siempre a mano. Diego tenía que llevarla a todas partes con el coche, aunque fuera a la vuelta de la esquina.

Su marido se dio cuenta enseguida de que algo no iba bien y, tras no conseguir convencerla para ir al médico, ya que no le gustaban y creía que no servían para nada, solo para sacarle los cuartos, buscó todos los remedios posibles para paliar su dolor. Enriqueta se negaba a bajar el ritmo de trabajo: el vino que habían comenzado a comercializar no había tenido el éxito esperado y había perdido mucho dinero en el proceso.

—A la gente de fuera no le gusta el vino manchego, no quieren ni probarlo —se quejaba a su marido—. ¡Si está bien bueno y es más barato!, no lo entiendo.

Aun así había decidido arriesgarse y seguir un año más

con la producción, pero si la comercialización no mejoraba se vería en la obligación de vender alguna tierra. No era, ni mucho menos, una situación catastrófica; su ritmo de vida y el de su familia no se verían afectados. Le fastidiaba que su olfato para los negocios le hubiera fallado por primera vez. Quizá debía buscar compradores fuera de España.

Quizá se estaba haciendo mayor y la pierna le estaba dando señales en ese sentido. Si al menos su hija Rocío y su yerno ganaran dinero para sus gastos diarios. Pero eran un pozo sin fondo, no hacían más que pedir y gastar. Ningún proyecto emprendido por Leopoldo había salido adelante, ¡Incluso había querido montar un club de caballeros en Madrid! ¡Y crear su propio periódico!

Menos mal que Alberto era solvente, nunca había tenido que darle dinero, ganaba lo suficiente e incluso enviaba dinero a su mujer e hijo sabiendo que no era necesario que lo hiciera. Enriqueta se lo guardaba puntualmente a su hija Milagros en el banco.

Había tenido buen ojo con Alberto a pesar de las antiguas desavenencias familiares. Había conseguido su acta de diputado por Cuenca, estaba orgullosa y no se arrepentía de haberle ayudado con los votos. Era encomiable cómo había trabajado en la campaña, pueblo por pueblo, relacionándose con todo tipo de personas, especialmente jornaleros. A pesar de que Alberto parecía una persona estirada, ese carácter resultaba ser un espejismo y se volvía campechano y muy trabajador. Sin embargo, Leopoldo, ese era harina de otro costal. Todo lo opuesto; un estirado al que trabajar le debía de dar alergia.

Le pidió a su marido que hiciera él las rondas para supervisar los trabajos en el campo cada mañana. Si suprimía eso seguro que la pierna se lo agradecería y mejoraría. Se fiaba plenamente de Pepe, que conociéndola la informaría hasta del menor detalle de todo lo que viera. También contaría más con su hombre de confianza, con Juanico, para que hiciera él los viajes más largos de finca a finca. Todo saldría bien.

Aprovecharía la mañana siguiente para ir a ver al pa-

dre Inocencio. Se confesaría de las veces que había blasfe-
mado y de los insultos a su yerno Leopoldo, de las veces
que había utilizado el nombre de Dios en vano y perju-
rado. Era mejor llevar la lista bien preparada para no perder el tiempo. Saldría del confesionario como nueva. También debería arrepentirse de las veces en las que había
deseado matar a Leopoldo…, especialmente cuando le pidió más dinero porque la vida en Madrid le suponía un
mayor coste. En el pueblo, según le explicaba Leopoldo, no
había restaurantes, ni teatros, ni ópera, ni tiendas; vivir en
la ciudad era mucho más costoso. Enriqueta estuvo a
punto de decirle que despidiera a los dos *chauffeurs* que
tenían y a la mitad del servicio, bastante innecesarios todos para tan solo dos personas. Pero se calló por su hija.
Aunque un día no lo haría más. Estaba segura de que ex-
plotaría y se enterarían los dos de lo que valía un peine…,
que no ganaban ni para pagarse la comida, una vergüenza.

167

Capítulo noveno

1934-1935

*T*odos coincidieron en el pueblo para el cumpleaños de doña Enriqueta, el 20 de febrero. No hacían nada especial nunca por su aniversario pero se reunieron para pasar el fin de semana.

Rocío volvió esta vez a casa con munición preparada en la recámara y apenas pudo contenerse para utilizarla. Quería acabar con su cuñado Alberto, y esta vez iba a conseguirlo.

No le fue difícil pillar a su hermana a solas puesto que, en cuanto llegó a casa, esta la siguió para ayudarla a instalarse en su habitación.

—¡Qué alegría que estéis aquí! —le dijo Milagros mientras se sentaba en la cama—. Estoy contentísima porque Alberto llegó anoche y se queda unos días.

—Sí, se puede decir que prácticamente vive en Madrid. ¿Sabes por qué, hermanita? —Y miró a Milagros de reojo. No había pensado soltar la información tan pronto, pero la situación lo propiciaba.

—Claro, porque tiene que trabajar. Tenemos mucha suerte de que le vaya tan bien, dice madre.

—Me disgusta mucho decirte esto, Milagros, pero eres una completa ingenua. Tu marido pasa tanto tiempo en Madrid porque tiene allí a una «amiguita», todo el mundo lo sabe. Es más, la conozco; hasta te puedo decir su nombre: Rosa.

—¿Rosa? ¿Una amiga? Es normal tener amigos, yo también tengo, tú eres mi amiga.

—Yo soy tu hermana, tú no tienes amigos. Pero no me refiero a eso, mira que... ¿Cómo te lo explico para que lo entiendas? Es como si tuviera otra mujer aparte de ti, no vive solo, vive con ella en Madrid. Por eso tienes que hacerte respetar, ¿comprendes, Milagros? Y enfadarte mucho, muchísimo con Alberto, y decírselo a mamá. Llorar, patalear. O mejor separarte de tu marido, echarlo de casa. ¿Has entendido?

Milagros miró a su hermana triste.

—Hablaré con mamá —balbuceó Milagros no muy convencida; ella quería que Alberto pasara más tiempo en casa, no menos. No pensaba separarse, pero quería librarse de su hermana y hablar con su madre.

—Creo que no lo has entendido bien... —susurró Rocío mientras deshacía su equipaje.

Milagros había entendido lo suficiente: que su hermana quería hacerle daño. A ella, y a Alberto.

Roció se resignó a que Milagros no reaccionara como ella había esperado. Rocío estaba cansada de tanta perfección por parte de Alberto; planeaba desenmascararlo, que fuera evidente que no era perfecto y que distaba mucho de ser la persona tan noble que todos creían.

Mientras bajaba las escaleras, después de haberse lavado las manos y la cara tras el viaje, se paró en el descansillo para comprobar si oía voces, chillidos o algún signo de discusión. Nada, ni una mosca.

Empezó a sudar calibrando que le podría salir el tiro por la culata. Igual era mejor que el adulterio no saliera a la luz, que su hermana no dijera nada. Ya no estaba tan segura de la jugada. No había estado bien aunque fuera la verdad. Había utilizado a Milagros y ella no tenía culpa alguna. No había medido bien todas las consecuencias; se había obcecado en hacer daño a Alberto, sin plantearse si su hermana sufriría.

Ya estaba arrepentida. Su madre supondría que era ella quien había hablado con Milagros, ¿quién si no? Y que lo había hecho con bastante malicia.

Rocío se fue a dar una vuelta por el jardín para disipar

169

el nerviosismo, igual nadie se daba cuenta y Milagros no decía nada. Se intentaba convencer de que no habría consecuencias por su intervención, a la vez que aumentaba su miedo ante posibles represalias, no tanto por parte de su cuñado como de su madre.

No se chivaría, Milagros no le había dado apenas importancia a lo que le había contado. Había seguido como si nada, abriendo y cerrando cajones. Seguro que se le había olvidado ya.

Su hermana era un ser completamente transparente, se le veían las ideas de lejos y no le había parecido preocupada por la amiguita de su marido. Esta vez se libraría del embrollo. Aunque, por otro lado, le carcomía que Alberto se fuera de rositas. Ella estaba empecinada en que su madre lo sobrevaloraba. Siempre que Rocío le pedía opinión para algún negocio de Leopoldo, su madre le respondía: «Espera a ver qué dice Alberto». Y cada vez que le pedía dinero tenía que oír: «Si el inútil de tu marido fuera como Alberto…, ni una peseta me ha pedido jamás. Al contrario, incluso envía dinero puntualmente».

Además, ahora era diputado en el Parlamento, lo que le faltaba para darse aún más importancia.

Rocío se relajó al sentarse a la mesa a la hora de comer y ver a todos hablando cordialmente sobre la próxima cacería. Nadie la miraba mal, ni siquiera su hermana. Respiró entonces tranquila y se lanzó como siempre a comer la miga del pan, que le encantaba. Pero hubo un instante en el que, al mirar a su madre, le pareció notar cierta frialdad en sus ojos; debían de ser imaginaciones suyas.

Nunca la había mirado con mucho cariño, era de sobra conocido que Rocío no era su hija predilecta.

«Tal vez sea su mirada de siempre —razonó Rocío—. O puede que le haya molestado otra cosa, quizá el que ni siquiera le haya traído algún regalo por su cumpleaños; podría haberle hecho un bizcocho de canela, comprado rosquillas o pastas de miel y almendras.» Un dulce para aplacar a la bestia.

La tertulia de los postres, como ya venía siendo costumbre, versó sobre política. Alberto había venido antes de tiempo para presentar un acto de la Agrupación Ciudadana Agraria en el teatro de La Merced de Cuenca. Estaba muy interesado en todas las asociaciones agrarias de la provincia. Alberto aprovechó para pedir a Rafaela que le trajeran al día siguiente, con la prensa diaria, *El Defensor de Cuenca*, donde le iban a publicar una entrevista importante.

Enriqueta aprovechó un silencio en la mesa para mirar atentamente a su hija y decirle delante de todos:

—Rocío, esta tarde te espero en mi despacho. Tengo que hablar contigo.

A Rocío, que ya estaba tan tranquila comiendo, se le atragantó el bocado.

—Sí, madre.

Retrasó todo lo que pudo su presencia en el despacho de su madre, hasta hizo una visita a la cocina para proponer a Aguedica sugerencias sobre la cena y comentarle, como acostumbraba a hacer en sus visitas, las novedades de Madrid. Cuando miró por la ventana de la cocina y vio que estaba anocheciendo, supo que ya no podía demorarse más.

Enriqueta llevaba horas en su despacho esperando a su hija, estaba calentita por su retraso y no pensaba ni mucho menos ser indulgente. Llamaron a la puerta sin convencimiento.

—¿Madre? —Era mejor empezar educadamente, no la tutearía.

—Pasa.

—Me había hecho llamar, ¿recuerda? —En ese momento volvieron a llamar a la puerta y, esta vez sin preguntar, entró Pepe.

—Padre —le saludó Rocío, sin obtener respuesta.

—Ahora que estamos todos los que tenemos que estar, tienes que saber que ya he hablado de todo esto seriamente con tu padre esta tarde. Hemos decidido que no vamos a daros a ti, ni por supuesto a tu marido, ni un duro más para sus negocios desastrosos... —Enriqueta se inte-

171

rrumpió al acordarse de algo que se le había olvidado mencionar a su marido—. ¿Te he contado la última maravillosa idea de tu yerno? —Sin esperar a que Pepe contestase, prosiguió—: ¡Un casino! Mirándolo bien, así podría desfalcarse a sí mismo. No es tan mala idea.

—Madre, estáis siendo injusta con él —Rocío salió a defender a Leopoldo.

—No, estoy siendo muy justa con él. Con quien estoy siendo injusta es contigo, y ahora voy a arreglarlo. Tampoco te voy a dar más dinero a ti para nada, a ver si espabilas y tu marido deja de vivir a tu costa.

—¡Madre!, ¿no lo dirás en serio? ¿De qué vamos a vivir? No será capaz de dejarnos en la indigencia. —Unas lágrimas asomaron por sus ojos y dejó de tutear a su madre.

—Pues podrías trabajar en algo para empezar. Yo he trabajado toda mi vida, no sé cuál es el problema.

—Yo no tengo nada con lo que empezar, no tengo tierras de labor como tú o Alberto. Solo tengo las tierras de mi dote y sabes mejor que nadie que son una carga improductiva. No dan beneficios.

—Aunque las tuvieras no sabrías qué hacer con ellas. Tu marido sí que lo sabría, las malvendería para pagar sus deudas... Con todo el trabajo que me ha costado, no pienso dejar nada a nadie que no se lo merezca, así que tampoco esperes a que me muera para heredar.

—Madre, estás siendo muy dura. No entiendo qué he hecho para ofenderte. —Y rompió a sollozar abrazándose a su padre.

—¡Qué gran actriz serías, Rocío! Ese sí sería un buen trabajo para ti. O, mejor, *vedette* en un teatro de variedades. Así yo no me habría avergonzado de ti como lo hago ahora.

—Pero ¿qué es lo que...? —Rocío intentó disimular hasta el último momento que conocía el detonante de tan injusto trato.

—De sobra lo sabes, deja ya de actuar... ¿Se puede saber qué mal te ha hecho Milagros? Por Dios, que es tu hermana, que lleva semanas esperándote con ilusión, que te quiere y que jamás te desearía ningún mal, Rocío. ¿En qué tipo de persona te has convertido para querer hacer daño a alguien sin ninguna malicia?

—Madre, estás equivocada, de verdad. La cosa no era contra ella, era contra Alberto. Todo Madrid sabe que vive con su amante, la húngara, en el piso de Ópera. Solo quería demostrar que Alberto no es como creen, que es un mal bicho y que se ha aprovechado desde el principio de esta familia.

—Ni se te ocurra hablar así de Alberto, ¿me oyes? Pocas cosas habré hecho tan bien en mi vida como elegirle a él. Trabajador, honrado, con carrera, listísimo... Que más quisieras tú. Lo que te pasa es que estás consumida por la envidia y los celos.

—Le juro, madre, que no, que lo que digo es bien cierto. Puedo traer pruebas —se justificó Rocío.

—Lo sé. Lo sabemos todos desde el principio. Y no tienes por qué cuestionarlo, ni entrometerte donde no te llaman. Has sido maliciosa. Has querido hacer daño cuando cualquiera podría habértelo hecho a ti y no lo hacemos.

—¿A mí? —Rocío frunció el ceño sin entender qué tenía ella que ver ahora.

Enriqueta miró a su marido, iba a asestar a su hija un golpe mortal.

—Lo siento, Pepe, pero tu hija debe recibir una lección o no aprenderá.

Su marido movió la cabeza en un signo de disgusto, pero no intervino.

—Tu marido, Leopoldo, no tiene una amante, sino varias.

—No es cierto. Y, si lo fuera, al menos no será siempre la misma y vive conmigo. Sé de sobra que todos los hombres van a burdeles, que ninguna mujer de buena posición en Madrid se libra de ello. —Rocío reunió toda su dignidad en estas palabras, no iban a poder con ella.

—¿Encima defiendes lo que antes criticabas para tu hermana? Pues mira por dónde que vuelves a equivocarte. No pensaba entrar en detalles pero es que no puedo contigo. Te lo mereces. ¿Recuerdas tu maravilloso viaje de novios?, ¿en el lujoso *Simplon Orient Express* del que tanto presumes? Pues que sepas que Leopoldo llevó a su amante en otro vagón durante todo el viaje de novios. Y, encima, lo pagaste tú misma, so boba, con mi dinero. Te dijo que el viaje era más caro de lo que costaba. No solo eso, sino que con tu propio dinero sigues manteniendo a esa misma señorita en un piso a tan solo una manzana del tuyo para facilitarle la vida a Leopoldo. Ahora puedes irte por donde has venido, que he estado callada y soltando duros por tu felicidad pero has llegado a un punto sin retorno. Eres cruel hasta con quien más te quiere, eres envidiosa y ambiciosa. Y no pienso seguir ni financiándolo ni soportándolo. Así que, ¡hala! ¡Chitón y puerta! —estalló Enriqueta mientras levantaba la mano para señalar la salida.

Rocío, antes de irse, miró entre lágrimas a su padre. Vio pena en él pero también decepción. Esta vez estaba de parte de su madre, quizá no en las formas pero sí en lo fundamental.

La decepción de su padre le afectó a Rocío mucho más que la bronca de su madre, porque hasta ese momento se había autodefendido con convicción y se había creído inocente. Pero su padre solía ser siempre justo y la quería. Sin embargo, de su madre no recordaba ni una palabra amable, ni un beso. La poca ternura que guardaba su madre la destinaba para su hermana.

Al salir del despacho se dirigió en estado de choque a su cuarto. Se sentó en la cama y fijó su mirada en el papel de flores. Ahora sí que estaba destrozada, no podría quitarse nunca de la cabeza cómo la había mirado su padre.

Esa misma noche Leopoldo y ella hicieron las maletas. Se fueron sin despedirse de la familia, aunque sí de Rafaela, Aguedica y Esperanza, que estaban cenando en la cocina.

Rocío no paró de llorar en dos días, hasta que tuvo la fuerza suficiente para encararse con su marido y reprocharle todo el mal que le había hecho pero, sobre todo, para reprocharle que lo que más le dolía era que nunca la hubiera querido.

A mitad de discusión, justo cuando le iba a echar en cara a Leopoldo que solo hubiera perseguido su dinero, se calló al recordar súbitamente que así había sido como consiguió atraerle. Era un detalle que había olvidado a propósito, junto a las palabras de su amiga Isabelita. Por eso no había querido volver a tener relación con ella desde la boda.

A las dos semanas de sumergirse Rocío en el más oscuro de los pozos, su marido la abandonó. Leopoldo le dio como excusa que le duraría más el poco dinero que le quedaba. Además, así a lo mejor su familia se apiadaba de ella porque estaba claro que él no les caía bien. Rocío se quedó catatónica al comprobar cómo le daba la vuelta a la tortilla su marido. Era capaz de hacerse la víctima y desembarazarse de ella al mismo tiempo sin que le temblara siquiera la voz. Había estado ciega. Rocío no se molestó en abrir la boca. No podía evitar que las malas ideas se sucedieran, unas a otras, en su cabeza.

—Me voy por tu bien. Te deseo lo mejor.

Era lo último que le había dicho antes de salir por la puerta. Como si él fuera el bueno de la historia.

Ahora podía entender a Valentín, el hijo de Rafaela. Ella también podría empuñar una navaja o un cuchillo.

A los pocos días de que Leopoldo la dejara ya no tenía siquiera fuerzas para odiarle. Aunque nada le importaría que muriera a manos de terceros sin tener ella nada que ver. Al mes, apenas se podía levantar de la cama y Leopoldo no era sino un fantasma de su dolor.

Todo el servicio había huido en tropel de la casa cuando entendieron que no había suficiente dinero para pagarles. Por suerte, se quedó la única chica del servicio que había traído Rocío desde Las Mesas, Josefa.

La criada, asustada por el estado de su señora, mandó

recado a doña Enriqueta y a don Pepe a través de Diego. Ellos se apresuraron a enviar dinero pero no fueron conscientes del estado real de su hija, pensaron que estaba triste por el abandono de su marido pero que se le pasaría y volvería a casa para pedir disculpas. Su hija era orgullosa y cabezota, era mejor dejar correr el tiempo.

Alberto se presentó en casa de Rocío en cuanto su suegra le envió a verla, al cabo de unos meses sin tener noticias de su hija, en representación de la familia. Le recibió en la puerta una Josefa asustada a la que superaban los acontecimientos.

Rocío ni abrió la boca ni apenas le miró.

Alberto le transmitió un mensaje reconfortante de sus padres: que no se preocupara, podía volver a casa cuando quisiera.

Rocío balbuceó algo parecido a «Gracias». Cuando Alberto se despidió ella le miró por fin, con una mirada de afecto y tristeza.

Tras apaciguar a Josefa, asegurándole que podía mandarle llamar a cualquier hora de la noche o del día si había algún problema, Alberto salió notablemente afectado de la visita. Jamás había pensado que Rocío pudiera llegar a esos extremos, aunque no conocía muy bien las causas. Tan solo que, después de una pelea con sus padres, su marido la había dejado. A buen seguro sería un problema de dinero, el tren de vida que llevaban era insostenible.

A Alberto siempre le había parecido que Leopoldo era una mala influencia para su cuñada y que estaría mejor sin él. Cuando se le pasara el disgusto ya vería con claridad que tenía toda una vida por delante.

Tras la incómoda visita a su cuñada, Alberto se dirigió con toda celeridad hacia el Parlamento; tenía una reunión importante con sus compañeros de partido. La situación política se estaba poniendo cada vez peor. No sabían qué hacer ni cómo actuar; se sentían impotentes, como si estuvieran a merced de las olas agarrados tan solo a un pequeño trozo de madera a la deriva. Todas las corrientes insistían en arrastrarles y sobre el pequeño tronco al que se asían había cien pares de manos, e iba de un lado al otro dando tumbos.

Desde la victoria de la CEDA parecía que el país estaba patas arriba. El de la política era un mundo de locos. Habían pasado meses y la prensa de la izquierda seguía alertando del peligro del fascismo, les comparaba con las fuerzas fascistas que se estaban instalando en Europa. El miedo y la crispación aumentaban.

La derecha antirrepublicana lanzaba otro tipo de mensaje muy diferente al de la CEDA, instando a una lucha armada y hablando de cataclismo por medio de consignas antirrepublicanas. Ellos poco o nada tenían que ver con esos grupos aunque se les intentara meter en el mismo saco.

Alberto estaba pensando en el batiburrillo que existía también en el seno de la izquierda. Había izquierdas republicanas, de centro republicano, como el Partido Republicano Radical, republicanos católicos e incluso ¡republicanos de derechas!

177

La situación resultaba de lo más variopinta. La República estaba gobernada en ese momento por el ala republicana moderada del señor Lerroux, enfrentada a sus compañeros de la izquierda republicana. Los resultados electorales habían agitado bien las aguas y la lluvia de la desconfianza hacia el prójimo lo había convertido todo en un inmenso lodazal.

Alberto llegó tarde a la reunión y se sorprendió gratamente al ver en ella a diputados del Partido Republicano Radical, PRR, y muy especialmente de encontrarse al final del salón de la reunión con el diputado Mendizábal, su oposición en Cuenca y amigo de antiguas correrías. El Parlamento había vuelto a unir sus destinos y se veían ahora más a menudo, ya que después de la adolescencia no habían tenido un trato constante, solo unos cuantos encuentros esporádicos y felicitaciones de Navidad, pero cuando se habían necesitado siempre habían estado el uno para el otro. Su cariño jamás había disminuido, como estaban demostrando ahora; sus vidas simplemente les habían llevado por colegios, universidades y ciudades diferentes. Los dos eran diputados aunque separados en grupos políticos diferentes y unidos por el mismo buen corazón de querer hacer bien las cosas.

En la reunión se trató la situación del país y se criticó abiertamente a la izquierda republicana por lanzar el mensaje de que la República solo podía estar gobernada por republicanos y, por tanto, los resultados de las últimas elecciones no legitimaban a la derecha para gobernar.

Gil Robles, que llevaba unos meses sin tomar posiciones para no crispar más los ánimos, pidió a todos que lanzaran un mensaje de tranquilidad en las calles. Tenían que contrarrestar el mensaje que difundiría la izquierda al saber que la CEDA acababa de entrar en el Gobierno con tres carteras ministeriales: Manuel Jiménez Fernández en Agricultura, Rafael Aizpún en Justicia y José Oriol Anguera en Trabajo.

178

Al acabar la reunión, Mendizábal invitó a su amigo Alberto a tomar algo.

—Alberto, ¿cómo lo ves? —le preguntó Mendizábal en confianza.

—Mal, lo veo mal. Para nosotros y para vosotros, que parece que de la noche a la mañana ya no sois republicanos; ahora os meten en nuestro saco, sois de derechas. Es de locos.

—Sí, sobre todo desde que apoyamos los resultados electorales. Pero ¿cómo oponerse? Son legales, los resultados son los que son. No aceptarlo nos llevaría a estar fuera de la legalidad, de nuestros principios constitucionales —protestó Mendizábal.

—Tú lo dices, hay muchas maneras de ser intolerante.

—Ya, Alberto, de eso quería precisamente hablar contigo. Sé que en Cuenca no tendremos esos problemas pero me consta que hay muchas llamadas a sublevarse contra el actual Gobierno. La cosa pinta muy mal. Las llamadas a la insurrección y belicistas son constantes, en todos los frentes, al igual que todas las mentiras que se están vertiendo. La gente cree lo que lee, no contrasta la información y por todos los lados les llegan mensajes alarmistas.

—¡Cielo santo! ¿Temes un conflicto armado? ¿Es lo que intentas decirme? —Alberto no imaginaba que se pudiera llegar a ese extremo y solo de pensarlo se le había parado momentáneamente el corazón.

—Pues sí —le contestó sin más florituras José María.

—Espérate —le paró Alberto desabrochándose la corbata—. Creo que voy a pedir un whisky... ¡Camarero, póngame un whisky con agua!

—¡Otro! —gritó Mendizábal—. No vas a beber solo...

—¿Qué podemos hacer, José María? —Alberto confiaba plenamente en su amigo, siempre había sido una persona con muchos recursos.

—Pues nada, por lo menos en cuanto a nuestros partidos, porque si hacemos algo creerán que nos unimos y conspiramos.

—Entiendo. ¿De quién sospechas? —preguntó Alberto mientras bebía un trago del whisky que le acababa de traer el camarero. Un trago que casi vació la copa.

El camarero entendió y dejó la botella sobre la mesa para que ellos mismos se sirvieran.

—De todos, de los anarquistas, de las izquierdas republicanas y mucho del PSOE... Sobre todo, del entorno de Azaña. —Se rellenó el vaso.

—¿De los socialistas también, dices? ¡Desconfías de todos!

—Sí, de todos. Y miedo me dan los falangistas, los monárquicos y la extrema derecha en general, por supuesto. También desconfío de algunas personas de tu partido, que siempre se han posicionado con la derecha antidemocrática, aunque en los últimos tiempos hayan disimulado un poco.

—Eso te iba yo a decir, José María. Como no los habías nombrado al principio. Parece que nadie quiere esta República. Por parte de los grupos de la derecha lo entiendo, nunca la quisieron ni la eligieron. A los de la izquierda, a vosotros, no os entiendo. Al final mi suegra tendrá razón y lo más seguro será tener un rey —razonó Alberto, sabiendo que a su amigo le disgustarían sus ideas.

—¡Quita, quita! —Gesticuló con las manos como espantando moscas—. Al rey, ni me lo nombres; cuanto más lejos, mejor. Además, salió corriendo. Le faltó poco tiempo para huir, es un cobarde.

—Por Dios, no hables así del rey.

—Vale, no te enfades… Tienes razón en una cosa, que muchos de los que hicieron la República ahora la quieren hundir. Es paradójico. El presidente Samper dio un buen discurso, ¿lo oíste?

—Cómo no, me lo sé de memoria. —Llevaba ya dos vasos de whisky y se soltó a imitar su discurso—: «La República lo será mientras se cumplan estos tres principios: el respeto al sufragio, el respeto a la ley y el respeto a las sentencias de los tribunales. En cuanto uno de esos principios falle, no habrá República, ni siquiera convivencia social». —Y Alberto dejó caer de golpe los hombros.

—Caramba, quién diría que eres algo monárquico y de derechas. Creo que debería hacerte de los nuestros —se sorprendió Mendizábal divertido.

—Tengo mucha memoria —se excusó—. Por eso oposité, ¿recuerdas?

—Bueno, escúchame, Alberto. Si por alguna razón pasará algo…, salimos disparados hacia Cuenca, ¿entiendes? Tenemos que estar organizados, preparados para evitar un mal mayor. Defenderemos la República. —Levantó su vaso para sellar un pacto.

—Defenderemos esta nuestra República. La de todos y no la de unos pocos —brindó Alberto elevando la voz más de lo necesario.

Cuando acabaron de hablar se habían tomado cuatro copas cada uno y se abrazaban no solo como amigos sino como firmes demócratas. Ideológicamente era lo único que les unía.

Fuera de la política tenían mil cosas en común: el campo, la gastronomía, el amor por su tierra… Dentro de ella todo les desunía, un católico y un ateo, un moderado y un progresista. Pero ahí estaban, juntos, frente a un mal mayor. Confiando el uno en el otro más que en sus compañeros de partido.

Mucha razón llevaba Mendizábal: al día siguiente se declaró una huelga general y los milicianos tomaron posiciones en las grandes ciudades.

La mayoría de los españoles tenía la impresión de que la tormenta estaba al caer, podían ver las negras nubes desde sus ventanas. Rayos y truenos sonaban a lo lejos sin orientación ni partitura que les guiara.

La huelga se hizo efectiva en Madrid, Barcelona, Valencia, Sevilla, Córdoba, Salamanca, Palencia, Gijón, Santander, Bilbao y San Sebastián. Enseguida pasó a convertirse en una sublevación. A partir del 6 de octubre, la Puerta del Sol se llenó de disparos. Los huelguistas atacaron el Palacio de Comunicaciones, la Telefónica y el Congreso, entre otras plazas. Madrid era un caos.

181

La visita de su cuñado insufló algo de vida en Rocío, la suficiente como para levantarse de la cama y ponerse un abrigo de pieles aunque debajo se le viera el batín y el camisón rosa de flores. No se puso zapatos, se dejó puestas las zapatillas. Quería ir a ver con sus propios ojos cómo era la mujer que estaba con su marido. Así no tendría que imaginársela, la incógnita la estaba reconcomiendo y amargando. ¿Sería más alta? ¿Más guapa? ¿Más joven? ¿Cómo vestiría? Quizá podría acercarse a ella con disimulo y... ¿qué sería capaz de hacerle? ¿Escupirla? No estaría mal, tampoco le haría daño. ¿Tirarla del pelo? No sería para tanto, a su hermana se lo había hecho mil veces y con suerte podría dejarle una calva. Leopoldo era demasiado superficial y así la abandonaría. Si fuera muy guapa podría incluso arañarle la cara... Leopoldo no se atrevería ni a mirarla.

Rocío deliraba mientras se deslizaba por la calle sin que Josefa pudiera verla, sabía que había habido una huelga pero volvería enseguida, solo iba dos calles más allá. Leopoldo se lo había montado muy bien, era tan vago que le había puesto el piso a su amante lo más cerca posible de la calle Sagasta. Le había hecho un favor, cuando solo había andado unos metros Rocío notó que ya arrastraba los pies y respiraba con dificultad. No recordaba cuándo fue la última vez que había caminado más de diez metros.

Se paró para descansar unos segundos y ubicarse. Le había sacado la información hábilmente esa mañana a Josefa, la pobre creyó que Rocío estaba mejorando al confiarse por fin a ella y contarle lo que le preocupaba.

No encontraba el edificio. Se dio cuenta de que la gente la miraba y se alejaba de ella. No debía de tener buen aspecto. Intentó cerrarse el abrigo para que no se le vieran las flores del camisón, pero el abrigo no tenía botonadura y tenía que sujetárselo con una mano constantemente. Se tocó el pelo y recordó que hacía días que no se lo había lavado y cepillado, tampoco debía de tener buena cara. Cuando volviera a casa se miraría en el espejo, hacía mucho que no veía su imagen reflejada. A juzgar por las miradas de la gente, estaba horrible. En otras circunstancias de su vida eso habría sido una gran humillación, pero ahora tenía otras cosas peores de las que ocuparse.

Al volver a levantar la cabeza vio a Leopoldo, que salía de la finca de enfrente con una joven. Ella era morena, no muy alta, e iba cogida a él con una sonrisa en los labios. No tendría más de dieciocho años. Rocío rio con amargura, la joven era fea. No, más aún, horrorosa. Si había pensado en destrozarle la cara a base de arañazos, el destino se mofaba de ella: la joven no empeoraría por mucho que se empecinara en ello. Ni siquiera le entraron ganas de acercarse, Rocío se sentía ridícula y creerían que estaba loca. No iba a darles encima esa satisfacción. Volvería a casa.

182

Υ

Alberto y Rosa escucharon con el corazón en un puño el mensaje radiofónico del presidente Lerroux declarando el estado de guerra. Lo primero que pasó por la cabeza de Rosa fue esconder a Alberto pues si la sublevación triunfaba le buscarían.

—No pienso quedarme en el desván, Rosa —le aseguraba Alberto, incrédulo, mientras Rosa convencía al servicio para que la ayudaran a meterle allí dentro.

—¡Claro que sí! ¡Agustina! ¡Métele un colchón y unos cojines! Y no te olvides de una jarra de agua.

—Cariño, ya está bien, no dramatices, vamos a esperar a ver qué pasa. No han depuesto al Gobierno y además tengo que esperar noticias de Mendizábal para volver a Las Mesas.

—¿Tú? ¡Tú estás mal de la cabeza! Ni hablar, que te maten por los caminos. Tú te quedas aquí, escondido; si hace falta diré que soy una extranjera marxista para que no te encuentren.

—¿Desde cuándo eres marxista? —Alberto se rio por la ridiculez de la ocurrencia.

—Ni sé lo que es, pero servirá. Seré lo que haya que ser si eso te salva.

Rosa lo dijo tan en serio que Alberto no dudó un segundo de que sería capaz de todo eso y de más por él. Ahora mismo podía imaginarla en primera fila de una manifestación con el puño en alto. La quiso más por ello, porque sus ideales de amor y amistad estaban muy por encima de cualquier valor ideológico. No todo el mundo era capaz de asumir así las circunstancias, se debería a su pasado, la política ya había destrozado su vida y la de su familia sin piedad. Rosa pensaba que si su familia no hubiera apoyado la idea de la vuelta de la monarquía en Hungría no habrían tenido que pasar por tanto sufrimiento, y su marido no habría muerto por un ideal que para ella no era vital. Vital era que sus seres queridos estuvieran siempre sanos y salvos. Por eso insistía tanto en meterle en el desván, aunque fuese por la fuerza.

Rosa no iba a dejar que acontecimientos externos pu-

183

sieran fin a su felicidad. Había renunciado a todo por Alberto, ya no era la niña recién casada que se quedó en su casa mientras su padre y su marido tomaban decisiones sin consultarle, ahora sería capaz de todo.

La rebelión fracasó y nadie asumió su responsabilidad. Todos los convocantes escondieron las manos debajo de la mesa y los que habían participado públicamente desmintieron haber tenido algo que ver.

El lodazal era ya una espesa ciénaga en la que todos se hundirían. Por mucho que algunos se esforzaran en sacar algo de agua limpia de allí resultaba imposible dada la densidad del barro.

Mientras, Rocío Hernández López tocó fondo. No conseguía encontrar nada positivo a su alrededor, nada por lo que luchar. La discusión en el despacho de su madre fue como si le hubieran golpeado con un objeto contundente por la espalda. Los primeros días pensó que el golpe había sido a traición, su propia madre se lo había asestado.

Ahora, con el tiempo, había comprendido que había sido ella misma quien le había facilitado el arma y quien le había pedido que la golpeara. Ningún sentimiento noble, ni siquiera la protección de su hermana, había movido su conducta. Cuanto más ahondaba en su actuación, lo veía más claro: la envidia y la amargura habían sido sus motores no solo en esa ocasión sino durante años. Como cuando metió una papeleta con un voto nulo en la urna, y no supo ver el hito histórico que suponía que era la primera vez que iba a votar, no solo ella, sino todas las mujeres del país. Muchas llevaban años luchando por ese derecho y ella había votado como una colegiala despechada. En general, no había sido una buena persona; una buena persona anteponía los intereses generales a los propios y eso era algo que ella no recordaba haber hecho jamás.

Maldito sea el concepto de obviedad, cuántos factores

podían influir en terminar siendo una cosa o su opuesta. Ser algo implica no ser lo contrario. Bueno o malo. Pobre o rico. Alto o bajo. Feo o guapo. Egoísta o generoso. Aburrido o divertido. De derechas o de izquierdas. En su caso, si no era buena, era mala.

Rocío había rememorado una y otra vez la escena en el despacho de su madre y, muy especialmente, la mirada de su padre. Él había estado de acuerdo, los conocía bien, y su madre podía errar en su juicio, podía exagerar los hechos, pero él no. Su padre, ese ser generoso, pacífico, que pensaba siempre lo mejor de todo el mundo, había creído lo peor de ella.

Cuando pasaron unos meses, Rocío se convirtió en la cáscara de sí misma; solo abrir los ojos por la mañana le suponía un esfuerzo costoso. Era como si ya no existiese, como si no estuviera viviendo en ese mundo en el que todos tenían un sitio a donde ir, personas con las que estar; ella nada tenía que ver con ellos. Arrastrarse hasta la butaca que le habían puesto al lado de la cama para que no se pasara todo el día tumbada era una agonía que trataba de posponer por todos los medios. Nada de lo mundano le atraía, ni comer, ni dormir, ni bañarse en agua caliente, ni beber champán, ni siquiera pasear por el campo...

185

A lo mejor, si fuera una mala persona, pero querida, no se sentiría tan vacía. Conocía a un montón de personas ruines que parecían muy felices, como Leopoldo. Sería porque tenía una mujer que jamás vería sus defectos. Había fracasado también en eso, en encontrar a alguien que la quisiera. Algo tan fácil para cualquier mujer como ser madre para ella había sido un frustrante imposible. Si hubiera conseguido quedarse embarazada... Solo la idea le provocaba un fuerte dolor en el pecho. Tendría a su lado a una niña o un niño cogiéndole la mano, diciéndole que se levantara para jugar. Algo en su vida estaría ahora dotado de sentido. Estaba segura de que habría sido una buena madre. Pero no era más que una mala persona sin pareja y sin hijos.

Podría pedir perdón a su madre y a su hermana, era tan

sencillo. La perdonarían porque la querían a pesar de todo. Pero no le apetecía. Ese era su concepto de familia. Ella seguía queriéndolas y jamás las habría echado de su lado, por mucho daño que le hiciesen. Su misma madre no era perfecta, la mayoría de las personas del pueblo la llamaban la Pistolera y la temían. No era precisamente una buena persona y aun así ella jamás se lo habría echado en cara; jamás habría condenado a su madre por coartar, coaccionar o sobornar a otros.

La idea de morir llevaba rondando en su cabeza desde que Leopoldo salió por la puerta de la calle Sagasta: era la solución, una tentación aparentemente fácil pero que resultaba compleja a la hora de hacerla factible.

Rocío pensó primero en tirarse a las vías del tren, como su querida Ana Karenina. Un final romántico y dramático. Todo el mundo en la estación miraría su cuerpo desde arriba, en el andén, mientras ella yacía en las vías con un precioso vestido blanco confeccionado para la ocasión. Se haría ondas en el pelo con las tenacillas. Moriría guapísima, eso nadie podría quitárselo. Al César lo que es del César. Mala persona, infeliz, pero terriblemente bella. Parecía una buena forma de morir. Pero llevarlo a la práctica le resultaría arduo, le era imposible llegar en su estado físico hasta la estación de tren. Se desmayaría por el camino, apenas podía cruzar hasta el otro lado de la habitación.

Pensó también en tirarse desde el mirador de la Mesa del Almendral, su preferido de la finca de La Era Vieja. Diría al servicio que quería recuperarse en el campo, la llevarían en automóvil. Cuando hubiera descansado del viaje pediría a Picocha que la acercara. Solo tendría que bajar una cuesta, no sería muy difícil. Moriría mirando su paisaje preferido, la laguna y la isleta que la dividía en dos. Pero despeñarse sin ser un acantilado muy alto... Con su mala suerte hasta el cuarto golpe no conseguiría su fin.

La solución más apropiada y factible era sin embargo la más sencilla, drogarse con opiáceos. Hablaban muy bien de esas sustancias y siempre había sentido curiosidad por probarlas. Moriría feliz y tranquila. Se daría por lo menos eso a sí misma, morir elegantemente, de forma suave y agradable. Y así lo hizo. No sufrió ni un ínfimo porcentaje de lo que había sufrido en vida. Lo entendió al final, cuando su cuerpo por fin se relajó y su mente pudo descansar tranquila. Su cuerpo pesaba, pero su mente flotaba, tranquila, deseando dejar atrás ese trasto pesado que había sido su hogar.

Aun muerta, Rocío seguía siendo guapa. Se había pintado la cara con polvos blancos y se había excedido con el colorete. Antes de morir pensó con acierto que así evitaría el color verde y amarillento de los muertos. El vestido que eligió para la ocasión era un compendio que había diseñado ella misma con sus vestidos favoritos: su falda preferida, su blusa coral de seda, el pañuelo que le regaló su padre, el velo de novia, sus botas de montar a caballo, el sombrero verde que llevó el día que conoció a Leopoldo. Rocío pensó al vestirse que quizá fuera un conjunto muy sofisticado, pero con clase, como ella.

Podría haber resultado todo ridículo y grotesco. Sin embargo, una armonía especial en su conjunto turbó a todos lo que pusieron sus ojos en aquel cuerpo inerte. Su madre decidió incluso que la dejarían así vestida para su entierro en Las Mesas.

Todos la echarían de menos, sus padres, su hermana, Rafaela e incluso Josefa, que tardó años en recomponerse del susto de encontrar a su señora muerta en la cama. Esperanza no paró de llorar también durante semanas por su señora, a la que tanto admiraba.

Rocío había sido una persona fastidiosa, de esas que cuando faltan se nota. Ella tenía que ser siempre la que más ruido hacía, la que más alto cantaba, la que más lloraba, la que más fuerte hablaba, la que más metía la pata… Le gustaba ser el centro de atención. Incluso ahora, muerta, con su precioso vestido. A todos sus allegados les costó mucho asumir que ya no estaba.

Y

Leopoldo se presentó muy afectado en el piso de Madrid nada más enterarse. Por suerte, llegó antes que sus suegros. Solo estaba Alberto.

Alberto no esperaba la visita e intentó ser correcto.

—Mi más sentido pésame.

Leopoldo rompió a llorar y se sentó en una silla. No había imaginado ese desenlace. No la quería, pero le tenía cariño. Se sentía culpable. Todavía era su esposa. Se levantó.

—Me encargaré del entierro.

Alberto lo miró muy serio.

—Será mejor que no. No quiero hacerte sentir culpable, pero la familia prefiere no verte.

—¡Pero era mi esposa, mi responsabilidad! —gritó ofendido.

—Si era tu responsabilidad ¿cómo la dejaste sola y deprimida? Ni siquiera te preocupaste de averiguar su estado... —Alberto estaba afectado; recordaba bien cómo lo había mirado Rocío en su última visita, con afecto.

—Jamás pensé... Yo creí...

—Te pido por favor que te marches por donde has venido. —Alberto lo miró desafiante, Leopoldo había destruido a la familia. Nada sería ya igual.

Leopoldo salió definitivamente de sus vidas, no sin antes tropezar con una silla y pegar un portazo al salir.

No dejaron a Leopoldo asistir ni a la iglesia, ni al funeral. Le hicieron llegar alto y claro que era una persona no grata en el pueblo y en toda la provincia, que procurara no cruzarse nunca con doña Enriqueta porque, sencillamente, lo mataría. Rocío había sido una cabecita hueca que se había amargado por culpa de una mala influencia. No había sido culpa de ella. Esa era toda la historia que la gente debía saber, y tendría que acompañar a Leopoldo el resto de su vida.

Su padre se sintió especialmente culpable por no haber ido a recogerla a Madrid en vez de enviarle un mensaje. Lloró desde que recibieron la noticia por teléfono, a través de Josefa, hasta mucho después de haberla enterrado. Le impresionó el buen aspecto que tenía a pesar de llevar ya dos días muerta, parecía que pudiera levantarse en cualquier momento. Deseó que Leopoldo se cruzase en el camino de su mujer. A diferencia de él, a Enriqueta no le temblaría la mano. Tenía ganas de vengar a su hija. Rocío había sido desde pequeña la alegría de la casa, el motor de la familia. Pepe recordó que cuando era una niña contaba a todo el mundo historias inverosímiles y les hacía prometer que no las repetirían ya que eran un secreto. Su cabecita loca no se inventaría más historias. La echaría de menos siempre.

Milagros estaba triste. No recordaba haberse sentido así jamás, ni siquiera después del parto de Albertito, en aquellos días en que estuvo desubicada. Se quedó sentada en el butacón del patio. No lo eligió al azar: mientras tocaba su tela azul claro a rayas de color crema se daba cuenta de que combinaba perfectamente con el pan de oro de la madera. Las había mandado tapizar Rocío. A juego con esa butaca había un sofá y dos sillas, el conjunto entero era lo más bonito de la casa. La mano de Rocío se notaba en cada cosa que había hecho.

A ella, en cambio, no se le daban nada bien las decisiones; incluso elegir la ropa para esa mañana le había resultado costoso. Tuvo que cerrar los ojos para imaginar que Rocío estaba allí para ayudarla a que estuviera perfecta para la ocasión. Las lágrimas resbalaban por su rostro. Su hermana era la persona que más quería en el mundo, mucho más que su marido aunque no pudiera decirlo en público. Siempre habían estado juntas. No importaba las veces que le hubiera tirado del pelo o la hubiera mordido, empujado, atado y arañado. Con gusto dejaría que su hermana le volviera a clavar cien cuchillos.

189

Milagros se quedó mirando fijamente el cuadro gigante que había en la pared de enfrente y se quedó paralizada por el horror: una mujer bellísima, que parecía la Virgen, sostenía una bandeja de plata con los ojos sangrientos. Se los estaba enseñando a dos señores. Todos llevaban ropajes bíblicos y el cuadro era de colores muy oscuros. Daba miedo y llevaba allí toda la vida, pero ella jamás había reparado en él. Si hubiera sabido que algo así estaba en el patio no habría paseado nunca de noche por delante. Estaba descubriendo muchas cosas últimamente. Quizá su marido no la quería pero no le cabía duda de que su hermana sí que lo había hecho.

Rafaela se acercó a Milagros pillándola desprevenida.

—Niña, hay que preparar todo lo del luto. Trae luego los vestidos que quieras teñir de negro a la cocina. Elige los más viejos y desgastados, que quedarán como nuevos.

—¿Cuánto tiempo se lleva el luto, Rafaela? —le preguntó Milagros con la cara roja de tanto llorar.

—Eso depende de cada casa y de cada persona… ¿Te has fijado en las señoras de la plaza? Ellas van siempre de luto; se murieron sus maridos y han decidido llevarlo siempre, para manifestar su pesar, pero también es una forma de no olvidar a los difuntos.

—Pues tíñeme todos los vestidos de negro, yo haré lo mismo por mi hermana.

—Bueno, ya se verá conforme pase el tiempo. Es una forma de encontrar consuelo, como rezar el rosario cada noche en su nombre.

—Eso ya lo hacía —respondió entristecida Milagros.

—Tengo mucho que hacer con la ropa, lo mejor será que me ayudes —intentó distraerla Rafaela—. Milagros, coge del cuarto de tu madre dos faldas y un vestido que ha dejado preparados encima de la cama. Llévaselos a la cocina a Esperanza. Aprovecha que Aguedica ha hecho tajadillas y comete una miaja de pan. Las penas con pan son menos.

—Gracias, Rafaela, pero no tengo hambre. Ya llevo a la cocina lo que me has pedido.

—Todos la echamos de menos —le dijo Rafaela con una mirada de cariño.

Con esas pocas palabras Rafaela se esfumó camino de las cocinas. Aun así era la única de la familia que le había dedicado unas palabras de consuelo.

A pesar de estar de luto, doña Enriqueta se fue al día siguiente a la reunión de la cooperativa del pueblo, el Santo Niño de la Bola. El asunto del vino no iba del todo bien y debía darle un empujoncito. No sirvió de mucho puesto que, apenas hubo salido de la casa, la gente del pueblo no paró de acercarse para darle el pésame. Ni dos pasos caminaba sin que la interrumpieran.

Se fue poniendo de mal humor conforme avanzaba el día y cuando llegó a la última reunión, la de los viernes con Juanico, este se apresuró a repetirle el pésame por cuarta vez en dos días. Enriqueta explotó:

—¡So *pesao*! ¡Qué cansino eres! No he venido a hablar de eso sino de la próxima matanza. ¿Lo tenéis todo preparado? ¿Has hablado con la Rafaela?

—Sí a todo, hasta hemos reunido un montón de escudillas para dar a la gente que se presente tortas de lardear y la *pringá*.

—Bien, que no falte anís, vino y bebidas…, que el año pasado nos quedamos cortos. Esta vez poned un cuarto más del *resolí* que pusisteis el año pasado.

— Ya, eso quería yo preguntarle a la señora…Como están ustedes de luto.

—Como estamos de luto no asistiremos a la matanza pero se celebrará como siempre, Juanico.

—Vendrá mi primo a ayudar, yo tiraré del gancho y el será el matarife, que sabe más.

—Mándame recado mañana de los cuartos que te hagan falta para todo.

Ese día no había acabado todavía, siempre hacía cuentas con Rafaela la misma noche que se reunía con Juanico, recordó con otro dolor de cabeza Enriqueta mientras se metía en el coche ayudándose con el bastón. La pierna le dolía y Diego tuvo que ayudarla.

191

Cuando llegó a casa mandó recado a Rafaela para que fuera a la salita a despachar.

—Hoy cenaré cualquier cosa aquí, no me encuentro muy bien —le dijo poniendo la pierna en alto.

—Ha estado todo el día fuera con faena, demasiado ajetreo.

Normalmente Enriqueta se habría enfadado por el hecho de que Rafaela le dijera cómo tenía que hacer las cosas.

—Ya da igual. Tráeme solo un caldo con un poco de jerez.

—Claro, enseguida.

—Y Rafaela, con tanta cosa se me olvidó preguntarte. ¿Has revisado el manto y las vestiduras del Niño de la Bola para este año? Solo faltan unos meses y si hay que arreglar algo serio no nos dará tiempo.

—Lo revisé todo hace unos días, está todo en perfecto estado, solo se necesita planchar y almidonar un poco.

—¡Qué bien! ¡Un peso que me quitas! ¿Podrías avisar a mi marido de que estoy aquí…, y a don Alberto? —Enriqueta había entrado sin ver a nadie de la casa.

—Ahora mismo. Pero don Alberto ha salido de viaje, no sabía si dormiría aquí, tiene una reunión muy importante en San Clemente. Cosas de política.

—Bien —asintió intentando recordar las tareas pendientes— . ¿Y la ropa de luto?

—Todo está preparado —contestó diligente Rafaela.

—Gracias. —Enriqueta se reclinó en la butaca mientras cerraba los ojos.

Cuando su marido entró cinco minutos más tarde ya dormía a rienda suelta con un ojo medio abierto.

Capítulo décimo

1936, de febrero a mayo

*E*spaña no sabía si iba o venía y todos contenían el aliento. El desprestigio del Partido Republicano Radical, el partido gobernante, había llegado a sus cotas más altas. Por ello, el presidente de la República, Niceto Alcalá Zamora, encargó el Gobierno a Manuel Portela Valladares con el único fin de disolver las Cortes y convocar elecciones el 16 de febrero de 1936.

La vida en Las Mesas seguía su curso, un tanto ajena al caos. Eran pocos vecinos y sin conflictos importantes, todos se conocían desde pequeños. La mayoría de los vecinos estaban incluso emparentados, era fácil encontrar un primo común en cada casa del pueblo.

Juntos celebraban sus fiestas, sin faltar nunca ni uno, ni siquiera a la hora de encender las hogueras con sarmientos para asar patatas o chuletas. O cuando iban al campo el día del lardeo, a comer tortas fritas hechas de harina, levadura y huevo. La política quedaba bien lejos. Aun así, todos conocían la situación.

Alberto estaba pasando unos días en Las Mesas. Disfrutaba estando con su hijo. Había crecido mucho. Albertito demostraba una increíble agilidad para sus casi cuatro años. Le dejaban incluso corretear por la calle con los demás chiquillos de su edad aunque era atentamente vigilado por Dolores, la hija de la que fue el ama de leche de Albertito. A pesar de tener solo once años, era una muchacha lista y bien dispuesta.

Lo que empezaron siendo visitas a la casa para jugar con el niño terminó en un trabajo remunerado. Dolores se llevaba a las mil maravillas con Albertito y siempre se mostraba dispuesta a colaborar en su cuidado.

Un día, el niño insistió en subirse a una burra, igual que hacían los otros chicos del pueblo, y no paró de patalear hasta conseguir que le dieran una vuelta. Estaba tan encantado que le regalaron su propia burra, con la que un día se pegó una costalada de aúpa y tuvieron que llamar a don Federico, el médico. El niño se retorcía de dolor.

Cuando vio que traían a su hijo en brazos y aullando, a Milagros le dio un ataque. Rompió a llorar desconsoladamente mientras le cogía en sus brazos.

—¡Albertito! ¡Albertito se muere!

Todo quedó en un susto pero Milagros parecía haber aprendido la lección y no dejaba a Albertito ni a sol ni a sombra si no era con su marido o con Dolores, quien a partir de ese día dormiría en el cuarto del niño. Se acabó lo de salir a la calle y lo de jugar cerca de escaleras, cocinas o piedras.

Esa misma noche, cuando llegó Alberto, su mujer le contó lo sucedido entre sollozos y le pidió que mataran a la mal nacida burra.

Milagros empezó a vivir con una angustia constante, cualquier cosa podía hacer daño a su hijo. Su madre y su marido intentaron hablar con ella y vieron que no entraba en razón. La desazón era exagerada.

Tras el suicidio de su hermana, un nuevo concepto había entrado en la cabeza de Milagros: la muerte. Y estaba obsesionada. Ahora sí que esperaba despierta rezando el rosario el regreso de su marido aunque hubiera ido solo a Socuéllamos o a Villarrobledo.

Milagros rezaba diariamente por todos sus familiares, pero con mucho más ahínco por su propia madre porque estaba convencida de que iría al Infierno.

—¿Por eso estabas tan pesada, hija? ¿Por eso querías que me confesara todos los días y molestabas al padre Inocencio? —preguntó doña Enriqueta sorprendida y mirando de reojo a Alberto.

Su yerno bastante tenía con la política como para enterarse de lo que pasaba en casa. Los partidos estaban formando coaliciones de cara a las nuevas elecciones y les quedaba muy poco tiempo. Las llamadas de su jefe desde Madrid se multiplicaban, parecía que esta vez las izquierdas presentaban batalla con un frente común muy organizado: las izquierdas republicanas, los socialistas y los comunistas, dejando fuera y completamente descolocados a los republicanos de centro, el PRR.

Para contrarrestar, a su coalición se la llamó «antirrevolucionaria», y la CEDA juntaría fuerzas con los republicanos moderados y de centro.

Alberto, desde el principio, apostó por una candidatura integrada con todos los miembros republicanos posibles del PRR. Le hubiera gustado hacer campaña junto a su amigo Mendizábal pero se repartían seis actas por la provincia y en su lista solo quedaba una plaza libre. Se decidió que la ocupara el republicano Tomás Sierra. Las demás serían para los habituales: el general Fanjul, el cunero Goicoechea, Casanova, Gosálvez y él mismo.

Esa candidatura de la derecha fue motivo de mofa generalizada debido a su variopinta composición. Por un lado, porque las relaciones entre Casanova y Gosálvez eran más que tensas desde que habían competido entre ellos para ser el candidato de su zona. Por otro lado, por el hecho de que un republicano como Tomás Sierra se presentara en las listas de una coalición de derechas.

Así, la derecha conquense presentaba una candidatura integradora, pionera en sus tiempos, que se alejaba bastante de la derecha fascista. Estaba más cerca de un centro político incluso que la candidatura por la que se presentaría Mendizábal, denominada Centro, junto a varios de sus compañeros.

Además, la lista de Alberto iba a por el copo, presentando a seis candidatos para las seis actas que se repartían. Lo habitual era ir solamente a por las actas de la mayoría: cuatro. Por eso solían presentarse cuatro candidatos como mucho en cada lista.

195

Alberto decidió que intensificaría su mensaje. Llevaban un año en el Parlamento luchando codo con codo los
cedistas y los radicales de Lerroux contra infamias y con-
juras. Las sesiones parlamentarias eran agotadoras y ellos
se defendían juntos, no en vano compartían responsabilidades en el Gobierno.

Todas las opciones que se presentaron a los comicios
extremaron su vigilancia y reforzaron sus estructuras or-
ganizativas de cara al día de las elecciones, para evitar que
el contrario cometiera algún tipo de irregularidad o un
descarado pucherazo. Muy especialmente en los pueblos
pequeños ya que en las ciudades era mucho más difícil
trucar los resultados. Las actas tenían que viajar desde los
pueblos pequeños hasta la oficina más cercana de Correos
y pasaban mucho tiempo «en el aire»; además de que algunos alcaldes ordenaban a sus vecinos votar en un sentido o en otro según le favoreciera. Se llegó a dar el caso en
algún municipio de que las dos coaliciones enfrentadas
obtuvieran exactamente el mismo número de votos, en
una extraña maniobra en favor de la paz social. También
sucedía a menudo que había mesas con más votos que
electores.

Alberto llegaba a casa cansadísimo y con la ansiedad de
saber que al día siguiente tenía que volver a estar a primera hora al pie del cañón. La campaña ya no le resultaba
divertida, en las comidas no hablaba jamás a su familia de
política y no tenía muy claro por qué estaba de nuevo inmerso en aquel empeño. Era algo que los candidatos de su
lista hacían juntos pero en silencio, sin las bromas y ca-
maraderías de las elecciones anteriores. Alberto sospe-
chaba que quizá tuvieran miedo a pesar de que sabían de
sobra que eran la fuerza favorita en la provincia. Ganarían
seguro. Pero había algo en el aire que hacía que esa no
fuera su principal inquietud.

Las Mesas no se ubicaba precisamente en un enclave
que facilitara la movilidad; era el último pueblo al sur de
la provincia, de forma que Alberto debía recorrer bastan-
tes más kilómetros que sus compañeros y llegaba casi

siempre tarde a cenar a casa. Muchas veces, si estaban en el otro extremo de Cuenca, hacía noche hasta completar el recorrido.

Cada semana Alberto leía atentamente la prensa, estaba suscrito a todos los periódicos de la provincia y a los nacionales; a menudo no podía evitar que el nerviosismo se apoderara de él después de leerlos. Sus suegros, especialmente Enriqueta, seguían también con atención las noticias. Parecía que el rencor se estaba apoderando poco a poco de todos los bandos.

El resultado de los comicios había llegado a convertirse en el reto crucial. El día de las elecciones, el 16 de febrero, tras votar con su familia, Alberto se dedicó a visitar las mesas electorales de su zona asegurándose de que todo funcionara correctamente, que las papeletas de su candidatura estuvieran en su sitio y que el Frente Popular no cometiera irregularidades. Los del Frente Popular, a su vez, les vigilaban a ellos.

Había que intensificar las visitas a las mesas electorales en las que sus opositores tenían más presencia. Por eso en cada pueblo paraba solo unos minutos. Se llevó a Diego para agilizar, el chófer le esperaba con el motor encendido y así no se perdía tiempo. Pasó más horas ese día en el coche que en ningún otro lugar.

Sus esfuerzos se vieron recompensados. En la provincia de Cuenca, los seis candidatos de la derecha consiguieron las seis actas. La euforia inicial entre ellos fue máxima a pesar de que, a nivel nacional, ganó ampliamente el Frente Popular. La provincia conquense copó la atención de la prensa nacional por sus resultados a contracorriente.

Sus compañeros de candidatura se reunieron en su casa de Las Mesas para analizar los resultados y felicitarse unos a otros. Alberto esa mañana estuvo pendiente de todos los preparativos, ayudado por una diligente Rafaela. Harían gazpacho y aprovecharían que tenían las perdices de la última cacería. Prepararon la mesa en el patio interior cubierto, hacía mucho frío, le daría más informalidad que el comedor.

—¿Señor? —le preguntó Rafaela—. ¿Falta mucho para que lleguen? Por tener todo listo y que no se enfríe.

—Están al caer, Rafaela. Vienen *al contao*, como decís aquí. No te preocupes. —A Alberto le gustaba la eficiencia de Rafaela.

—Voy a mandar abrir ya la *portá* entonces a Esperanza, para que puedan entrar los coches.

El más contento de la reunión era Casanova, que había sido el candidato con más sufragios de toda la provincia, seguido por Goicoechea. Alberto otra vez fue de los que menos obtuvo pero había obtenido un premio de consolación.

—No está nada mal, Cartero —le felicitó Gosálvez mientras le ponía la mano en el brazo en gesto de camaradería—. ¡2.606 votos! ¡Has barrido en la capital! Y eso que allí lo tenemos en teoría más difícil.

No exageraba. Alberto se había sorprendido mucho al conocer los resultados en la ciudad de Cuenca, que le proclamaban claro vencedor a pesar de que él no era de allí.

Goicoechea se había hecho con un ejemplar del diario de las izquierdas *Mundo Obrero* del 18 de febrero para reírse del titular: «En Cuenca no hay nada que hacer, ¡hasta un radical ha salido!», en alusión a Tomás Sierra.

—Juicio precipitado, juicio errado. A nosotros nos ha ido bien. Pero los resultados a nivel nacional son escalofriantes. ¡Ya verás, ya!, nos han dado palos y bien —les devolvió a la realidad Alberto.

—Todos los sabemos, Alberto, pero déjanos disfrutar un poco, buen hombre… —le replicó Gosálvez.

—Soñaba el ciego que veía y eran las ganas que tenía —remató con un refrán Casanova—. Tiene razón Cartero, por las noticias que estamos recibiendo no vamos a obtener nuestras actas fácilmente. Hoy mismo, el *Heraldo de Cuenca* dejaba caer que hemos hecho pucherazo y que somos responsables de presiones y coacciones. Me parece que se van a repetir las elecciones.

—Tenemos que defender los resultados, son legítimos. Ya lo he hablado con Gil Robles, Cuenca va a ser el centro de atención a nivel nacional, lo mejor es que volvamos a Madrid cuanto antes. Allí se tomarán las decisiones —les comunicó Goicoechea—. Así que a disfrutar de la comida, que esto no lo comemos en cualquier lugar...

Alberto decidió retrasar unas semanas su salida, sus compañeros ya estaban en Madrid pero él se quedó en la provincia por si acaso. No es que no tuviera ganas de volver con Rosa, pero la doble vida que llevaba cada vez se le hacía más cuesta arriba. Sabía además que estaba haciendo daño a Rosa y se temía otra escena a su llegada. Él se sentiría impotente, lo único que podría hacer sería decirle la verdad: que ella tenía razón pero él estaba atado de manos.

Marzo se mostraba especialmente caluroso. Rafaela aprovechaba entonces para proclamar en voz alta a quien la escuchara:

—Cuando marzo mayea, mayo marcea.

—Marzo ventoso y abril lluvioso sacan a mayo florido y hermoso —le contestaba Aguedica, dando pie a desempolvar el refranero metereológico.

A las dos les encantaba ese juego, competían para ver quién sabía más refranes o quién los inventaba sin que la otra se diera cuenta.

Las noticias que Alberto recibía de Madrid no eran muy positivas. Según el nuevo Gobierno, el reparto de actas en Cuenca no estaba claro y había que discutirlo en el Parlamento. No podía retrasar más su vuelta.

La víspera de su partida se sentó en el mirador por la mañana. Había recibido una llamada de su amigo Mendizábal. Le hizo partícipe de su temor por un inminente conflicto armado. Los falangistas, ante el triunfo del Frente Popular, habían entrado en acción, y la CEDA, para desgracia e impotencia de Alberto, empezaba a mirarles con buenos ojos.

Alberto se estremeció mientras contemplaba la laguna

199

de enfrente; «mi laguna», solía llamarla, en la que le gustaba pegarse un chapuzón cuando el tiempo lo permitía. Su tranquilidad le reconfortaba y eso no volvería a pasarle en cuanto cogiera el coche camino de Madrid. Recordó con añoranza aquel primer día, hacía ya casi siete años, en que visitó la finca como invitado. Nada le sosegaría nunca como esa estampa pintada con el azul del agua rodeada por el verde de los juncos y bordeado todo por el amarillo de la tierra y de los girasoles que había plantado su suegra.

Aunque siempre estuvo de acuerdo en colaborar con los republicanos, Alberto veía ahora cómo los vientos soplaban en contra de esa relación. Se debía a su partido, así que a partir de ahora tendría que cuidar mucho sus palabras.

Mendizábal y Alberto estaban más distantes que nunca. De hecho, José María había sido uno de los que habían firmado un escrito de protesta dirigido a la Comisión de Actas, denunciando las irregularidades electorales en la provincia de Cuenca. Mendizábal, su compañero centrista Correcher y los cuatro candidatos del Frente Popular en la provincia de Cuenca pretendían anular los comicios.

Alberto pensó que nada estaba saliendo como a él le gustaría, había una clara bipolarización política y eso no podía más que llevarles a un encontronazo. Todo esto llevaba a Alberto a plantearse muchas cosas, y a ponerse en el lugar de su amigo, que, conociéndole, tendría sus razones y sus argumentos. Ahora dudaba si estaba obrando bien, si aquellas irregularidades sí que se habían cometido, como pensaba. Si ese era el caso, debía distanciarse de la política, cuanto más lejos, mejor. ¿Qué pensaría su amigo ahora de él, de su forma de actuar?

Finalmente en el Parlamento se anularon oficialmente los resultados electorales de la provincia de Cuenca, así que ni él ni sus compañeros iban a obtener sus actas, lo que en el fondo supuso un alivio para Alberto; no se sentía tan legitimado como antes.

Los argumentos fueron convincentes: había más votos en las urnas que votantes censados; las actas de muchos pueblos estaban firmadas con la misma letra y muchas de ellas se habían retrasado más de lo establecido. Alberto se sintió avergonzado al saber todos los detalles después de haber asistido al debate de la Comisión de Actas. La desidia invadió a Alberto, que ya tenía claro que no le apetecía nada volver a hacer campaña. ¡Apenas habían pasado tres meses y había que repetir las elecciones! Su motivación ya no era la misma, esta vez se sentía en tierra de nadie y pensaba que lo mejor era alejarse de todo aquello. Según el nuevo Gobierno republicano se trataba de repetir las elecciones y, por tanto, según las leyes electorales podrían concurrir aspirantes distintos. Sin embargo, en una segunda vuelta, solo podrían presentarse los candidatos de febrero, que era en realidad lo que prefería el Gobierno para evitar que la CEDA pudiera mover las listas a su antojo.

La derecha, efectivamente, vio una oportunidad en la repetición si presentaban nuevos candidatos cuneros por la provincia. De esta forma conseguirían que estuvieran en el Parlamento personas significativas que no habían podido obtener un acta. Aprovecharían los buenos resultados que la derecha obtenía siempre en la provincia.

La excusa perfecta se le presentó a Alberto cuando José María Gil Robles le explicó que debían dejar hueco en las listas para personas más relevantes. Gil Robles había hablado ya del asunto con el general Fanjul; este había dejado su puesto libre para otros candidatos, y ahora le pedía lo mismo a él, por el bien de la CEDA y de España.

—Por supuesto que accedo. Ha sido una lástima, trabajamos muy duro —se justificó Alberto para que no pensara mal Gil Robles, pero cedió sin pestañear; le acababa de quitar un terrible peso de encima—. ¿A cuántos cuneros queréis meter en las listas? —preguntó Alberto.

—Por ahora es fundamental la entrada de José Antonio Primo de Rivera. Está en la cárcel de la Modelo, como sabrás. Así tendrá inmunidad parlamentaria.

—¿Ahora apoyamos a la Falange?

Alberto apretó los puños, no estaba de acuerdo con esa decisión pero no quería más problemas. Prefería mantenerse alejado de esas maniobras.

—No se trata de eso, Alberto; se trata de que las derechas debemos estar unidas. Nos están atacando y solo podemos unirnos. Ese hombre tiene que estar en el Parlamento, un orador y una figura como él...

—Yo no soy precisamente defensor de la Falange.

—Lo sé, y sé que, en tu provincia, vuestra visión de la política es diferente. No importan las siglas o el partido por el que os presentéis, ganáis igual. En Cuenca se vota a las personas, debemos tener cuidado y explicarlo bien. Es muy importante que todos cooperéis apoyando públicamente la candidatura. Si no, nos saldrá el tiro por la culata.

—Eso es bien cierto —le contestó sin convencimiento Alberto.

—Firmaréis un manifiesto o una carta de apoyo, ya veremos.

—Bien, haré lo que pueda. —Alberto pensó que de ningún modo iba a apoyar algo así y que no llegaría a firmar nunca ese manifiesto.

Como era previsible, la Junta Provincial del Censo no incluyó en las listas a ningún candidato que no hubiera obtenido al menos el ocho por ciento de los votos en los comicios anulados de febrero. Solo estimaron como candidatos a Casanova, Gosálvez y Goicoechea, dejando fuera a Primo de Rivera. La CEDA hizo oídos sordos al Gobierno y lo situó como cabeza de lista, de forma que nadie podría evitar que le votasen. Luego verían qué hacer si se impugnaban de nuevo los resultados.

Alberto tuvo que volver a Las Mesas, esta vez muy reacio a hacer ningún tipo de campaña. Asistiría a los actos indispensables para no quedar mal con su partido y sus compañeros. La situación del país no estaba como para crearse suspicacias con los suyos.

Hasta el momento solo habían recibido amenazas para que no hicieran campaña, pero el ambiente podía ponerse peor: al día siguiente llegaría Miguel Primo de Rivera para hacer campaña en nombre de su hermano y debían tenerlo todo bajo control, era más que probable que se produjeran problemas de seguridad.

—Alberto —le dijo Goicoechea—, contamos contigo mañana en Cuenca, para recibirle…

Antes de que Antonio pudiera acabar la frase, Alberto ya se estaba excusando.

—Lo siento de verdad pero acabo de llegar y mañana tengo una reunión con mi suegra. Ya la conocéis, no querréis que tome represalias contra nosotros —argumentó en tono jocoso para quitarle hierro a su negativa.

—Por Dios, esa señora da miedo; haz lo que te pida o será ella quien nos coaccione la campaña —le siguió la broma Gosálvez, que conocía muy bien a doña Enriqueta.

—Iré yo, no os preocupéis —se ofreció Casanova—. Pensaba ir de todas formas, al igual que el conde de Mayalde.

Menos mal que Alberto no fue a recibirle porque se armó una gorda y la campaña se tiñó de sangre. Unos pistoleros se apostaron delante del hotel donde se había instalado Miguel Primo de Rivera, dispuestos a intimidar a quienes pretendieran molestar al hermano del líder y a armar jaleo. Cuando comenzaron a disparar, una de sus balas hirió a una niña inocente que pasaba por allí. La policía detuvo a Miguel Primo de Rivera y a su acompañante, un capitán del Ejército. No encontraron ningún arma en su habitación, fueron trasladados a comisaría y de ahí a una cárcel de Madrid. De los pistoleros no se supo siquiera quién los había contratado.

203

Alberto se encerró en Las Mesas los tres días siguientes, que fueron muy problemáticos. Enriqueta estaba asustada ante la sucesión de mensajes y llamadas. La apatía de su yerno llegó al punto de que, si bien escuchaba y ponía cara de preocupación, no se levantaba como antes, cuando al menor problema cogía su sombrero y salía disparado. Ahora se sentaba en el patio, pensativo, y después inspeccionaba las despensas una y otra vez. Hasta que, una tarde, Alberto abordó a su suegra.

—Enriqueta, deberías ir pensando en almacenar comida. Compra azúcar, conservas, chocolate…, cosas que aguanten mucho.

—¿Para qué, si se puede saber? Si tenemos de todo.

—Por si acaso hay que quedarse aquí.

—Sandeces, yo siempre estoy aquí. Es mi casa. Tu mujer, tu suegro y yo siempre nos quedaremos aquí.

—Tú hazme caso, por si se complican las cosas. Lo mejor será no salir del pueblo, ni siquiera a La Colonia, Enriqueta.

«Definitivamente, no anda bien de la cabeza. El pobre está delirando», pensó Enriqueta, sin intención de seguir sus consejos.

204

A los pocos días, el miedo que venía sintiendo Alberto invadió la casa. Como ellos, muchos españoles temían por su vida o las de sus familias. Eran tan solo algunos exaltados los que estaban armando jaleo pero, a veces, cuando unos pocos se descontrolan pueden provocar un caos que parece mucho más terrible de lo que es en realidad.

Capítulo undécimo

1936, de mayo a julio

*E*n las elecciones parciales del 3 de mayo ganó en la provincia de Cuenca por primera vez el Frente Popular, con el triple de votos que le habían asignado tres meses antes.

A Alberto no le sorprendieron los nuevos resultados en absoluto: ante el caos, habían salido elegidos los candidatos oriundos de la provincia. Se alegró por su amigo Mendizábal. Si las cosas se calmaban le haría una visita esa semana. También habían obtenido sus actas sus dos compañeros de la CEDA, antes enfrentados, Casanova y Gosálvez. Los candidatos que no eran de la provincia, los cuneros Goicoechea y Primo de Rivera, no habían logrado los votos suficientes.

—Es totalmente lógico —explicó Alberto a su familia durante la comida—, la provincia ha votado a su gente. Creen que tanto jaleo se ha montado sobre todo por las personas de fuera.

—Tú sabes más de esto, Alberto —le contestó su suegro—. Estamos viviendo momentos difíciles y temo que no mejoren.

—Pues yo creía que con lo importante que es Primo de Rivera y el jaleo que se ha montado con su candidatura iba a tener más publicidad —intervino doña Enriqueta.

—Seguramente ha tenido demasiada publicidad y demasiada polémica —contestó Alberto.

—Los corrillos en las puertas de las casas echan humo, especialmente *anca* la Juana, que estaba muy *animao* esta mañana —contó Enriqueta, informada por Esperanza. Nada se le escapaba a esa chiquilla.

—Al menos la gente vuelve a salir a la calle—añadió Alberto pensativo.

Esa situación no iba a durar, lo veía en las caras de sus compañeros. Sabían algo; le ocultaban información, especialmente Goicoechea, que nunca contestaba a sus mensajes. Una conspiración, una sublevación estaba en el aire. No conseguía entender la desconfianza de sus compañeros.

Su relación de amistad con los del Partido Republicano Radical levantaba ahora suspicacias en sus filas, aunque esa cercanía les había venido muy bien cuando gobernaban en coalición.

Poco a poco los susurros sobre conspiraciones y sublevaciones empezaron a sonar como gritos de: «Señores, a sus puestos». Alberto esperaba que sus compañeros no estuvieran implicados. La amplia mayoría de los españoles no quería ningún tipo de conflicto, y mucho menos armado. Por lógica, la mayoría debería imponerse a la minoría. No era posible que desembocaran en una guerra civil, no era lógico.

Sus ideas iban a traerle problemas, el que está en medio siempre recibe golpes por indeciso. En su caso, el centro no era indecisión; era un lugar específico en el que uno podía colocarse con independencia de los otros lados. Estaba claro que pocos de su entorno lo entenderían. Alberto estaba ensimismado una mañana en el patio soleado de la casa cuando apareció Rafaela con una bandeja.

—Buenos días, don Alberto. Aquí tiene su desayuno.

—Muchas gracias. ¿Hay mantequilla?

—Sí, hoy ha tenido suerte —le confirmó Rafaela entre risas sabiendo cuánto le gustaba al señor la mantequilla local.

—Rafaela, ¿le importa que le haga una pregunta?

—Por supuesto que no, pregunte.

—¿A quién ha votado usted?

—Pues la duda ofende, señor... A usted, por supuesto, como siempre.

—No creo, porque esta vez yo no me he presentado, Rafaela.

—Me refería al partido de usted, me ha entendido mal, siempre voto a los suyos. Al señor Casanova, al señor Gosálvez y si hubiera estado el general también le hubiera votado... Los conozco a todos, de las veces que han venido a reunirse en esta casa.

—Es cierto, no eres la persona idónea para contestar esa pregunta. Perdona si te he molestado, estaba pensando en mis cosas.

—No se preocupe. Su hijo Albertito ya ha desayunado y está vestido, ¿le importa si viene a jugar al patio con usted?

—Al contrario, tráiganlo.

Albertito llegó de la mano de Dolores. Al ver a su padre sentado en el patio, esperándole, se le iluminó la cara.

Gracias a esa pequeña y fortuita interrupción, Alberto dejó de pensar, por unos minutos, para disfrutar con los juegos de su hijo. Albertito intentaba infructuosamente subirse a una de las bolas de piedra que adornaban el pequeño jardín.

Rafaela había observado que, día a día, don Alberto había pasado de ser un hombre pensativo a ser un hombre obsesionado. Doña Enriqueta también lo había notado, debía de tener mucha presión encima. Si ella ya se agobiaba cuando se quemaba la cena o algo no le gustaba a la señora, tener tantas responsabilidades como tenía el señor Alberto debía de ser enloquecedor. Lo que le acababa de preguntar en el patio así se lo confirmaba, decidió mientras se ataba un mandil de cocina sobre el vestido negro.

—Esta noche a don Alberto le preparas la tisana con el doble de tila —le ordenó a Aguedica.

—Madre mía, como siga así no sé qué vamos a hacer con el señor. Cada vez le cuesta más dormir.

—Por eso mismo, porque no quiero verle vagando otra vez por la casa y que nos dé un susto como el de la otra noche. Tú ponle el doble de tila y se la sirves a la hora de siempre, cuando esté escribiendo en la salita.

—No te preocupes, Rafaela; estaré al tanto. Esta noche dormirá como un bendito, no le va a dar tiempo ni a rezar un Jesusito. Tengo unas hierbas nuevas que hacen dormir de maravilla. —Aguedica se sonrió orgullosa, sus nuevas hierbas funcionaban muy bien.

—No te pases tampoco, a ver si lo envenenamos.

Rafaela se acercó a Aguedica para ayudarle a ordenar los platos que estaban recién fregados.

—No sufras, ya las he probado. Y vienen anunciadas en el periódico.

—Sí, como los crecepelos, Aguedica… ¿Y tú crees que funcionan en serio?

Esperanza rio la gracia. Rafaela miró con cara de incredulidad a su amiga, a saber qué hierbas eran esas y de dónde las había sacado.

—Hombre, pues si las anuncian por algo será…

—¡Qué ingenua eres! No me extraña que cuando vais a la compra os vendan y cuelen de todo.

Aguedica, al sentirse medio insultada, le dio la espalda a Rafaela y farfulló varias veces con mofa lo que le acababa de decir, pero Rafaela ni se percató ya se había metido a faenar en la despensa grande de la que solo ella tenía la llave.

Enriqueta hacía balance mientras paseaba sola por el campo. Alberto le había transmitido sus inquietudes y, por las últimas noticias que habían llegado al pueblo, admitió que tenía razón. Debería tomar las medidas oportunas, como tener dinero en efectivo escondido en cada casa y siempre una buena suma entre sus ropas. También habría que enrejar varias ventanas y elevar la tapia del patio exterior de Las Mesas. «Y poco más puedo hacer», pensó mirando con los brazos en jarras su campo. «Tampoco puedo evitar que entren aquí, salvo que contrate a mis propios pistoleros.» Pero esta vez de poco le serviría enzarzarse ella sola a tiros, a diestro y siniestro. Por mucho que lo intentara, sabía que no se podía proteger el campo. La frase que le vino exactamente a la cabeza fue la que solía emplear Rafaela cuando consideraba una tarea imposible: «Tan inútil como poner puertas al campo».

Además, sentía que no era ella la dueña del campo; muy al contrario, se sentía poseída por sus tierras. Siempre pendiente de sus cuidados, en una tarea interminable de preocupaciones. Un pozo sin fondo de quehaceres: que las perdices se reprodujeran, que no se exterminaran las águilas, vigilar las cosechas de trigo y cebada, estar pendiente de las temporadas de caza, de la nube de pedrisco que podría arrasar las viñas.... Si tenía que salir corriendo, todas las casas debían quedar cerradas a cal y canto. A lo mejor exageraban, pero las precauciones nunca estaban de más.

Muy a su pesar, recordó que ese mismo domingo se celebraba la fiesta de bautizo de los niños nacidos durante el año y estaba prácticamente todo el pueblo invitado. Los niños nacidos no bautizados eran una de sus preocupaciones constantes. Había demasiados en una comarca tan pequeña y era una de las pocas cosas que le causaban un sufrimiento constante.

Las campanas de la iglesia eran la principal fuente fiable de información del pueblo. Cuando sonaban «tooon-tooon-tooon», al instante se oía la voz de doña Enriqueta:

—¡Tocan a muerto! Que alguien se entere de quién es el muerto.

Y cuando replicaban «tin-ton-tin-ton», todos soltaban entonces lo que tuvieran entre manos para mirarse con recelo. A Enriqueta, este sonido, era quizá la única cosa que conseguía ponerle los pelos de punta.

—¿Acaso no oís? Tocan a gloria. Dios Bendito. —Y se santiguaba—. Alma bendita. ¡Pobre criatura! ¿Dio tiempo de bautizarlo? ¡Que alguien me diga algo! —Y azuzaba a Esperanza para que se apresurara a la iglesia y se enterara debidamente de si el niño en cuestión había sido bautizado.

Rafaela era quien llevaba personalmente los preparativos de la fiesta para los bautizos. A pesar de lo que había pasado con su hijo, ya no mostraba siempre esa cara de tristeza continua. «Es una buena mujer», decía todo aquel que la nombraba, seguido casi siempre de «¡Una pena!».

Ella sabía que era una fuente constante de cotilleo. Se había convertido en esa historia que uno cuenta a sus parientes de fuera del pueblo o cuando va a la ciudad para hacerse el interesante. Hacía años que habían dejado ya de molestarle estas conversaciones, comprendía bien que se comentara lo que le había pasado. Pero cuando creyó que empezaba a superar lo de su hijo, sucedió la tragedia de Rocío, a la que quería como a una hija más. Las había criado y cuidado a las dos desde su nacimiento, más que su propia madre.

Rocío siempre fue una niña rebelde y traviesa, pero se hacía querer. Lo que más recordaba Rafaela eran sus fugas, como si fuera una prisionera: se marchaba a escondidas cada día, a la misma hora, siguiendo siempre la misma ruta. Por eso la dejaba ir, porque sabía exactamente adónde iba, a un claro a las afueras del pueblo, allí donde hubiera más amapolas cerca del olmo blanco. Le venía bien un poco de libertad para distraerse de la personalidad asfixiante de su madre. Rafaela no podía perdonarse que la niña se hubiera suicidado. Tendría que haber ido con ella a Madrid después de la discusión con sus padres. Ella sabía lo frágil que era Rocío; lo sabía mejor que su madre, incapaz de hacerse cargo de las debilidades ajenas porque sencillamente creía que todo el mundo tenía la obligación de ser fuerte.

La criatura había muerto en soledad, en una ciudad grande y fría. Rafaela, a pesar de que ya había pasado mucho tiempo, cada día iba a rezar a la iglesia un rosario por su alma, para que la aceptaran en el cielo a pesar de haberse suicidado. La Virgen también era madre y la escucharía. Rafaela debía hacer todo lo posible para que Rocío estuviera bien en la otra vida ya que en esta fue infeliz. «Era todavía casi una niña; no sabía bien lo que estaba haciendo, seguro», le decía a la Virgen al acabar su rosario.

Dos de sus seres queridos podían estar condenados, uno por asesino y la otra por suicida; no lo permitiría, ya habían sufrido suficiente todos. Su misión desde la muerte de Rocío estaba clara: tenía que hacer todo lo posible para que los dos fueran al cielo. Dios era misericordioso y clemente; la escucharía, pero tendría que insistir durante el resto de su vida. A veces, Rafaela soñaba, a tiempo pasado, que tenía una mala corazonada y se iba en el primer autobús a Madrid, llegaba sin aliento a casa de Rocío y la abrazaba antes de que se quitara la vida. Entonces despertaba aliviada, lo único que podía hacer era rezar y soñar.

En ocasiones observaba detenidamente a doña Enriqueta intentando encontrar en ella algún indicio de tristeza o remordimientos por su hija.

Nada, ni el Día de los Todos los Santos, cuando iba a llevar flores a su tumba, acompañada de su marido y su otra hija. Mientras que para don Pepe y Milagros la visita resultaba un auténtico calvario, para ella parecía ser un simple aniversario.

—Si os vais a poner a llorar los dos, os vais por vuestra cuenta a llevar las flores —les reñía Enriqueta—. Nada de cursiladas.

Para doña Enriqueta la gente vivía y se moría, había que aceptarlo. No servía de nada sufrir por ello.

Rafaela recordaba una vez en particular que había intentado sacar el tema.

—Doña Enriqueta, perdone que la moleste..., pero es que he encontrado unos vestidos de Rocío en un baúl del trastero y no sé qué hacer con ellos. Son los vestidos de estar por casa, de soltera, incluso está esa bata rosa que tanto se ponía... —le dijo Rafaela mientras le enseñaba un montón de ropa que llevaba entre los brazos.

—Ya, ya —la interrumpió Enriqueta mirándola fijamente—, pues dalo a la parroquia, como todo lo demás. Parece mentira que tenga que repetir las cosas cien veces.

—Claro, no quería darlas sin su permiso; eso es todo. Igual decidía conservar algo...

211

—¿Para qué? No pensarás que me vista yo con esa ropa, estaría ridícula… Si quieres quedártela tú, pues hazlo, pero parecerá que vas disfrazada y dudo mucho que sea de tu talla. A Esperanza le irá mejor que a ti, es ropa juvenil.

—No, cómo iba yo a ponerme la ropa de Rocío, que en paz descanse. —Rafaela se santiguó escandalizada.

—Anda, anda, llévasela al padre Inocencio.

La única reacción que tuvo doña Enriqueta al poco tiempo de morir su hija, recordó Rafaela, fue coger un cabreo monumental con los jornaleros y despedir a la mayoría de ellos solo por haberles pillado holgazaneando en horas de trabajo. Un día normal les habría pegado cuatro gritos y quitado un jornal de paga, pero esa vez les despidió sin explicaciones. Incluso contaron que uno de los jornaleros osó replicarle que la medida era demasiado severa. Enriqueta lo cogió por el pelo y lo sacó a patadas de la era.

—Y suerte tienes de que no te pegue un tiro, mal nacido.

Su actitud contrastaba con la de su marido, un alma en pena, si no fuera por su nieto Albertito, que le alegraba los días. Don Pepe no paró de llorar durante meses y no podía ni oír pronunciar el nombre «Rocío». Su preciosa niña. Atolondrada, pero el alma de la casa. Se sentía tan culpable que no paró de repetirlo en voz alta a todo aquel que se le cruzara en el camino, hasta el punto de que su mujer tuvo que restringir y controlar sus salidas. No quería que hiciera el ridículo, ni que diera que hablar mostrando una culpabilidad que a su juicio no tenía por qué sentir. Para doña Enriqueta, su hija era la única culpable; se lo había hecho a sí misma.

Resultaba curioso que hubieran pasado los años y que el dolor, para don Pepe, no hubiera disminuido ni siquiera un poco cuando para su mujer era un simple recuerdo. Eran tan diferentes…

Las procesiones de Semana Santa de ese año se habían celebrado como de costumbre, aunque al principio corrió el bulo de que la República no iba a permitirlas. Todo el pueblo se preparó para el vía crucis.

Según el padre Inocencio, corrían malos tiempos y de gran incertidumbre. Los meseños respetaban mucho a su párroco e intentaron demostrar su gran fervor.

El Viernes Santo era el único día del año en el que doña Enriqueta cocinaba. Un día de ayuno en el que el padre Inocencio estaba invitado a comer. Enriqueta hacía su famoso potaje de garbanzos, espinacas y bacalao. Se metía de buena mañana en la cocina y no dejaba que nadie la ayudara. Todo tenía que prepararlo ella y supervisar personalmente la cocción.

Ese mismo sábado, Alberto decidió llevarse a su mujer e hijo a Albacete a tomar el aperitivo, comer e ir de tiendas. Les vendría bien un cambio de aires. Aprovechó para ir a una sombrerería y comprarle a su hijo un sombrero de paja ahora que venía el sofocante verano manchego.

Milagros estaba contenta de poder hacer una excursión con su marido porque no le hacía caso muy a menudo, siempre estaba inmerso en su politiqueo y en su trabajo. En cuanto dejaron el coche y se pusieron a pasear por el centro, Milagros lo cogió del brazo con una sonrisa de oreja a oreja. No había mujer más feliz en la faz de la tierra, pensó su marido al verla sonreír. Estaba más guapa así. Sintió una punzada de decepción cuando se sentaron en una mesita a tomar algo y Alberto intentó sincerarse sobre el miedo a una guerra. Milagros se quedó callada, mirándolo fijamente, sin seguir la conversación. El tema la asustaba.

Era en esos momentos cuando la imagen de Rosa le venía de forma más nítida a la cabeza. Últimamente pensaba en ella a diario, le daba miedo que pasara algo y no estar cerca de ella. Le gustaría poder dividirse en dos.

—Milagros, pasado mañana me iré unos días a Madrid a reunirme con los del partido.

—¿Te vas? ¿Por qué? Si ya no eres diputado —le preguntó extrañada Milagros mientras partía su bocadillo en dos con el tenedor y el cuchillo.

—Tranquila, te prometo que serán solo pocos días —Alberto esperaba que efectivamente todo fuera bien.

La visita a Madrid fue más corta aún de lo que había planeado, allí la presión política era exponencialmente mayor. La prensa nacional no hacía más que incitar la crispación, ya no había gremio que no estuviera en huelga. Sus compañeros incluso hablaban abiertamente de un cambio. No pudo confirmar sus sospechas, ni hablar con José María Gil Robles, que estaba fuera de España, en Biarritz según le dijeron. Muchos parecían estar en paradero desconocido. Por lo poco que entendió, el golpe parecía venir de fuera de la CEDA, lo que le alegró. No le gustaría haber pertenecido a un partido que fuera capaz de algo así.

Decidió mandar a Rosa a París, donde vivía su hermana. Se quedaría más tranquilo si ella estaba fuera del país, porque las continuas idas y venidas del pueblo a Madrid le estaban volviendo completamente loco.

El calor en la ciudad era tan sofocante que pudo ver a un empleado municipal regando el asfalto. Y él iba en traje…

Era 1 de julio y su mal humor cambió al entrar en la portería de su finca. Allí estaban hablando de balompié, al igual que en el bar en el que había parado después de comprar el billete para Rosa. Media España estaba pendiente del mejor portero de la historia, Ricardo Zamora, y de su posible decisión de retirarse. Una bocanada de aire fresco, el deporte. Subió las escaleras lo más lentamente que pudo pensando en cómo decirle a Rosa que tenía que dejar España.

La encontró en el salón, mirando por la ventana; seguramente le habría visto llegar. Alberto le explicó los planes que tenía para ella pero Rosa no estaba dispuesta a claudicar fácilmente.

—Alberto, si acabas de llegar —le reprochaba Rosa entre lágrimas—. Quiero estar contigo. Además, creo que estás exagerando. A lo mejor no pasa nada, como la última vez. ¿Recuerdas que quise encerrarte en el desván?

—No estoy exagerando, no te puedes imaginar lo que ha sucedido hoy en el Parlamento, casi llegan a las manos. Incluso han sacado una pistola.

—¿Qué dices? Si tú no has estado allí —se extrañó Rosa.

—Lo sé por amigos. José Calvo Sotelo dio un discurso que no gustó demasiado, los ánimos se caldearon y el tono de las discusiones subió, de un malentendido se pasó a otro. Tienes que entenderlo, Rosa. Todos saltan a la mínima, todos sospechan del de enfrente.

—¿Tan grave es? —Rosa miró a Alberto con desilusión.

—Rosa, hemos llegado a un punto sin retorno.

—¿No estarás intentando deshacerte de mí? Encima de que llevo meses sin verte, salvo alguna breve visita de fin de semana.

Rosa estalló en lágrimas, estaba cansada de luchar para poder pasar algún tiempo con él.

—No, cariño. Te lo prometo, no lo compliques más. No soportaría que nada malo pudiera pasarte. Serán unas vacaciones, estamos en julio. Te he preparado dinero para que tengas de sobra por si hay complicaciones. He comprado ya el billete. Y por favor, no te olvides de llamar a casa de mi madre dos veces a la semana.

—Claro. —Rosa le miró con algo de rencor—. Ya lo has preparado todo, sin consultarme siquiera.

—Aprovecha y cómprate ropa en París… Llevas dinero más que suficiente.

Rosa guardó silencio unos minutos sin dejar de mirarle.

—Empezaré a preparar las maletas pero prométeme que me quieres y que no es una maniobra para que acabe lo nuestro.

—Te quiero, Rosa, y te lo prometo. Me quedo más tranquilo si te acompaño yo mismo a coger el tren.

—Está bien, pero esta noche hacemos todo lo que yo quiera, incluido un paseo largo por la calle e ir al cine. Quiero ver la película *Rose Marie* de la Metro.

215

—Todo lo que tú quieras.

Alberto suspiró, tras un momento en que creyó que Rosa no iba a ceder.

A los dos días subió a Rosa en el tren y él sintió un alivio tremendo.

Enriqueta, alarmada por las noticias, decidió trasladarse a Madrid con su familia. Tenía miedo de que les pasara algo aislados en el campo y de que no pudieran defenderse; o que ocuparan sus tierras por la fuerza y decidieran pegarles un tiro sin más. Era mejor recoger todos los bienes valiosos e irse a la ciudad, como habían hecho ya la inmensa mayoría de los dueños de grandes extensiones de tierra. Antes habló a solas con Rafaela en la salita que hacía ahora las veces de despacho de Enriqueta.

—Rafaela, llevamos muchos años juntas… —empezó a decir Enriqueta titubeante.

—Muchos, señora. Yo era aún moza. Estaba entonces festejando con mi…

—Ya, ya…, no tenemos mucho tiempo. Sabes que no soy dada a las lisonjas. —Y la miró fijamente—. Cuento contigo.

Por el tono de voz de su señora, Rafaela se dio cuenta de que le estaba diciendo algo muy importante.

—Por supuesto —le contestó.

—Calla, mujer, y escucha. Se trata de la imagen del Santo Niño de la Bola. Yo no puedo llevarla conmigo en este viaje. Te pido…, no, te lo suplico: encuentra un buen escondite, ocúltalo en el sitio más impensable y no se lo digas a nadie. Que ningún mal nacido le ponga las manos encima a Él.

Rafaela no esperaba que le pidiera semejante cosa. No iba a ser fácil, todos en el pueblo se preguntarían por el paradero de la imagen. Ahora que lo pensaba algunos se ofrecerían a ayudarla.

—En el pueblo… —empezó a decir Rafaela.

—No te fíes de nadie, Rafaela, ni de tu propio padre. La imagen es lo más importante que tenemos en el pueblo y eres la única persona en la que puedo confiar.

Rafaela se quedó pensativa. Ya sabía dónde esconder al Niño de la Bola; era una barbaridad, pero nadie lo encontraría.

A Alberto le extrañó que no se hubieran traído a Madrid a su mujer. Enriqueta le contó que le entró un ataque de pánico ante la idea de abandonar la casa y prefirieron dejarla al cuidado de Rafaela. A Milagros ya no le gustaba viajar si tenía que dormir fuera del pueblo. No quisieron tampoco alarmarla más, a ella no le pasaría nada, le habían dado instrucciones y dinero a Rafaela por si se complicaban las cosas. Lo importante era Albertito. Al final le contaron a Milagros que se traían al niño a Madrid para inscribirle en el colegio, como tenían previsto. Sin embargo, en cuanto llegaron a Madrid, se fueron todos directos a una comisaría para poner al día sus pasaportes.

Si habían venido inquietos, en Madrid se acabaron de asustar definitivamente. Los asesinatos por motivos políticos estaban a la orden del día en las calles de la ciudad. Era el ojo por ojo, diente por diente. Alguien mató a dos falangistas disparando desde un coche y, en revancha, esa misma tarde murieron dos miembros de UGT. Los periódicos hacía ya días que alertaban de un inminente golpe de Estado. La gente se encerraba en sus casas intentando no llamar la atención. Cada noche, los que podían escuchaban las noticias en la radio conteniendo el aliento; todos esperaban que pasara algo que solo unos pocos querían.

Alberto asistía atónito a todos estos acontecimientos. Decidió que, antes de que se complicaran aún más las cosas y fuera peligroso viajar por carretera, volvería al pueblo en busca de su mujer. Había sido una locura dejarla allí.

El viaje se le hizo eterno, a lo mejor la sublevación ya había estallado y llegaba tarde. Seguramente estarían to-

217

dos muy asustados, tenía que llegar para reconfortarles. Alberto intentaba atar cabos por el camino; estaba claro que, en un pueblo tan pequeño, nadie iba a sublevarse. Sería solo en las grandes ciudades... Alberto era además el representante de la derecha en la zona y no solo no tenía órdenes de ningún tipo por parte de su partido sino que, aunque las tuviera, no pensaba mover ni un dedo. Además, ¿contra quién se sublevaría? Alberto no tenía enemigos y el Frente Popular de la provincia no estaba precisamente organizado. No le extrañaría que incluso si existiera en verdad un plan definido para una sublevación hubieran dejado fuera la provincia de Cuenca.

Una sensación de alivio le invadió al enfilar la recta que le conducía a la entrada del pueblo. Había llegado sano y salvo, empapado de sudor y con las manos agarrotadas de estrangular el volante. El pánico empezaba a invadirle y no le abandonaría en mucho tiempo. Era factible que, al ser un representante político de la derecha, lo confundieran con un sublevado. A tenor de los sucesos en Madrid, sabía que no lo detendrían y juzgarían, sino que le pegarían un tiro sin darle oportunidad de defender su inocencia. Podría alegar que él no había tenido nada que ver, ni siquiera indagando había conseguido información de ningún golpe de Estado y no era sino el último mono del partido. Pero le dispararían antes de abrir la boca. Ya podía imaginarlo de forma nítida: Alberto Cartero, fugitivo político a la fuerza.

Cuando llegó a la casa anochecía. Se armó un tumulto ya que, por precaución, no había avisado de su llegada. Rafaela, con muy buen criterio, había mandado cerrar a cal y canto la casa. Dejó el coche delante del portón y se apeó. Rodeó la casa hasta la puerta de servicio, que aporreó mientras gritaba: «¡Rafaela, soy yo, Alberto! ¡Abrid!».

Gritó porque sabía de la amplitud de la casa, no con intención de asustar a nadie. Pero Rafaela, que después del último noticiario de la radio había tenido que hacerse una tisana doble, se pegó un susto de muerte. Salió en bata y camisón con las otras dos criadas armadas con cuchillos de cocina y tijeras.

218

—¡Don Alberto! —exclamó Rafaela al reconocer su voz, y se apresuró a abrir la puerta.

—Siento molestaros. —Y al ver que todas llevaban camisones y rulos en la cabeza, observó—: Sí que os habéis retirado pronto hoy, qué guapas estáis a pesar de los cuchillos... Necesito abrir el portón para meter el coche.

Rafaela, Aguedica y Esperanza le miraban aún un poco asustadas.

—Ya vamos —le contestó Rafaela un poco avergonzada.

—No hace falta, gracias. Ya lo hago yo mismo. —Y atravesó la casa para abrir desde el interior los pestillos.

Capítulo duodécimo

1936, de julio a septiembre

*L*a guerra civil acababa de estallar. Las noticias eran algo confusas, todos estaban asustados y Alberto no estaba dispuesto a participar en un conflicto grave que no deseaba bajo ningún concepto.

Seguía en Las Mesas con su mujer y el servicio. Desde su llegada habían hecho acopio de comida, dinero y los utensilios que creyeron pertinentes. Alberto todavía no había elaborado un plan de acción, estaba pendiente de ver qué pasaba con la sublevación. Seguramente sería algo rápido, ya fuera porque triunfaran los sublevados o porque les parara los pies el Gobierno de la República. No podía durar mucho. Según hacia dónde fuera el viento, tomaría una decisión u otra, hablaría con sus amigos de uno o del otro lado. Pero, por si acaso, tenía que tomar medidas. Todos sabían en la zona quién era él y en qué partido militaba, así que en cualquier momento algún exaltado podría intentar matarlo. Ordenó que, por las noches, no hubiera luz en ninguna habitación. La casa debía estar bien cerrada y un vigilante contratado del pueblo la defendería. Era de fiar, lo había elegido Rafaela.

Una tarde, un coche paró delante de la casa. Todos sus habitantes se apresuraron a las ventanas para ver qué pasaba. Últimamente el silencio era tan omnipresente que se podía oír una aguja caer al suelo. Hasta la propia Milagros se contagió de la actitud recelosa de los demás y se pasaba el día callada espiando detrás de los visillos.

Alberto suspiró aliviado al ver bajar del coche a su amigo Mendizábal. Era la última persona que esperaba pudiera atreverse a visitarle. Un destacado miembro del Frente Popular llamaba a su puerta. Alberto salió a recibirle con una sonrisa en los labios:

—¡José María! ¡Qué alegría verte! Si no vienes a detenerme, claro…

—Tranquilo, por ahora no hay orden; he estado pendiente. Todos saben que estás aquí y tenemos que hacer algo pues eres de los dirigentes más importantes de la zona. Tarde o temprano alguien dirá que estás implicado y cualquiera vendrá a por ti.

—Sabía que podía contar contigo. Yo también he pensado en ello. Solo que a lo mejor todo esto se acaba ya y la sublevación queda en nada —se oyó decir Alberto esperanzado.

—Ya me gustaría, ya. Aunque el Gobierno esté diciendo lo contrario, los sublevados se están haciendo con varias plazas.

—Caramba, no me entero de nada, Mendizábal. Estoy aislado, solo oigo la radio y sus partes contradictorios. Eso demostraría que yo no formo parte de la sublevación, cualquier idiota podría verlo.

—Últimamente nadie piensa mucho, Alberto. Llevamos muchos meses de tensión, han fusilado a mucha gente que no tenía nada que ver. No solo a culpables. No lo entiendes, Alberto; el Gobierno hace tiempo que no gobierna, son las milicias las que han tomado las riendas y están bien armadas. Son incontrolables —le explicó Mendizábal.

—Mi mujer. José María, no quiero que le pase nada. —Alberto podía confiar en su amigo más que en sus compañeros de partido.

—Tranquilo. Aquí, en el pueblo, por ahora no hay peligro. Pero vas a tener que esconderte, Alberto.

Alberto se quedó pensativo, jamás hubiera creído que al final fuera necesario esconderse. Miró al cielo y se preguntó si podría estar unos días sin salir a la luz del día.

221

—Aquí no, será el primer lugar en el que me busquen —dijo Alberto tras unos segundos de silencio.

—Si te escondes bien no te encontrarán pues nadie de la zona te delatará. Pero debes ser invisible para los ojos de fuera.

—No te preocupes, José María. Ya he pensado en algo. Solo te lo diré a ti. Si ocurriera algo grave podrás encontrarme y ponerme sobre aviso. ¿Y qué ha pasado con los diputados de Centro?

—Están todos con el Gobierno, siempre han sido republicanos. —José María sabía que a su amigo no le iba a gustar la forma en que todo el mundo tomaba posiciones.

—¡Si no tienen ideas muy diferentes a las mías! Yo siempre he actuado bajo la legalidad democrática y he trabajado tenazmente en el Parlamento. Exactamente igual que ellos, así que no entiendo en calidad de qué se me ha designado un bando.

—La gente en un conflicto no atiende a razones y menos si está cegada por el odio. Antes de que explicaras lo que es el centro ya te habrían disparado. Te han puesto en el bando más lógico para un político de la derecha, tan sencillo como eso. La CEDA es derecha, de siempre.

—Me parece injusto, yo siempre he respetado las decisiones de los demás; y más aún el derecho a decidir de cada uno.

Alberto miró a su amigo con tristeza.

—Métete esto en la cabeza, el centro ya no existe. Si es que alguna vez llegó a existir y no fue un espejismo.

—Todo por lo que he trabajado era con un fin, Mendizábal, la convivencia democrática. He fracasado. Voy a ser un fugitivo triste y fracasado.

Mendizábal se acercó y le cogió por el codo en un gesto de cariño.

—Venga, no te pongas así. No sé cuándo vamos a poder volver a reunirnos y debemos atar hasta el menor detalle. ¿Qué te parece? De contraseña podemos utilizar «El centro no existe»... —Mendizábal rio de buena gana por su ocurrencia.

—Si intentas animarme, irás por mejor camino si nos

tomamos un buen whisky antes de que me lo quiten los republicanos.

—No te preocupes. Como yo soy un gran republicano, te haré el favor y me lo quedaré. Me quedaré yo con todas tus cosas, confiscaré tus bienes si hace falta—. Y Mendizábal volvió a estallar en carcajadas por su sugerencia—. Es muy buena idea. Así nadie sospechará ni tendrán nada que quitarte.

—Bueno, mejor en tus manos, que eres un republicano rico. Te doy permiso para beberte toda mi bodega y distribuir mi vino. Al menos así alegraremos los corazones de aquí hasta San Clemente.

Y, en ese ambiente de camaradería tan poco usual, especialmente viniendo ambos de bandos enfrentados, trazaron un plan. Un plan para salvar a un amigo.

Después de haber pasado unos días de preparativos de infarto, Enriqueta ya estaba camino de San Sebastián con su familia. Lo peor fue conseguir todo el dinero que no había sacado aún del banco, las colas era interminables. Aunque ella se ponía todo lo impertinente que podía e intentaba colarse, no había forma. Las otras personas que también esperaban parecían bastante más desesperadas que ellos y sacaban las uñas a la mínima. Menos mal que Enriqueta ya había estado reuniendo grandes sumas de dinero y llevaba además cosidas en la falda las alhajas más valiosas. Todas, salvo su anillo de diamantes, la joya más importante de todas.

Había entregado ese anillo a unos milicianos contratados para que recogieran a su hija Milagros en Las Mesas. Alberto le había dado las instrucciones pertinentes gracias a la ayuda de su amigo Mendizábal. Este le había recomendado a unos jóvenes de su partido en los que confiaba y les había pedido como favor personal que fueran a Las Mesas a recoger a la señora Milagros Hernández, que se había quedado sola.

Mendizábal les explicó que no sería una tarea fácil: la

223

mujer se mostraría reacia a acompañarles y entonces ellos deberían enseñarle el anillo para apaciguarla. Serviría de prueba para corroborar que efectivamente les había contratado su madre.

Enriqueta le puso el anillo en la mano al joven Andrés Rodríguez, que parecía admirar como a un dios a Mendizábal.

—Señora, no se preocupe —le tranquilizó el joven—. Se la llevaré sana y salva hasta San Sebastián.

—Allí te pagaremos mucho más de lo que vale el anillo. Y no pierdas los billetes que ha sido muy difícil conseguirlos —le recordó doña Enriqueta.

—No hago esto por dinero, señora. Lo hago porque me lo ha pedido mi amigo Mendizábal. Dice que no sois fascistas y que sería una injusticia que os pasara algo.

Los jóvenes, subidos en una pequeña camioneta, pasaron por varios controles de milicianos del Frente Popular durante todo el camino y llegaron sin problemas al pueblo.

La llegada de un grupo de jóvenes milicianos a Las Mesas fue de todo menos discreta. La gente no quería problemas y les dejaban pasar pero les miraban con recelo. Las mujeres se escondían en sus casas.

Los jóvenes supieron exactamente a qué casa se dirigían gracias a la sencilla descripción que les habían dado: la más grande en la calle de la iglesia. «Esta casa siempre será un blanco —valoró Andrés mientras daba un rodeo para encontrar la puerta de servicio—, resulta demasiado ostentosa.» Por el anillo que tenía guardado en el bolsillo interior de su chaqueta, aquella familia debía de ser muy rica.

Andrés sabía que tardarían en abrir y aporreó la puerta insistentemente. Por el camino habían ido contando a todo aquel que se interesaba por ellos que traían órdenes de Madrid para detener a la mujer de un destacado miembro de la derecha. Con su detención podrían hacer presión sobre el fugitivo en cuestión para que se entregara.

Pero cuando les abrieron por fin la puerta, no necesitó

más que contar la verdad. En la casa debían ya de estar avisados de que alguien vendría a recoger a la señora Milagros. Rafaela, que se presentó como la encargada de la casa, fue quien medió con él en todo momento. Parecía proteger a la mujer que habían ido a rescatar. Les hizo pasar a la cocina y allí les ofreció vasos de leche con lo que quisieran comer. Después les presentó a la señora Milagros, a la que le explicó la situación varias veces, despacio y con mucha paciencia.

—Hija, no te asustes. Estos buenos chicos han venido a buscarte para llevarte con tus padres y tu hijo.

—¿Están lejos? —preguntó Milagros con una mueca de desagrado.

—Sí, pero estarás a salvo; van a cuidar de ti todo el rato.

—¿Y tú?, ¿no vienes? —volvió a preguntar Milagros con desconfianza.

—No, alguien tiene que quedarse aquí, en el pueblo, a cargo de todo.

—¿Y mi marido? ¿Alguien me va a decir por fin dónde está?

A Milagros no le habían revelado el paradero de Alberto como medida de seguridad porque fácilmente se le podía escapar.

—No, tu marido está lejos, no sabemos dónde —dijo Rafaela en voz alta y mirando fijamente a los jóvenes para dar sensación de seguridad en lo que estaba diciendo.

Milagros volvió a fijarse en los chicos que esperaban en la cocina. Se acercó aún más a Rafaela para abrazarla.

—Tengo miedo. No les conozco, Rafaela.

Rafaela puso buena cara para que la joven sintiera que todo iba bien, que no había nada que temer. Tendría que mentirle.

—Sí, mira, este es Andrés y es amigo de la familia, ¿Verdad, Andrés? —E instó a este a asentir con la cabeza.

Andrés, que estaba sentado comiendo magdalenas, entendió que debía seguirle la corriente o nunca se irían de allí.

225

—Sí, sí. Muy amigo de su madre —confirmó mientras se daba cuenta que a Milagros le costaba comprender.

—Mira, tiene el anillo preferido de tu madre, ya sabes que ella no se lo deja a cualquiera... —siguió Rafaela engatusándola por su bien.

—¿El anillo grande? —exclamó extrañada Milagros. Su madre no le dejaba ni tocarlo por si lo extraviaba.

—Sí, toma. —Andrés se lo mostró y enseguida se lo puso a Milagros en la palma de la mano—. Ahora lo guardarás tú, para devolvérselo a tu madre cuando lleguemos.

—Ya tengo sus cosas preparadas —les interrumpió Rafaela—. Solo tiene que vestirse para el viaje. Ahora mismo volveremos, comed tranquilos y coged lo que queráis de la despensa; está enfrente.

—Muchas gracias, señora —contestaron todos al unísono.

A Andrés le gustó Milagros desde el principio. Sintió una oleada de simpatía y dulzura hacia ella de forma casi instintiva. Ahora el rescate cobraba más sentido aún, sería un caballero custodiando a una damisela en apuros. El viaje no daba para tanto pero era un joven con mucha imaginación.

Todos fueron hasta la camioneta para subir a la joven, Andrés se sentó a su lado y, cuando arrancaron, se sorprendió al sentir la mano buena de Milagros apretujando la suya.

—No me gusta viajar. —Le miró asustada mientras giraba la cabeza para ver por última vez a Rafaela.

—No se preocupe usted, un servidor no dejará que le pase nada —se ofreció Andrés muy serio. Pensaba cumplir con su palabra.

Antes de subir a la furgoneta, Rafaela había apartado a Andrés para explicarle rápidamente ciertas particularidades del comportamiento de Milagros.

—Trátala con dulzura, no la asustes ni le levantes la voz. Es muy sensible. Estate siempre pendiente de ella.

—Así lo haré, señora —le prometió un tanto sorprendido, no entendía la causa exacta de aquellas indicaciones. No debía de ser solo por su mano.

El viaje fue rápido, pero a la entrada de Madrid les paró un grupo de milicianos. Por suerte, Andrés conocía a uno de ellos de vista y le explicó que habían detenido a la mujer de un importante político y abogado del Estado que estaba en paradero desconocido.

—Tengo órdenes de conducirla inmediatamente al Ministerio de la Seguridad —le mintió Andrés convincentemente.

Les dejaron pasar sin ningún problema, solo les preguntaron si habían tenido algún percance en el camino con el bando sublevado. A Andrés no le apetecía ponerse a charlar pero tenía que disimular y ser amigable para no levantar sospechas.

—Ninguno. Que yo sepa, por allí no hay ningún destacamento militar importante que pueda sublevarse.

—Ya, entiendo —asintió su interlocutor—. La sublevación se ha dado en ciudades con mandos militares: Canarias, Madrid, Valencia, Zaragoza, Barcelona... Unos ingenuos si creen que van a poder con todo el pueblo. El Gobierno dice que estamos ganando y sofocando la rebelión.

—Me alegra oírlo, camarada. Pero tenemos que seguir nuestro camino —atajó como pudo la conversación.

Por fin llegaron a la estación. Era un maremágnum de colas interminables y personas cargadas de bultos intentando encontrar un billete. Andrés se despidió de sus compañeros.

Echó un vistazo a su alrededor para hacerse una idea de la situación. Se encontraban rodeados de gente y los trenes estaban mucho más al fondo. Por lo visto, adquirir un boleto para viajar era tarea imposible, menos mal que tenían a buen recaudo los dos billetes que había conseguido Enriqueta.

Milagros sintió que Andrés la cogía de la mano para arrastrarla entre el gentío. No era fácil avanzar. Oyeron comentar que los billetes llevaban semanas vendidos, y Andrés no pudo evitar tocar su bolsillo por enésima vez a ver si seguían allí. La gente estaba desesperada por un billete, podrían incluso robárselos.

No se podía imaginar cómo diablos se habría hecho con los billetes aquella mujer que le había contratado. Habría tenido seguramente que pagar una fortuna o a saber qué métodos habría utilizado.

San Sebastián parecía ser el destino más buscado así que empezó a sentirse afortunado, a pesar de que él no tenía ninguna necesidad de marcharse.

La mayoría de los viajeros con billete estaban ya en la cola frente al revisor aunque todavía faltaran tres horas para la salida. Eran todas personas bien vestidas y con maletas de calidad. Andrés distinguía a la gente rica cuando iba de viaje por sus maletas, porque para viajar en medio de un conflicto bélico se vestían todos de la forma más sencilla posible para pasar desapercibidos. Los ricos llevaban en general buenas maletas de piel.

—Los ricos salen corriendo —señaló a Milagros mientras se ponían a la cola.

—Como nosotros —contestó Milagros avispadamente, mirándole como divertida.

Milagros había cogido cariño a Andrés; le gustaba cómo la trataba, cómo le hablaba con dulzura. Sobre todo le gustaba la forma de cogerle la mano, con seguridad, sin soltarla. Nadie salvo su madre y su hermana la habían llevado cogida así. Su marido, en los pocos paseos que daban, la cogía por el brazo. Le gustaba la mano del chico. Era fuerte y algo áspera. Viajar estaba resultando mucho más divertido de lo que había imaginado. Pensó que probablemente ahora tenía un amigo, como le pasaba a su marido con la tal Rosa.

Andrés no se sintió tranquilo hasta que estuvieran sentados en el vagón. Mientras ayudaba a Milagros a subir se fijó en la aglomeración de personas que intentaban colarse y subir al tren.

Justo unos minutos antes, un señor se había dirigido a él mientras estaban en la cola. Andrés iba vestido de faena y con unos billetes, debía de parecer alguien fácil de sobornar.

Le ofreció una suma desorbitante por los dos billetes.

Si no hubiera sido por su lealtad a Mendizábal, seguramente habría aceptado el dinero; buena falta le hacía. Pero no dudó ni un segundo en rechazarlo. Tenía que sacar de allí a Milagros y llevarla con su familia. La guerra había estallado y era mejor que ella estuviera a salvo.

A doña Felicidad le gustó desde el principio el plan de su hijo y se alegró de que contara con ella. Alberto volvía a casa.

Desde que se había casado tenía la impresión de que Alberto la había dejado un poco de lado.

Ella, de todas formas, al contrario que su consuegra, no tenía ninguna intención de abandonar el pueblo. Era feliz allí y estaba convencida de que las repercusiones bélicas serían mínimas. El único problema serían seguramente los suministros y las comunicaciones, por eso debían planificarse bien.

Emilio se encargó personalmente de todo, habría hecho cualquier cosa por su señora. Alberto se personó en la casa antes de caer la noche y le mandó tapiar dos habitaciones del primer piso, cada una en un extremo opuesto, en cuanto hubiera oscurecido.

—¿Las dos, señor? —vaciló Emilio sin comprender muy bien el fin.

—Las dos y tendrás que hacerlo tú mismo, cuantas menos personas sepan lo que está pasando mejor.

Emilio lo pensó bien, era imposible que él solo hiciera en unas horas algo que nunca había hecho.

—Si hay que ir rápido como usted dice tendrá que ayudarme mi hermano Ofelio. Yo no sé mucho de levantar paredes, pero él sí —le propuso Emilio al final.

—Está bien, pero nadie más, ¿entendido?

Esa misma noche todos se pusieron manos a la obra. Alberto se encargó de hacer viajes discretos desde Las Mesas para traer comida, latas, ropa, velas, jabón y aceite en su propio coche. Rafaela, ayudada por Esperanza, ayudó a cargar los bultos.

229

Emilio y su hermano tapiaron las habitaciones. En la primera dejaron los muebles, los espejos y las lámparas más valiosos de la casa. Los seleccionó uno por uno la propia Felicidad. La segunda habitación sería la que escondiera a Alberto.

La eligieron de forma estratégica ya que la pared del fondo daba al tiro de la chimenea del saloncito del piso inferior. Agujerearon la pared dejando un hueco de medio metro, por el que se podrían subir cosas hacia la habitación sellada. Idearon un improvisado elevador consistente en una pequeña caja de madera que se desplazaba con poleas.

Dentro colocaron una cama, un escritorio, un orinal, una silla, un mueble con palangana para el aseo y una estantería con libros. Antes de acabar, Emilio debía llamar a Alberto para que entrara en la habitación. Ofelio pensó que era el encargo más raro que había hecho en su vida, emparedar con vida a una persona. Pero su hermano no parecía dispuesto a dar ningún tipo de explicaciones al respecto.

Sería Emilio quien, personalmente y siguiendo las instrucciones de Alberto, le llevara diariamente comida y le cambiara el orinal. Pero el plan no acababa allí, también había que esconder a Felicidad.

A Enriqueta le había costado casi todo el dinero que tenía en efectivo el viaje a San Sebastián. Se le había hecho interminable, se sentía responsable de su familia y por primera vez se sintió algo insegura. Tenía que cuidar de su marido y de su nieto. No habían hecho nada malo, pero durante todo el trayecto se sintió como una perseguida.

Ya en el tren, cada vez que se acercaba a ellos algún desconocido, se llevaba la mano instintivamente a la pistola de nácar que guardaba bajo la falda, por debajo de la rodilla pero encima de la media. Estaba sujeta a una innovadora funda con unas correas que rodeaban su pierna. Habría disparado si hubiera hecho falta sin pestañear.

Afortunadamente, no fue así y pasaron desapercibidos. Unos abuelos que se exiliaban con su nieto.

Su calvario no acabó al llegar a San Sebastián. Dudaba sobre si cruzar la frontera, pero había quedado allí con aquel joven miliciano para que le trajera a su hija y San Sebastián había sido de las primeras ciudades en caer. Estaba segura de que los sublevados, la derecha, iban a ganar aquel conflicto armado. «Además —pensó tocándose la pierna—, ya no estoy tan joven y el viaje ha supuesto un calvario.» Aunque no se hubiera quejado ni una sola vez.

Felicidad se cambió las ropas por las que serían habituales en su nueva vida. Estaba muy emocionada, jamás pensó que a su edad podría sentirse como una quinceañera. Se iría a vivir a la casa de su encargado, como si fueran una modesta familia. Ella sería su mujer, la excusa que llevaba años esperando para vivir con quien ella quería. Viviría sin los lujos a los que estaba acostumbrada pero le encantaba la idea de dejar de ser doña Felicidad. No le gustaba su identidad de mujer abandonada y solitaria.

Emilio era una persona sencilla y muy querida en Belmonte. Nadie le haría daño. Aun así, por si las moscas, debería intentar salir a la calle lo menos posible. Vivirían en la casa que tenía a las afueras del pueblo y que apenas utilizaba porque lo hacía normalmente en la del patio de doña Felicidad.

Estaba cerrando las bolsas con los bultos con sincera ilusión, se convertiría en la esposa de Emilio. Una idea que hasta el momento había sido completamente descabellada. Jamás habría obtenido el beneplácito de su hijo, ni de la gente del pueblo para vivir con alguien que no era su marido. Y eso a pesar de que ella se sentía como si no se hubiera casado nunca y era injusto no poder hacerlo de nuevo. La Iglesia, su Iglesia, a la que tanto tiempo había dedicado, jamás se lo consentiría. La gente, a buen seguro, se burlaría de semejante despropósito a su edad, siendo ya abuela.

231

«Bendito conflicto, que me ha permitido cumplir mis sueños.» Nada más pensarlo, sintió una punzada de remordimiento: cada día morían personas y estaban a punto de emparedar a su hijo en una minúscula habitación a saber para cuántas semanas o meses. Eran sensaciones contradictorias pero no podía evitar lucir una sonrisa en los labios mientras trabajaba en los preparativos.

Su hijo entró en la habitación para despedirse.

—Un beso, madre. No os olvidéis de mí —le dijo Alberto en un intento de quitar hierro al asunto.

—No te preocupes, todos los días tendrás tu plato de garbanzos —le contestó Felicidad siguiéndole el juego.

—¡Garbanzos! Ni se te ocurra aprovecharte de que estoy encerrado, no conseguías que me los comiera de niño y no vas a hacerlo ahora.

Alberto se acercó a darle un beso a su madre en la frente.

—No hace falta despedirse, hijo, si voy a tener noticias de ti cada día por Emilio. Pero no vendré aquí, como bien dices, para no levantar sospechas.

Ahora Alberto se puso serio, las cosas no eran tan fáciles, todo podía salir mal.

—Madre, sé por Mendizábal que me están buscando…

—No te preocupes, antes de encontrarte tendrán que vérselas conmigo. Sé disparar al menos igual de bien que lo hace tu suegra. Ahora que recuerdo, de pequeña tenía bastante puntería.

Alberto la ayudó a cerrar las maletas y las bolsas. Ya habían recibido el aviso de Emilio y tendrían que darse prisa, había amanecido.

Felicidad vio desaparecer la cara preocupada de Alberto al poner los últimos ladrillos. No sabía cuándo iba a volver a verle.

La casa debía quedar cerrada y Felicidad simularía que se iba del pueblo en su carro de caballos. Todos tendrían la imagen de su marcha. Nadie podría sospechar que Alberto se quedaba allí escondido sin ningún tipo de ayuda.

Ni su núcleo más cercano conocía el paradero de Alberto. Solo que ella no quería abandonar ni al pueblo ni a

Emilio. Era un escándalo que evidenciara así su extravagante relación, pero la preocupación por la guerra atenuaba la noticia. Emilio se encargó de apaciguar y preparar las aguas en su entorno.

Primero había que cimentar la coartada. Por encima de sus ropas sencillas, Felicidad se enfundó el mejor vestido que tenía con sus joyas más vistosas. Como era su costumbre, se puso a las riendas del coche de caballos. Se despidió de su encargado y de su servicio indicando que volvería cuando la situación se normalizara y la guerra hubiera terminado.

A las afueras del pueblo paró discretamente en una casona deshabitada y le dio las riendas del coche a un mozo contratado para llevarlo a su casa de Albacete. «Un plan sin flecos», pensó mientras enterraba su vestido y sus joyas en un agujero en la tierra.

Por si acaso los necesitaban en el futuro, contó exactamente los pasos horizontalmente desde la casa y perpendicularmente a un árbol cercano. Ella misma cavó y tapó el agujero. Luego se sentó a esperar con la tranquilidad de haber cumplido con su trabajo. Aun así sintió que le faltaba algo por hacer. Pensó durante un rato qué sería y, cuando lo recordó, sacó el pañuelo y se lo puso en el cabeza, anudado debajo de la mandíbula. Emilio se lo había dado entre risas la noche anterior.

—Es el detalle que definitivamente te hará del pueblo. Y te protegerá del sol, ahora que tendrás que andar al no tener carro. Míralo por el lado bueno; así no tendrás que cuidarte tanto el pelo, siempre con ese moño estirado... Podrás dejártelo suelto y solo recogido con el pañuelo.

Andrés y Milagros llegaron sanos y salvos a San Sebastián. Enriqueta le había dado instrucciones de preguntar por ella en los tres hoteles principales de la ciudad. Andrés se aseguró de no llamar demasiado la atención, era una zona ocupada por los rebeldes. Tenía que hacerse pasar por un simpatizante que ayudaba a una joven madre a volver con su familia.

Tuvieron que andar mucho, pero a Milagros no le importó. Se lo estaba pasando bien a pesar de que entendía que la situación no acompañaba su entusiasmo. Se reprochó haber sido tan tonta al recelar de emprender el viaje. San Sebastián era con mucho la ciudad más bonita que había conocido.

Tuvieron suerte en el primer hotel.

—¿Doña Enriqueta López?

—Sí, está hospedada aquí.

—Es mi madre —le comunicó Milagros alegremente al encargado—. Mi hijo está con ella.

—Es un niño adorable. Ahora mismo mando avisar a su familia.

Fue su padre quien primero llegó y abrazó a su hija. Enriqueta suspiró de alivio al verla, otro peso que podía quitarse de encima.

La despedida de Andrés fue rápida. En el mismo recibidor Enriqueta le agradeció sus servicios y le pagó. No le dio tiempo de despedirse bien de Milagros, pero se alegró mucho de que estuviera a salvo con su familia. Se la veía feliz. Andrés prometió que le escribiría.

Milagros no tuvo tiempo de entristecerse por su partida; su única preocupación era abrazar a su hijo, que jugaba ajeno a todo en las habitaciones de la familia.

A la semana de encerrar a Alberto en la alcoba tapiada ya habían conseguido establecer una especie de rutina. Se levantaban antes del alba y Felicidad se ponía a cocinar un puchero para ese día, con patata, verduras y una carne diferente dependiendo de la despensa.

Hacía años que Felicidad no guisaba, tenía una cocinera estupenda que lo hacía por ella, pero estaba encantada con su nueva faena. Un cambio radical de vida. Al acabar, preparaba la cena de su hijo, un refrigerio frío, a base de un embutido de cerdo acompañado por tostada de harina o pan, según el día. Como le encantaba la leche, añadían una botella de litro.

Antes de que se hiciera de día por completo, Emilio entraba sigilosamente por la puerta de servicio en la casa grande, que estaba dentro de un patio pequeño que hacía un recoveco, así que una vez dentro del patio era imposible que le vieran desde fuera.

Ya dentro se dirigía al hueco de la chimenea y pegaba una pequeña voz para indicar su presencia.

Alberto se apresuraba entonces a hacer bajar su orinal y Emilio lo vaciaba en los árboles del patio trasero. Después hervía un poco de agua, Alberto se había negado a asearse en la palangana con agua fría. «Menuda complicación —pensó—, vaya señorito de ciudad, so *jodío*».

Le hacía llegar el cubo también a través del tiro de la chimenea aunque la mitad del agua se derramaba por el camino dado el precario equilibro de la caja donde se apoyaba.

Para Alberto era el mejor momento del día: se vestía, se aseaba y se afeitaba como si fuera a salir al cabo de un rato. Lo hacía lentamente puesto que no tenía nada mejor en qué entretenerse y además le reconfortaba que hubiera otra persona en la casa. Le hacía preguntas a Emilio a pesar de que, para entenderse bien, debían levantar mucho más la voz y por ahora no se atrevían.

Se interesaba cada mañana por Felicidad; le gustaba poner en una posición incómoda a Emilio, imaginárselo sonrojado. Incluso cuando planearon los tres cómo esconderle y le dijo a su madre que se fuera a vivir a casa de Emilio, Alberto no hizo alusión directa a su relación; quedaba sencillamente implícita. Tenía pocas diversiones en esa habitación así que debía aprovechar cada momento y el único blanco que tenía era él, Emilio. Alberto hacía tiempo que había descartado por completo que Emilio fuera su padre, pues había llegado al servicio de su madre después de que él hubiera llegado a la casa. Aunque no le hubiera disgustado, aquel hombre siempre le había cuidado y tratado como a un hijo.

235

Luego le preguntaba por la guerra, por cómo iba todo. Se ponía nervioso con los pocos conocimientos de política que tenía el hombre. Para Emilio solo existían grises y rojos, fascistas y republicanos. Le exasperaba que no supiera contestarle quién era el presidente del Gobierno actual ni tampoco el ministro de la Guerra.

—Pero qué más le da —le contestaba Emilio—. Si usted sabe más que yo, no sé *pa* que me pregunta.

Alberto daba vueltas por la habitación haciendo todo el ruido que podía para mostrar su enfado.

—Es fundamental que estéis al tanto de todo, llevamos ya semanas encerrados —le riñó Alberto alzando la voz más de lo que era prudencial.

—Encerrado usted, yo no —le contestaba con el mismo tono Emilio para pincharle.

—Ya, ya. Aun así, las noticias de la radio son confusas. El Gobierno asegura que está acabando con los sublevados. Pero la cosa parece que dura y no les debe de ir tan bien puesto que han venido tropas sublevadas desde África hacia la Península. ¿Sabes qué significa eso?

Emilio estaba apoyado en la chimenea escuchándole sin mucho interés, otra vez iba a darle una de sus lecciones absurdas.

—Seguro que me lo va a explicar usted, señor…

—Significa que no son unos sublevados cualquiera, son tropas muy bien entrenadas las de África. Y esto va a durar.

—¿Así que ganarán los suyos? —le preguntó esta vez interesado Emilio.

—¿Los míos? —se extrañó Alberto.

—Sí, los fascistas.

—Yo no soy fascista, soy de derechas. —Alberto lo pronunció despacio, con cansancio, otra vez la discusión de siempre, la misma que tuvo con Mendizábal, la misma que mantenía en el Parlamento.

—Pues siento decirle que es lo mismo. Usted no es rojo, así que es del otro bando. Además, por eso está escondido, porque los republicanos le buscan.

Alberto se sintió muy desgraciado; no podía contraargumentar con convicción, él, que era político y abogado, a un empleado sin estudios. Empleado muy querido, pero sin ninguna formación académica.

Después de la conversación que mantenían cada día, Emilio se apresuraba a subirle la comida. Así le cortaba porque el señor Alberto era capaz de tenerle allí enredado con el politiqueo todo el día.

Emilio ya tenía suficiente con las últimas noticias de fusilamientos en Villarrobledo. Tan cerca del pueblo, ¿quién no temía por su vida? No le había dicho nada a Alberto porque se lo había prometido a Felicidad. No podía contarle nada que pudiera preocuparle o afectarle, estar encerrado ya le deprimía bastante como para sumarle la desgraciada realidad externa.

Todos tenían miedo, mucho miedo. Y Emilio, más, de que alguien lo descubriera todo o delatara a Felicidad. Por si acaso dormían con una escopeta y un cuchillo debajo de la cama. Al principio, cuando conoció el plan, Emilio se preocupó por el cambio de vida que tendría que sufrir Felicidad; jamás pensó que ella iba a estar tan contenta. Esa mujer nunca dejaría de sorprenderle.

Se estaba tomando muy en serio su papel de esposa; no hacía falta que barriera, ni cocinara, ni hiciera las camas. Él había contratado a su sobrina para que se hiciera cargo de las tareas del hogar, sobre todo porque Felicidad ya tenía unos años... Pero el caso es que había rejuvenecido y la guerra, el hambre y la muerte no parecían asustarla. Al contrario, la mujer se mostraba muy segura de sí misma. «El amor ciega», concluyó Emilio, para quien la situación no estaba tan clara. A Emilio toda aquella situación le parecía mucho más compleja de lo que se lo estaba pareciendo a Felicidad, que parecía no darse cuenta del peligro.

Empezaban a no llegar suministros al pueblo, aunque todavía podrían autoabastecerse durante varios meses. Si las noticias alarmistas eran ciertas, habría cartillas de racionamiento, y entonces tendrían que sacar comida para Alberto sin llamar la atención. Seguro que, entre todos, en los que incluía a su familia, se arreglarían para dar un poco de lo que le tocara a cada cual.

Alberto se sentó en su escritorio con la intención de aprovechar aquel tiempo para ponerse a escribir. Cada noche rezaba para que su familia estuviera a salvo, era un alivio tener una suegra como la suya en momentos como aquel, seguro que Enriqueta había puesto a su mujer e hijo a salvo. También rezaba por Rosa, aunque sabía que estaría sana y salva.

Había pensado escribir sus memorias pero ya cuando empezó a relatar sus orígenes se puso muy nervioso tratando de discernir la verdad que no conocía.

Su principal escollo era que no sabía nada de su nacimiento. Recordó una vez que se armó de valor para preguntar a Felicidad el nombre completo de su supuesta madre biológica, la que ella contaba que murió al dar a luz. Y Felicidad le contestó que no lo recordaba con exactitud. ¿Cómo no iba a acordarse de algo así?

Una persona sin pasado, solían decir, difícilmente tenía un futuro. Alberto pensó que en su caso no era cierto pues había demostrado, sobradamente, que uno se hacía a sí mismo con independencia de quiénes fueran sus progenitores: un rey, un obispo, un mendigo, un banquero…; daba igual, él era quien era. Hasta ese encierro su nacimiento no le había supuesto un gran enigma. Y ahora lo era porque estaba sin nada que hacer salvo pensar. Cuando acabara la guerra, que sería pronto, investigaría sus orígenes.

Decidió entonces dedicar su mucho tiempo disponible a tejer relatos sobre conceptos que le interesaban: la democracia, la monarquía, el Parlamento, las leyes que algún día querría llevar a debate, la economía… Cualquier tema que le llevara a tener ocupada la mente durante horas.

Evitaba pensar en la guerra o en lo que le había dicho Emilio. Él no había elegido un bando pero sí que estaba en uno. Era un político de la derecha; sin embargo no deseaba otra cosa que regresar al estado anterior de democracia, sin dictadores, sin militares.

Su mayor deseo era la paz, pasear libre por el campo,

conducir su coche y llevar de copiloto a su hijo. Cada día pensaba en él, en lo que se estaba perdiendo, en las muchas cosas que quería enseñarle. Hizo una larga lista de los temas de los que le hablaría cuando fuera algo mayor, si salía de allí con vida.

Lo más lógico sería estar con la mayoría de los suyos, eso le situaba en el lado de los sublevados. Tenía que aceptarlo. Sin más remedio. Pensó que a la inmensa mayoría de españoles les habría pasado lo mismo que a él, les habrían colocado en un lado o en otro dependiendo de a quién hubieran votado o de sus relaciones personales.

Alberto, como político, tenía claro que solo los extremos les habían llevado a una guerra. La gente en general no quería una confrontación abierta.

Por un lado, estaba la izquierda republicana y por otro, la Falange, en un esquema muy simple. Los demás grupos habían ido posicionándose en ese enfrentamiento ideológico tradicional, izquierda *versus* derecha, sin tener en cuenta que millones de españoles estaban entre esos dos polos opuestos. Inmensa tierra de nadie fácil de abrasar.

239

Alberto solo podía hacer suposiciones de lo que estaba ocurriendo fuera. Contrastaba lo que él creía que estaba pasando con lo que a él le gustaría creer que sucedía. Y aun así no se acercaba a la realidad.

Imaginó el peor escenario, en el que creciera el odio de unos contra otros y se contagiaran como si de una epidemia se tratara… Se matarían entre ellos. «No puede ser.» Pensó entre sudores en Gosálvez y Mendizábal, luchando también. «Dos personas que han trabajado juntas codo con codo, y a las que aprecio tanto, cómo podrían odiarse hasta ese extremo.» No, no iba a ponerse en lo peor. Estaba delirando, el encierro empezaba a afectarle.

Dios no lo permitiría, rezaría cada noche por ello.

Capítulo decimotercero

1937

*U*na intensa niebla que venía siendo ya demasiado habitual cubría los bordes del polvoriento camino. Parecía como si se estancara por momentos. Era pronto, en dos horas habría desaparecido completamente y le facilitaría el trabajo.

No estaba claro a qué bando pertenecía aquella zona y ellos estaban dispuestos a defenderla como zona del Gobierno de la República. Isidro tenía la impresión de que el bando sublevado estaba haciéndose por completo con el país, pero la guerra todavía no había concluido y no estaba ni mucho menos todo dicho.

El ruido de un vehículo de motor, raro en aquellos parajes, despertó a Isidro de sus ensoñaciones.

—Chicos, en pie. Preparados.

Los llamaba «chicos», porque él era el mayor, como indicaba su pelo canoso. No tenían muy buena pinta. A pesar de estar aseados, la barba, las ropas que vestían sin coherencia ninguna y las armas les hacían parecer malhechores muy a su pesar.

—¿Quién anda ahí? ¡Pare! ¡Documentación! —su voz sonó fuerte y autoritaria, tal como él quería—. Identifíquese.

Un hombre todavía joven bajó del vehículo, pálido y nervioso. Por sus ropas era imposible saber de qué lado estaba, ni cuál era su posición económica.

—Mi nombre es Alberto Cartero y estoy de paso.

Tome. —Le extendió sus papeles—. Por favor, déjenme continuar mi camino.

Un sudor frío invadió a Isidro, conocía bien ese nombre. Hizo un gesto a sus hombres con el fusil para que le registraran y rodearan. Ese hombre era un peligro, llevaban tiempo buscándolo. No lo conocía físicamente, pero su hermano había trabajado durante años en su finca.

—Así que por fin ha aparecido, don Alberto...

—¿Aparecido? —El hombre palideció al caer en la cuenta de que algo no iba bien—. Tiene que tratarse de un error...

Cometió la enorme imprudencia de hacer el gesto de zafarse de sus captores. Isidro le dio un golpe con la culata y le obligó a arrodillarse.

—¿No has dicho que eras Alberto Cartero?

—Sí, el mismo. No tengo por qué mentir.

Isidro le disparó en la sien sin titubear. No podía apresarle, no porque no contara con los hombres suficientes, sino porque con el caos reinante no sabía siquiera ante quién llevarlo. Disparar sin pensar no había sido un buen acto, pero era lo más práctico dadas las circunstancias.

241

La situación en el pueblo se estaba complicando mucho. Rafaela tenía que tomar decisiones. Seguían los tres en la casa grande, su marido, Esperanza y ella. Esperanza estaba muerta de miedo, lo mejor era abandonar la casa.

Rafaela los reunió en la cocina, donde realmente hacían vida.

—Hoy mismo nos vamos de aquí.

Esperanza se asustó.

—¿Y adónde iremos? Es mejor no viajar y quedarse escondidos.

—Tranquila. —Rafaela le puso una mano en los hombros y miró a su marido—. Nos mudamos a nuestra antigua a casa, los tres. Es muy pequeña pero pasaremos desapercibidos. Es mucho mejor escondite.

—¿Y qué haremos con la imagen del Niño? —la interrumpió su marido—. No podemos llevarla con nosotros, ni cargarla a cuestas por ahí.

—No os preocupéis. Ya he pensado en todo. Mañana mismo nos mudaremos, pero antes la esconderemos aquí, en un sitio que nadie encontrará.

Esperanza pensó en la imagen. Era demasiado grande, esconder algo así era difícil.

Rafaela se adelantó a sus pensamientos:

—Vamos a enterrarla en un lado del jardín, lo más profundo que podamos.

—Eso... es una locura. No sé si a la Iglesia le parecerá bien; se romperá, se destrozará al estar enterrada. Lloverá...

—Lo sé, nos arriesgaremos. Es la única solución. Buscad palas. Cavaremos esta noche.

Milagros esperaba cada día la llegada de una carta de Andrés. Al principio había recibido varias, pero hacía unos meses que no tenía ninguna noticia de él. Estaba muy preocupada, temía lo peor. Tuvo que armarse de valor para buscar a su madre y mostrarle sus inquietudes. La encontró sentada en el patio, leyendo la prensa. Enriqueta había cambiado mucho, seguía teniendo la misma energía pero se la veía muy preocupada al no conocer de primera mano la evolución de la guerra en Las Mesas.

Como tenía mucho tiempo libre, Enriqueta se dedicaba más a su imagen personal que en Las Mesas. Ese día llevaba un traje sobrio, de color granate, anticuado pero con una estudiada e imponente elegancia. Un cuidado moño alto completaba su imagen.

Levantó la vista y se irguió, como si Milagros la hubiera pillado desprevenida y demasiado relajada.

—Hija... —fue todo lo que le dijo, y volvió a enfrascarse en las noticias.

—Madre, me viene bien que esté usted leyendo... ¿Hay alguna noticia importante?

Doña Enriqueta la miró con interés, su hija había espabilado mucho en los últimos meses.

—Todo va bien, el bando nacional está ganando la guerra. En poco tiempo estaremos de regreso en casa, tengo ganas de volver y asegurarme de que todos en el pueblo están bien. —Frunció el ceño con preocupación, demasiadas arrugas habían invadido su rostro.

—¿Y qué pasará con los republicanos, madre?

—¿Los republicanos? Menuda pregunta tonta haces, hija. Los que no hayan muerto irán derechos a la cárcel.

Justo lo que Milagros pensaba: si Andrés no estaba muerto, lo encerrarían de por vida. Tuvo que sentarse.

—Pero ¿por qué te pones así?

—Por mi amigo Andrés, es republicano, no quiero que le pase nada. Seguro que puedes ayudarle, madre. Tienes muchos contactos...

Milagros había madurado, sin duda.

—No te preocupes, es un buen chico, no le pasará nada.

—¿Y papá?

—Tu padre está con los franceses y unos amigos. Cuando acabe la guerra les suministraremos vino barato, si todo va bien, en cantidad. Es lo mejor que nos puede pasar, hemos perdido mucho. Al final lo del vino no fue tan mala idea, con los quebraderos de cabeza que me ha dado.

—¿Está mejor?

Milagros estaba preocupada por sus padres, los veía tristes y taciturnos.

—No sabría decirte. Ha vuelto a preparar otra vez las maletas, tiene la constante impresión de que vamos a tener que salir corriendo de un momento a otro. Cuando llevan dos semanas en la puerta yo mando que las deshagan para que no se arrugue la ropa, y tu padre las vuelve a hacer ese mismo día.

Enriqueta echaba de menos a la eficiente y fiel Rafaela. Nunca se había dado cuenta de lo que la necesitaba, ni de lo mucho que la apreciaba. La distancia y el miedo por las circunstancias en las que todos vivían hacían que pensara en ella a cada minuto. Pero era mejor que estuviera en Las Mesas, ella cumpliría con su deber, haría lo mejor para to-

243

dos. Confiaba en ella y su criterio plenamente. El Niño de la Bola no podía estar en mejores manos.

Se sentó cansada en un sillón junto a la ventana. No tenían vistas, daba a un muro, pero Enriqueta sabía que el mar estaba muy cerca. Cerró los ojos; podía olerlo y, si imaginaba sus olas romper contra la playa, podía oírlo. El mar había sido todo un descubrimiento para ella, una mujer de campo y tan práctica que antes solo imaginaba tierra y más tierra desperdiciada bajo un montón de agua. Incluso se reía de las pobres mujeres enclenques y sentimentales que hablaban de él con lánguidas miradas aburridas y que conseguían empalagarla hasta la saciedad.

El mar la ayudaba a desconectar de la realidad, de la guerra, de las responsabilidades. Nunca había tenido el tiempo ni las ganas para dar un paseo por la orilla. Ahora era su pasatiempo preferido, había incluso preguntado por varias casas que estaban a la venta en la bahía. Eran preciosas y tentadoras. Pero no era momento para comprar, por muy baratas que se las ofrecieran. Había empeñado casi todas sus joyas, que no eran pocas. No sabía en qué estado se encontraban sus propiedades, ni si seguirían siendo suyas, ni cuánto duraría la guerra. Estaba segura de que iban a ganar, pero no sabía cuándo y, mientras tanto, debía disponer de la máxima liquidez. ¿Y si Alberto aparecía herido o enfermo? ¿Y si lo apresaban? ¿Y si moría? Tenía que ser responsable por su hija y su nieto.

Qué sería del futuro de Albertito, ahora que se había convertido en un niño despierto e inteligente. Habían intentado ocultarle lo de la guerra, porque era todavía muy pequeño, tenía tan solo cuatro años, pero había sido imposible. Su abuela le había explicado que no tenía nada que temer, que iban a ganar esa guerra y volverían a casa. Pero para Albertito su hogar era ahora aquel hotel. Correteaba de un lado a otro, y se escapaba varias veces al día de su habitación. Le gustaba lanzar aviones de papel por las escaleras. El personal de servicio se había encariñado con él.

244

Υ

Las gotas de sudor resbalaban por su cara, pero Mendizábal no podía darse cuenta; estaba demasiado asustado. Iba a caballo, y eso le hacía sentir mucho más vulnerable. Estaba poniendo su vida en peligro. Podían dispararle en cualquier momento. Un jinete era un blanco fácil.

No tendría que haber reaccionado así, precipitadamente; tendría que haberse armado y organizado un carro con hombres. Pero ahí estaba, en pleno día, cabalgando por el campo. Su camisa estaba empapada de sudor y el corazón le palpitaba como si fuera el último momento de su vida.

Alberto oyó sobresaltado ruidos en el patio. Se obligó a que el pánico no le invadiera. Emilio jamás hubiera entrado haciendo tanto ruido. Le habían descubierto, tenía que mantener la dignidad hasta el último momento. Tuvo el tiempo justo de ponerse una chaqueta cuando varios ladrillos salieron volando por los aires.

—¡Alberto, apártate!

Se quedó paralizado: parecía la voz de Emilio y había otro hombre como mínimo con él. Algo malo había sucedido. Su madre, su mujer, su hijo…

245

En el momento en el que el muro caía con estrépito, sintió cómo el peso de la realidad y la responsabilidad se abalanzaban sobre él. Había estado viviendo en su sueño, dormido.

Entre el humo del polvo y los ladrillos aparecieron las caras de su amigo Mendizábal y de Emilio. Entre los dos le ayudaron a pasar por el agujero.

—Pero ¿qué ha pasado? ¿Qué hacéis aquí?

No le soltaron, le llevaban prácticamente por los aires cogido por ambos brazos. Casi se matan los tres al bajar la escalera. Alberto reaccionó y se zafó de ellos.

—¡Soltadme! ¡Ya está bien!

Mendizábal accedió a parar para darle explicaciones.

—Alberto, tienes que salir. Es el mejor momento para pasar desapercibido.

Alberto observó que Mendizábal miraba de soslayo a Emilio. Estaban ocultándole algo.

—No estoy para acertijos. ¿Le ha pasado algo a mi madre, Emilio?

—Felicidad está perfectamente, no la hemos dejado venir. Miró a Mendizábal.

—¿Mi hijo? ¿Mi familia?

—Están todos a salvo y bien. —Mendizábal le puso una mano sobre el hombro. Era el primer gesto cálido que recibía en mucho tiempo.

—Pensaba que, al verte, nos abrazaríamos, alegres. Sería el final de la guerra...

—Amigo, perdona toda nuestra brusquedad. Anoche en un retén de carretera unos milicianos dispararon al que creían que eras tú. Alberto Cartero.

—No entiendo. ¿A alguien que creían que era yo? ¿Quién?

—Por lo visto, no eras el único Alberto Cartero. Había otro, un célebre pintor artístico de la zona. Nació en Zaragoza, no sé más de él...

—¿Había....?

—Lo fusilaron. Podías ser tú.

—Pobre. —Alberto se apoyó contra la pared. Alguien, un inocente, había muerto en su lugar.

—Ahora eres invisible, creen que estás muerto. Nadie te busca.

—Ah... —Alberto solo logró soltar un pequeño gemido. No podía moverse, se había quedado anclado a la pared y al suelo. Había pasado demasiado tiempo encerrado. Salir de sopetón se le hacía cuesta arriba.

—Vamos. —Lo empujaron.

En el patio de la casa había una carreta grande con una mula. No sabía cómo habían logrado meterla. Debía de haber pasado justa por el viejo portón, que estaba abierto de par en par. Las precauciones ahora daban igual.

Emilio levantó con un rastrillo un buen montón de paja.

—Métete ahí —le ordenó.

Alberto miró incrédulo el agujero.

—¿Ahí?, ¿al final? No, me asfixiaré.

Mendizábal sacó una sábana de una bolsa que había en la carreta.

—No, no lo harás. Hemos pensado en todo. Y lo hemos probado. Estarás perfectamente. Como mucho te picará algún bicho...

Por lo menos, su amigo no había perdido del todo su humor. Lo encontraba tan cambiado, tan distante.

Emilio se puso la gorra y una bufanda. Sería él quien llevara la carreta hasta el extremo de la finca de Mendizábal donde habían quedado. Hubiera sido un suicidio que lo hiciera Mendizábal. Era demasiado conocido.

El sargento vio llegar la pesada carreta cargada de paja desde lejos. Avanzaba lentamente por el camino, sin prisa. El conductor parecía ensimismado en el paisaje, como si los matojos de tomillo y romero fueran especiales. Y él no estaba de buen humor, las noticias que llegaban del resto de España no eran buenas, casi todas las plazas importantes estaban cayendo. Los sublevados ganaban.

—Alto. ¿Quién anda?

—Emilio, de Belmonte. Llevo paja para la finca de don Mendizábal. —Era mejor decir la verdad, aunque fuera a medias.

—Vale.

Isidro iba a dejarle pasar sin más, pero en el último momento cambió de opinión.

—Espera un minuto. —Clavó con fuerza un cuchillo entre la paja, en el centro. Luego en el lado más cercano a la parte trasera del carro. Su experiencia le decía que era allí donde solían esconderse los fugitivos para pasar los controles, por si tenían que salir corriendo, además de que se podía respirar con más facilidad. Volvió a pinchar. Nada.

—Puedes pasar.

Mendizábal lo había preparado todo. Llevaría a Alberto a Madrid como si fuera su ayudante.

—Será relativamente sencillo, nadie te busca. Iremos en mi coche, entraremos en Madrid, con mi identificación será suficiente. Te dejaré en la embajada de Rosa, te tratarán bien y ellos esperarán el momento propicio para llevarte con tu familia a San Sebastián. No puedo hacer más.

—Hace no tanto tiempo yo era casi de los tuyos. Hablas como si fuéramos de mundos distintos.

—No lo entiendes... Estamos en bandos diferentes.

—No, no pensamos de distinta forma. No lo entiendo.

—¿Sabes qué harían los sublevados conmigo, los tuyos, si me cogieran? Me pegarían dos tiros, sin titubear. No entiendes lo cruentos que están siendo en tu bando.

—Yo te defendería, hablaría en tu nombre.

—No vives en este mundo, Alberto. En la realidad. Estamos en una guerra, no hay juicios, nos matamos entre nosotros, delatamos al que antes era nuestro amigo y vecino. Las traiciones están a la orden del día.

—Yo nunca te traicionaría.

Mendizábal sabía que era verdad. Lo decía en serio, su amigo se mataría por él si hiciera falta. Había olvidado su idealismo, su fuerza. ¿Qué había sido de los hombres como Alberto?

—Como sigas así te fusilarán, ambos bandos. En el mío, como ves, no lo han dudado. En el tuyo... Por favor, a partir de ahora ni menciones la democracia, ni la República. Tienes que ser el perfecto simpatizante de la derecha más extrema.

—Tú te has vuelto majareta...

—Te fusilarán, pero, lo que es peor, si no te integras, tu familia también saldrá malparada. Eres Alberto Cartero, un referente en la política. De conducta intachable.

—¿Es que no lo soy realmente? —le preguntó con ironía.

—Eres un loco. Antes eras un excéntrico. Ahora eres un suicida en potencia. Debería dejar que acabaran contigo, pero te tengo cariño. Necesito otro vino. —Alberto empujó su vaso para que su amigo también lo llenara—. Es de las últimas botellas que me quedan, saboréalo.

—Tu bando está gobernado por militares, ¿lo entiendes? Ya has oído hablar del general Franco. ¡Militares! Un golpe de Estado en toda regla, militar y antidemocrático. Están tan lejos de lo que tú piensas... No quedan hombres como tú. El centro no existe, ¿sabes por qué?, porque no lo ha hecho nunca. Era una fantasía. Dentro de poco la democracia será como esos cuentos que te contaba tu madre de pequeño. A mí me habrán fusilado o encerrado de por vida en el mejor de los casos.

—Me iré, me exiliaré, buscaré asilo político y no renunciaré a mis ideas.

—Ya, ¿irás, por ejemplo, a París, con Rosa?

Alberto titubeó.

—Sí, no veo por qué no.

Mendizábal pegó un puñetazo sonoro en la mesa. Con bastante fuerza.

—¡Alberto, despierta! Tienes una mujer y un hijo. ¿Vas a dejarlos solos? ¿Vas a seguir viviendo tu sueño, rehuyendo tus responsabilidades?

Alberto se sintió avergonzado.

Un silencio pesado e incómodo se apoderó de la sala. Se había sentido demasiado a gusto con el silencio en su encierro y, ahora, este le traicionaba sintiéndose un egoísta, un desagradecido.

249

Don Pepe entró precipitadamente en el saloncito del hotel donde pasaba más tiempo la familia. Era una estancia muy agradable, porque las ventanas daban a un pequeño invernadero.

—¡Hija! ¡Enriqueta! —Estaba nervioso y ondeaba una carta abierta.

Las dos mujeres se levantaron a la vez.

—¿Qué pasa? ¿Malas noticias?

—No, yo creo que buenas. Alberto ha salido de Belmonte…

—¿Lo han detenido? —se inquietó Enriqueta.

—No, dejadme acabar. Está a salvo en una embajada, en Madrid.

—¿En la zona roja?

A Milagros no le pareció una buena noticia, estaba mejor escondido. Su padre la tranquilizó:

—En la carta dice que no nos preocupemos, que no le buscan y que nadie sabe que está allí.

Enriqueta pensaba igual que su hija:

—Pero puede pasar cualquier desgracia, una bomba... Un ataque...

—Sí, lo mismo que en Belmonte. Y que en cualquier parte de España. —Las miró a las dos—. No hay ningún sitio en el que nadie esté seguro, ni siquiera aquí, aunque no lo creáis.—Pepe miró a su mujer e hija, quizás había sido demasiado duro—. No os preocupéis, si Alberto ha tenido que moverse, será por algo. Tranquilizaos. Confiemos en su buen criterio.

Epílogo

Alberto llamó a la puerta de la habitación. No había enviado ningún aviso. Había llegado de forma clandestina, organizado todo por unos amigos de la embajada. Quería darles una sorpresa, y en la recepción del hotel le habían ayudado. No habían avisado a su familia y le habían permitido la entrada.

Una joven criada uniformada le recibió en las habitaciones de su suegra.

—Soy don Alberto Cartero. Avise por favor de mi llegada a mi suegra y a mi mujer.

La mujer echó a correr sin contestarle, lanzando pequeños chillidos. No le había invitado a pasar, pero le pareció una formalidad innecesaria.

Las habitaciones eran espaciosas. La familia vivía en dos de ellas conectadas por una zona común que hacía de recibidor, salón y comedor. Moderno, pero funcional.

El primero en aparecer fue su suegro, que se quedó con la boca abierta.

—¡Alberto! ¡Por Dios bendito!

Milagros se lanzó a abrazarle con alegría. Lloraba y chillaba confusamente.

—Alberto, estás por fin aquí. —No podía soltar a su marido—. ¡Estás bien! —No dejó de recorrer con las manos todo su cuerpo, hasta la cabeza.

Pepe cayó en la cuenta de que estaba allí Albertito.

—Este es tu padre, tu querido padre.

Empujó a su nieto, que miraba con desconfianza al recién llegado.

—Soy papá, tonto.

Alberto abrazó con ansias y lágrimas en los ojos a su hijo, que sonreía al entender quién era aquel señor. Era su padre, ese del que todo el mundo le hablaba a todas horas y que le quería tanto.

—Milagros, yo también me alegro de verte, pero no puedo respirar.

—No puedo soltarte —le contestó congestionada y entre sollozos, resbalándose poco a poco hacia al suelo—. No puedo.

Enriqueta ayudó a levantarse a su hija.

—¡Marieta! —se dirigió Enriqueta a la doncella que les habían facilitado en el hotel—. Avisa al médico inmediatamente.

Miró a su yerno, estaba cansado y no tenía buen aspecto.

—Santo cielo, querido, ¡qué desmejorado estás! Tan desgarbado y con el pelo blanco.

Alberto aparentaba quince años más que hace apenas dos años. Todo su pelo estaba canoso y tenía arrugas alrededor de los ojos.

—¡Marieta! Tráigale también al señor algo de beber y de comer, está desfallecido.

—¡Qué alegría que estés bien! —Enriqueta abrazó a su yerno y Alberto le devolvió el abrazo. Jamás pensó que se iba alegrar tanto de ver a su suegra.

Alberto la miró sonriente. Había sido una decisión dura, había renunciado a muchas cosas, pero estaba en casa. Su casa era su familia, por muy compleja y difícil que esta fuera.

La vida estaba compuesta por decisiones difíciles y renuncias; era fácil desviarse del camino. Existían tantos caminos para recorrer... Se hacían tantas elecciones en la vida. ¿Cómo no equivocarse? Pensó con una punzada en Rosa, pero ella estaría bien. Empezaría una nueva vida, era una mujer con recursos y muy inteligente.

Alberto miró a su hijo, que acababa de deslizarse entre sus piernas y le sonreía por fin, algo más confiado. No dudó, había tomado el camino correcto.

Agradecimientos

Gracias a Dios, por tener mucho que agradecer. Este libro fue escrito en el momento más difícil de toda mi vida. Tengo que dar las gracias a las muchas personas que me ayudaron en ese momento, directa o indirectamente. A las enfermeras del hospital Clínico de Valencia, y a las del hospital La Fe por dejarme estar toda la noche escribiendo con el ordenador encendido. A todo el equipo de la UCI neonatal del Clínico, en especial a la doctora Laura Martínez.

A mi marido, Pancho, la roca a la que me aferro. Por no haberse hundido ni una sola vez, ni en los peores momentos. No habría podido escribir ni una sola línea en aquellos momentos sin él.

A mi madre, Fala, por sus correcciones y sus comentarios. La persona que me ha ayudado día a día con cada capítulo.

A mi familia, mis padres, mis hermanos, mi tía María Dolores, mis primas Patricia y Sonia, mis tíos, mis suegros, mis cuñados; a todos, por hacerme feliz y estar siempre a mi lado.

A mis amigas del colegio, María, Marta, Ángela y Esther; por estar en los peores momentos, merecen estar siempre en los mejores. Las semanas que pasé postrada en la cama no hubieran sido las mismas sin vuestras ensaimadas, revistas y visitas. Lo recordaré siempre.

Al doctor en Historia por la Universidad de Castilla-La Mancha, Ángel Luis López Villaverde, porque su brillante tesis publicada, *Cuenca durante la II República*, me ha servido como fuente principal de documentación.

A Lectora de tot (Inma), a Laky, a mis compañeros *indies* y muy especialmente a Gabri Ródenas: por su apoyo promocional y correcciones.

Gracias a todos.

Para más información:

www.almudenanavarrocuartero.com
http://almudenanavarrocuartero.blogspot.com.es
Twitter: @anavarrocuarter

ESTE LIBRO UTILIZA EL TIPO ALDUS, QUE TOMA SU NOMBRE
DEL VANGUARDISTA IMPRESOR DEL RENACIMIENTO
ITALIANO ALDUS MANUTIUS. HERMANN ZAPF
DISEÑÓ EL TIPO ALDUS PARA LA IMPRENTA
STEMPEL EN 1954, COMO UNA RÉPLICA
MÁS LIGERA Y ELEGANTE DEL
POPULAR TIPO
PALATINO

***
**
*

LA ALCOBA ESCONDIDA
SE ACABÓ DE IMPRIMIR
EN UN DÍA DE OTOÑO DE 2013,
EN LOS TALLERES GRÁFICOS DE LIBERDÚPLEX, S.L.U.
CRTA. BV-2249, KM 7,4, POL. IND. TORRENTFONDO
SANT LLORENÇ D'HORTONS (BARCELONA)

***
**
*